"······여기가, 어디지?"

Character

레이
레이 스탈링 / 무쿠도리 레이지

〈Infinite Dendrogram〉안에서 여러 사건과 마주친 청년.
대학교 1학년. 기본적으로는 순하지만 양보할 수 없는 것을 위해서는
몇 번이든 맞서는 강한 의지를 지니고 있다.

네메시스
네메시스

레이의 엠브리오로 나타난 소녀.
무기 형태로 변할 수 있고, 대검, 도끼창, 방패, 풍차, 거울, 쌍검으로 변화한다.
약간 식탐이 있다.

젝스
젝스 뷔펠

'악당'이 되는 것을 목적으로 삼고 죄를 저지르는 [범죄왕].
지명수배당한 〈초급〉만이 모인 최강의 범죄 클랜 〈IF〉의 오너.
현재는 감옥에 수감 중.

가베라
가베라

은폐에 특화된 가디언을 거느린 〈IF〉 소속 〈초급〉.
자신의 힘을 과신하여 슈우에게 도전했다가 패배하고 감옥에 수감되었다.
그 이후로는 젝스에게 지옥 같은 특훈을 받으며 다시 단련한다.
멘탈은 꺾였다.

인피니트 덴드로그램

19. 환몽경의 왕

카이도 사콘 지음 **타이키** 일러스트

천선필 옮김

커버 그림, 본문 일러스트 | **타이키**

Contents

□레이 스탈링

망치 소리가 울리고 있었다.

정신을 차리고 보니 그곳에 있었다.

나 자신의 감각조차 어렴풋한 상황이 지금 꿈을 꾸고 있다는 것을 가르쳐 주었다.

느껴지는 애매한 감촉은 예전에 갈드랜더가 나를 끌어들였을 때와 약간 비슷했다.

하지만 그와 동시에……, 갈드랜더 때문이 아니라는 것도 분명했다.

나는 낯선 공간에 있다.

어둠 속도 아니고, 내 기억 속 풍경도 아니다. 정말로 미지의 공간이었다.

내 주위에 펼쳐진 광경은 확실하게 보이는 것도 아니었다. 우주 공간에 맨몸으로 내던져진 것 같다는 느낌도 들었다.

불확실한 데다 꿈인 걸 감안해도 흐릿하다.

하지만, 그 공간이 어떤 용도인지는 명확했다.

공간의 중심에 화로가 하나 놓여 있었다.

그 화로는 사람보다 약간 더 큰 정도인데, 꿈 같지 않은 존재감을 강하게 드러내고 있었다. 느껴지는 열량이 마치 태양 같다는 느낌조차 들었다.

그리고 화로의 존재가……, 이 공간을 '대장간'이라고 규정하고 있었다.

"…………."

화로 앞에는 모루가 놓여 있었고, 그곳을 향해 망치를 계속 내려치고 있는 누군가가 있었다.

망치를 휘두르는 사람은 남자일지도 모르고, 여자일지도 모른다. 노인일지도 모르고, 소년일지도 모른다. 어쩌면 인간이 아닐지도 모른다.

흐릿하고 희미해서 내게는 상대방의 모습이 보이지 않는다.

하지만 그렇게 애매한데도 흘러넘치는 존재감이 느껴졌다.

휘두르는 망치에 담긴 힘과 기술을 보니 문외한인 나조차 열기와 충격을 느낄 수 있었다.

만약 저 사람이 세계를 만들고 있다 하더라도 믿을 수 있을 것 같았다.

하지만 지금, 모루 위에서 두들겨지고 있는 것은 세계가 아니라……, 외날 도끼였다.

자루는 없고, 그 사람은 도끼날 부분을 두드리고 있었다.

붉게 달아오른 금속의 빛은 철이나 강철처럼 보이지는 않았다. 〈Infinite Dendrogram〉에 존재하는 미스릴이나 다른 신화급 금속도 아닐 것이다.

그 금속은 약간 투명한 느낌이 들었다.

마치 언젠가 보았던 아즈라이트의 푸른 검……, [알터]처럼.

화로의 열기로 붉게 달아오른 도끼날의 색은 원래 다른 색이었을 것이다.

완성되면 분명히 아름다운 색이 될 것이다……, 지금 시점에서도 그런 예감이 들었다.

작업의 공정이 진행되어 나갔다. 시간이 얼마나 지났는지는 모르겠다. 빨리감기 기능으로 보고 있는 건지도 모르겠다.

작업이 진행됨에 따라 도끼의 형태가 명확해졌고, 자루도 달려서 전투 도끼……, 대형 한손 도끼라는 사실이 드러났다.

그것은 내가 생각했던 것보다 더 아름다운 흰색이었다.

본 적이 없을 정도로 아름다운 색이다. 약간 투명한 느낌이 들어서 무기이면서도 제사 도구 같기도 했다.

하지만 본 적 없는 그 '하얀 도끼'를, 나는 어디선가 본 적이 있는 것만 같았다.

『…………』

도끼가 어느 정도 형태를 갖추었을 무렵, 도끼를 만들던 사람이 손을 멈췄다.

완성은 아닐 것이다. 생김새는 완벽한 것 같지만, 무언가가 빠진 것 같은 느낌이 든다.

화룡점정에 이르지 못했다는 말이 떠올랐다.

『……둘 중 하나.』

말없이 도끼를 만들던 사람이 처음으로 목소리를 냈다.

말이 들리긴 했지만, 그 목소리로부터는 나이나 성별을 알 수 없었다.

『………….』

그 사람이 손을 들어 올리자 도끼가 떠올랐고, 공중에서 멈췄다.

그리고 다시 손을 들어 올리자……, 그곳에 도끼가 아닌 무기가 나타났다.

그것은 '푸른 검'——— 나도 본 적이 있고 잘 알고 있는 [원시성검 알터]였다.

하지만 그 [알터]는 내가 알고 있는 [알터]와는 다른 것 같았다.

무언가가 부족하고 불완전하다. 그것 역시 화룡점정에 이르지 못했다.

『나는 〈대장장이(스미스)〉.』

직업명과 비슷하지만, 〈대장장이〉가 한 말에서는 왠지 다른 의미가 느껴졌다.

『나는 고민하고 있다. 역할을 짊어져야 할 무기는 단 하나뿐.

나는 고민하고 있다. 혼신을 기울일 수 있는 무기 또한 단 하나뿐.』

그 말은 내게 설명해주는 것이 아니라 혼잣말일 것이다.

하얀 도끼와 푸른 검을 앞에 둔 〈대장장이〉가 계속 혼잣말을 하고 있다.

아니면 자신이 만든 무기에게 하는 말일까.

『하지만 여기에는 두 걸작이 있다.』

〈대장장이〉는 도끼와 검을 번갈아 보면서 고민하고 있었다.

얼굴을 알아볼 수 없는데도 고민하고 있다는 걸 눈치채버릴 정도로.

『하나는 최고의 걸작이, 다른 하나는 수없이 많은 졸작 중 하나가 되어버릴 것이다.』

제작자로서 씁쓸한 결단을 내려야만 한다는 사실을 문외한인 나도 이해할 수 있었다.

『이제부터 나의 동포와 함께 만들어낼 ■■■의 핵심이 될 무기를 어느 쪽으로 선택해야 할 것인가…….』

〈대장장이〉는 그렇게 계속 고민했다.

얼마나 오랜 시간이 지났는지는 도끼를 만들고 있을 때와 마찬가지로 이 꿈속에서는 알 수가 없다.

하지만 분명 짧지 않을 것으로 보이는 사색 끝에 〈대장장이〉는…….

『───결심했다.』
───푸른 검을 들었다.

꿈은 거기서 끊겼다.

◇ ◇ ◇

□[성기사(팔라딘)] 레이 스탈링

"……윽."

정신을 차리고 보니 낯익은 경치로 바뀌어 있었다.

고개를 들어 올려다본 경치에 하늘을 둘러싼 관객석이 보였다. 내가 지금 있는 곳이 제8투기장……, 〈데스 피리어드〉의 본거지, 그곳의 무대 위라는 것도 알 수 있었다.

『레이? 일어났는고?』

"……네메시스?"

문장 안에서 네메시스가 말을 걸었다.

『정말. 갑자기 잠들기에 놀랐단 말이다. 피로가 쌓인 겐가?』

"……스파링을 하려고 일찍 일어나서 그런가?."

오늘은 이른 아침부터 루크와 스파링을 했다.

루크는 〈토너먼트〉를 대비해서 다양한 전투 스타일로 나를 상대해 주었고, 그 결과 종합 전적으로는 내가 더 많이 졌다.

스파링 때 드러난 과제를 정리하기 위해 혼자 남아서 생각을 하고 있었는데……, 그러던 동안에 잠들어버린 모양이었다.

『〈토너먼트〉가 시작되기 전에는 깨울 생각이었다만. 생각보다 일찍 일어났구나.』

표시된 시계를 보니 시간이 별로 지나지 않았다.

꿈속에서는 시간이 꽤 오래 지난 것처럼 느꼈지만, 실제로는 5분도 지나지 않은 것이다.

"꿈……."

그 꿈은 대체 뭐였을까.

뇌가 보여주는 꿈은 기억이 재구축된 것이라고 하는데, 짐작가는 게 전혀 없다.

[알터]는 그렇다 치고, 다른 건…….

"……?"

문득 내 손이 무언가에 닿았다.

그쪽으로 눈을 돌려보니……, 그곳에는 날이 까만 천으로 싸인 대형 한손 도끼가 있었다.

"……왜 밖에 나와 있는 거지?"

첫 번째 스파링 때 휘두르기만 했는데도 내 팔을 날려버린 이름 없는 도끼.

써먹을 수가 없어서 아이템 박스에 넣어두었을 텐데.

"네메시스. 이거, 네가 꺼낸 거야?"

『아니, 모른다. ……그런데 대체 언제부터 나와 있었던 것인고?』

저절로 아이템 박스 밖으로 나왔다는 건가?

……뭐, 멋대로 움직이는 장비가 있다는 사실은 갈드랜더가 깃든 [장염수갑] 덕분에 이미 알고 있다.

"…………."

이름 없는 도끼를 빤히 보았다. 벗겨낼 수 없는 천으로 도끼날이 감싸여 있기 때문에 형태를 알아볼 수 없는 부분도 있긴 하지만……, 꿈속에서 보았던 도끼와 비슷하다는 느낌이 들었다.

비슷한 경험을 이미 해봤던 나는 한 가지 답에 도달했다.

"갈드랜더 때처럼 네가 꿈을 보여준 거야?"

도끼에게 물었지만, 대답은 돌아오지 않았다.

『레이, 왜 그러는 겐가?』

"아니, 아무것도 아니야."

네메시스가 걱정스럽게 말을 걸었는데, 그걸 통해 알 수 있는 것도 있다.

그녀와 기억이 공유되지 않았다는 것까지 포함해서 갈드랜더 때와 마찬가지다.

그렇다면 역시 이 도끼는 그 꿈속에서 보았던 도끼고……, 그 상황은 분명히 이 도끼가 만들어졌을 때의 모습일 것이다. 그것에 대해 잠시 생각에 잠겼다.

"……네메시스, 미안한데 뭘 좀 먹어두고 싶어. 식당에 있는 보존용 아이템 박스에서 먹을 만한 거랑 마실 것을 좀 가져다 줄래? 나는 여기서 좀 생각하고 싶은 게 있어서."

"어쩔 수 없구먼. 기다리고 있거라."

네메시스는 그렇게 말한 다음 문장 밖으로 나와서 건물 안으로 뛰어 들어갔다.

나는 도끼를 보았다.

"우리만 남았는데, 너는 말할 수 있는 무기야?"

다시 도끼에게 물었지만, 대답은 없었다. [장염수갑]처럼 멋대로 움직이지도 않았다.

그 모습을 보니 평범한 무기 같기도 했다.

좀 전에 꾼 꿈과는 상관도 없고, 내가 지나친 생각을 하고 있는 걸까.

하지만 만약에 이 도끼가 그 꿈을 보여주었고, 그 꿈이 진실이라면 큰 의미가 있다.

그 꿈이 자신의 내력을 내게 알려준 거라면, 이 도끼는 [알터]와 같은 제작자가 만든 무기라는 뜻이다.

그리고 이 도끼도 그 성검과 맞먹는 무기라는 뜻인데…….

"……그렇게 되진 않았겠지."

꿈속에서 〈대장장이〉라는 사람이 이렇게 말했다.

'하나는 최고 걸작이, 다른 하나는 수없이 많은 졸작 중 하나가 되어버릴 것이다.'

그리고 꿈속에서 〈대장장이〉는 [알터]를 들고 있었다.

그것이 답이다. 제작자가 선택한 것은 [알터]이고, 최고 걸작이 된 것도 [알터]다. 선택받지 못한 이 도끼는 〈대장장이〉에게 있어서 졸작이 되어버렸을 것이다.

그렇기 때문에 이름도 붙여지지 않은 채 방치되었다.

……그건 약간 무책임하다는 생각도 들었다.

걸작으로 만들지 못했다 하더라도 최소한 이름은 붙여줘야 하는 게 아닌가.

좀 전에 꾼 꿈이 내 공상, 망상이 아니라면 이 도끼에게는 자신의 과거를 보여줄 정도의 의지가 있다는 뜻이다.

그렇다면 낳아준 부모가 이름조차 붙여주지 않았다는 것에 분개하는 마음도 있을지 모른다.

그리고 이 도끼는……, 꿈에서 봤을 때와 색이 다르다. 꿈에서 보았던 도끼는 날과 자루가 새하얀 색이었고, 약간 투명한 느낌도 들었다.

하지만 지금 이 도끼는……, **피의 색**으로 물들어 있다.

대체 무슨 일이 있었기에 이렇게까지 변해버린 것일까. 그것도 이름이 붙지 않았기 때문일까?

지금도 내가 장비하고 있는 [자원주갑]은 도끼가 쌓아둔 원념을 계속 흡수하고 있다.

그렇다면 원념을 전부 흡수하면 도끼도 다시 하얀색으로 돌아가게 될까? ……그건 모르겠다.

적어도 지금까지 계속 흡수했는데도 불구하고 색이 바뀔 낌새는 전혀 보이지 않았다.

"휴우……."

이 저주받은 도끼를 동정하는 게 바람직한 행동인지는 모르겠다.

하지만 그 꿈을 꾸고 지금 이 도끼를 보니, 왠지 약간 뒷맛이 씁쓸해졌다.

"……뭐, 이것도 일종의 퀘스트 같은 건가?"

나는 이름 없는 도끼의 자루를 손가락으로 툭, 두드렸다.

"나중에 네 색을 되돌릴 방법에 대해서도 알아봐 줄게. 그리고 제작자 본인이 아니라 미안하긴 하지만, 이름에 대해서도 생각해 볼 거고."

퀘스트, 스타트.

나 혼자 시작한 거지만 말이지.

『………….』

내가 그렇게 말한 뒤에도 도끼는 말을 하기는커녕, 반응을 보이지도 않았다.

좀 전에 꾼 꿈도 아무 상관이 없는 꿈일지 모르겠지만……, 아무래도 상관없어.

색을 되돌려주는 것도, 이름을 붙여주는 것도, 내가 하고 싶어서 하는 것뿐이니까.

이름은 모처럼 붙여주는 거니 며칠 정도 생각하고 나서 붙여주고 싶다.

"레이. 샌드위치와 홍차를 가지고 왔다. 우물우물……."

그때, 마침 네메시스가 아침밥을 가져다주었다.

"고마워. 그래도 먹으면서 돌아다니지는 마. 나중에 청소를 해야 하잖아."

"으음. 투기장에서는 아무래도 돌아다니면서 이벤트를 관전하며 먹고 싶은 기분이……, 우물우물."

금강산도 식후경 같은 말을 하고 있네.

뭐, 그것도 네메시스다운 구석이지만.

"자, 아침 식사를 마치면 중앙 대투기장으로 이동하자. 1회전부터 4회전까지는 오전에 진행되니까."

"으음. 후후후, 주먹이 우는구나. 오늘 밤의 나는 피에 굶주려 있으니 말이다!"

"아직 아침이라고."

언젠가 나눈 듯한 이야기를 나눈 다음, 우리는 둘이서(그리고 소환한 꼬마 가르까지 함께) 아침 식사를 했다.

그렇게 〈토너먼트〉 첫날이 시작되었다.

이쪽 시간으로 열흘 동안 진행되는 〈토너먼트〉의 첫날.

수많은 만남과 트라우마를 만들어낼 것으로 예상되는 왕국의 대규모 이벤트.

하지만 그때 나는 알지 못했다.

내게 있어서 가장 큰 싸움은……, **예상하지 못한 곳**에서 기다리고 있었다는 사실을.

□[성기사] 레이 스탈링

〈토너먼트〉는 열흘 동안 진행된다.

〈토너먼트〉의 1회 최대 참가자는 256명이고, 참가자는 사전에 [계약서]를 작성하는 것까지 포함한 사전 등록을 마친 상태다.

그리고 사전 등록을 하더라도 현실 쪽 사정 등으로 인해 참가하지 못할 경우도 있기에 규정 시간 이내에 입장하지 않는다면 출장이 취소되고, 남게 된 참가자의 자리는 당일에 추첨을 통해 모집하게 된다. 다른 〈토너먼트〉에 등록하지 않은 사람 한정이다.

시합은 예선인 4회전까지 결계의 내부 시간을 가속시켜 바깥쪽보다 빠르게 결판을 내게 해서 시간을 단축한다.

그리고 16강인 5회전부터는 베팅을 포함한 기존 행사처럼 진행하는 형식이다.

예선까지의 시합도 그렇게 진행하면 시간이 너무 오래 걸리기 때문에 하루 안에 〈토너먼트〉가 끝나지 않아서 그런 규칙을 정했다.

그래도 결승전은 밤이 한창 깊어지는 시간까지 미루어지게 될 것이다.

그러한 규칙 때문에 5회전 이후가 본선이고 4회전까지는 예선이라 할 수 있겠는데, 4회전까지의 시합에는 규칙이 한 가지 더 있다.

대전 상대를 실제로 대결하기 전까지는 알 수 없다는 것이다.

토너먼트 대진표는 무작위로 배치되고, 1회전 시점에서 작성은 된 상태다.

하지만 공개되는 건 16강 이후부터.

이유가 몇 가지 있는데, 그중 하나가 정보다.

이번 예선 중에는 친한 사람들끼리 모의전을 할 때도 쓰는 은폐 모드가 적용되기에 시합의 상황이나 선수의 능력을 외부에서 볼 수가 없다.

그리고 예선이 진행되는 동안에는 참가하는 선수도 시합이 시작되기 전까지 대전 상대를 알 수 없다.

미리 토너먼트 대진표를 공개하면 자신의 대전 상대 이름부터 능력까지 미리 조사할 수 있게 된다. 상대가 유명한 선수라면 대책 장비도 갖출 수 있다. 염속성 마법이 특기인 선수를 상대하기 위해 열기 내성 장비를 갖추고 오면 확실하게 유리해지게 되는 것이다.

메타 게임(환경 정보 수집전)의 중요성은 고등학교 시절에 전유연 부장이 가르쳐주었기에 나도 잘 알고 있다.

그런 이유로 인해 4회전까지의 대전 상대는 실제로 싸우게 될 때까지 알 수가 없다.

그리고 16강에 진출한 선수가 모두 정해진 시점에서 전체적인 토너먼트 대진표도 공개되는 모양이다.

이기고 올라간 선수가 유명하지 않을 경우, 예선에서 누구를 쓰러뜨렸는지에 따라 베팅 배율이 바뀌기 때문일 것이다. 기데온다운 행사 진행 방식이다.

아무튼, 선수가 할 일은 변함이 없다.

상대가 누구라 해도 네 번 이겨서 예선을 돌파하고, 그 뒤에 있을 본선에서도 우승을 목표로 할 뿐이다.

나를 포함해서 시합을 앞둔 선수들은 대기실에서 차례를 기다리고 있다. 대기실은 몇 군데가 마련되어 있었고, 예선에서는 맞붙게 되지 않을 사람들끼리 배치되었다.

"…………."

다시 말해 대기실에 있는 사람들은 한동안 적이 아니지만……, 왠지 시선이 쏠리고 있다.

"그건 말이다. 그대가 꽤 유명하기 때문이지."

『키샤~. 와그작, 와그작.』

네메시스가 그렇게 말하자, 맞장구를 치는 건지 알 수가 없는 꼬마 가르가 머리카락을 씹어댔다.

"……뭐, 나도 슬슬 자각하고 있긴 해."

황국의 〈초급(슈페리얼)〉들과 벌인 싸움이 과장을 포함해서 퍼져나가 버렸기에 경계하고 있을 것이다. '본선에서 만나면 어떻게 싸울까'를 생각하고 있을지도 모르겠다.

하지만 나는 우선 예선을 돌파할 수 있을지가 문제다.

유명하다는 건 이 〈토너먼트〉에서는 불리하기만 하다.

시합에서 만난 시점에서 능력을 전부 들킨 상태다. 대책 장비를 마련할 시간이 없다 하더라도 효과적인 전투 방식을 도입할 것이다. 저번 〈애니버서리〉 이벤트 때처럼.

그래도 내게는 다행인 게 있긴 하다.

이번 〈토너먼트〉가 결투 무대 위에서 벌이는 시합이라는 점이다. 거리를 멀찍이 벌릴 수 없는 상황이기에 원거리전에 취약한 나도 대다수의 능력을 발휘할 수 있는 범위 안에서 싸울 수 있다.

……뭐, 극단적인 경우에는 [스톰 페이스]를 장착한 상태로 《지옥독기》를 결계 안에 가득 채우면 유리하게 싸울 수 있을 것이다.

"……지독하구나."

본선에서 그렇게 싸우면 야유당할지도 모른다. 독기 때문에 시합이 안 보이게 될 것 같기도 하고.

"독가스 데스매치를 벌이는 [성기사]는 좀 그렇지 않은고……?"

대학교 동기는 내가 신이 나서 악마 고기를 뜯어먹는 버서커라고 생각한 모양이니, 이제 와서 그런 걸 따져야 하나 싶기도 하다.

"……자, 슬슬 차례가 된 건가?"

좀 전부터 빠른 속도로 대기실에 있던 선수가 불려 나가고 있다.

고속 모드이기 때문일 것이다. 짧으면 1분, 길어도 5분 정도만에 다음 번호가 호출되고 있다. 다른 대기실이 여러 군데라는 걸 고려하면 꽤 빠른 속도다.

보아하니 문제없이 오전 안에 4회전까지 마칠 것 같다.

"레이 스탈링 선수. 다음 시합입니다."

"네."

투기장 스탭분에게 대답한 다음, 의자에서 일어섰다.

『주먹이 우는구나.』

『키샤~.』

네메시그가 대검으로 변했고, 꼬마 가르는 아쉽다는 듯이 소환을 해제해서 [장염수갑]으로 돌아갔다. 나도 [스톰 페이스]를 장착하고 [흑전투]를 후드까지 확실하게 뒤집어쓴 다음, 완벽한 태세를 갖추고 대기실을 나섰다.

대기실을 나설 때 '암흑경'이나 '악마 포식자'라는 말이 들리긴 했지만……, 못 들은 걸로 해야겠다.

"그럼 이쪽으로 입장해 주십시오. 대전 상대는 이미 입장해 있습니다."

"알겠습니다."

안내해준 스탭분은 까만 결계로 감싸인 무대를 손바닥으로 가리키며 그렇게 말했다.

그렇구나, 입장 타이밍까지 엇나가게 해서 진짜로 상대가 누군지 알 수 없게 하는 것 같다.

"……자, 악귀가 나올까, 천사가 나올까."

『악귀는 이미 있으니 말이다.』

뭐, 그렇긴 하지. 갈드랜더가 있으니까.

내가 참가한 〈토너먼트〉의 경품 구슬은 [귀면불심 사사게]라는 〈UBM〉이니까 최종적으로는 결국 악귀가 나오겠지만.

그런 생각을 하며 까만 결계를 통과했다.

바깥에서는 새까맣게 보이던 결계도 내부에서는 바깥쪽이 비쳐 보였다.

차광 수준이 얇은 유리를 끼워둔 정도에 불과했기에 내부는 밝았고, 나와 마찬가지로 입장한 대전 상대의 모습도 또렷하게 보였다.

"오. 대전 상대가 나타나셨군……, 어라?"

"어……?"

무대 위에 서 있던 대전 상대와 나는 동시에 그렇게 말했다.

왜냐하면……, 아는 사람이었기 때문이다.

"꽤 살벌한 장비인데, 레이 스탈링 씨인가?"

"당신은……, 랑그 씨?"

예전에 [모노크롬] 사건 때 함께 하늘로 날아올랐던 〈마스터〉중 한 명, 랑그 씨다. 라이저 씨의 클랜인 〈바빌로니아 전투단〉의 멤버이고, [도적왕(킹 오브 밴디트)]이 일으킨 왕도 테러 사건 때는 카스미 일행과 함께 싸웠다는 이야기도 들었다.

설마 1회전 상대가 그였을 줄이야…….

"그냥 랑그라고 불러도 돼. 나도 레이라고 부를 테니까. 상관없나?"

"그래."

"고마워. 헤헷……, 그런데 이거 참 골치 아픈 상대를 뽑아버렸군."

"골치 아프다니······."

날 대체 뭘로 보는 거야······.

"하지만 나도 각오를 다지고 〈토너먼트〉에 출장했으니 말이야. 싸우기 전부터 포기하진 않을 거라고."

랑그는 그렇게 말한 다음 마상창을 《순간 장비》해서 자세를 취했다.

"나도 질 생각은 없어."

나도 마찬가지로 검은 대검 형태인 네메시스를 겨누고 실버에 올라탔다.

실버도 장비의 일종이기에 이 시점에 장비해도 문제는 없다.

랑그에게 《간파》를 사용해 보았지만, 어떤 대책 장비를 갖추고 있는지 내 스킬 레벨로는 직업만 보이고 스테이터스는 감춰져 있었다.

나도 [브로치] 대신 장착한 액세서리로 비슷한 대책을 세워두었다.

하지만 나 같은 경우에는 이미 어떤 능력을 지니고 있는지 들켰을 것이다. 우려하던 대로 나를 알고 있는 상대와 맞붙게 되어버렸다. 내 전투 스타일이나 《카운터 앱솝션》의 횟수 제한까지 알고 있을 거라 생각해야 될 것이다. 〈애니버서리〉 이벤트 때와 마찬가지다.

그런 반면, 나는 랑그의 전투 스타일을 알지 못한다.

토르네 마을에서 히포그리프를 타고 있었다는 건 기억하고 있지만, 그 전투 때는 그가 [모노크롬]의 선제공격으로 인해 일찌 감치 데스 페널티를 받아버렸기 때문이다. 정보는 거의 없는 거 나 마찬가지다.

군이 따지자면 급소에 명중했다고는 해도 레이저 일격에 즉사 한 이상, 내구형은 아닐 거라는 예측뿐이다.

직업이 [질풍기병(게일 라이더)]인 걸 보더라도 AGI형이라는 건 확정이다.

『결투 개시까지 10초.』

"…………?"

그런데 안내 방송과 동시에……, 의문이 들었다.

랑그는 히포그리프를 타고 다니는 [질풍기병]이다.

캐퍼시티를 넘지 않는 몬스터라면 처음부터 내놓더라도 문제 가 없다.

그런데 어째서 그는 나처럼 올라타지 않는 거지?

『5, 4, 3.』

『2, 1, ──0.』

카운트가 0이 되었고, 시합이 시작되자──.

"──《전천주회로(핼리)》, 기동!"

랑그가 혜성의 이름을 지닌 스킬을 기동시킨 순간, 결계 안이 푸른 빛으로 감싸였다──.

□중앙 대투기장

중앙 대투기장 바깥에는 많은 사람들이 늘어서 있었다.

그들 중 대부분은 오후 본선의 티켓을 가지고 있지만 지정 좌석은 없는 사람들이다. 일찍 줄을 서서 조금이라도 좋은 자리를 차지하려는 것이다.

그리고 그들 이외에도 중앙 대투기장 주위에서 개최되고 있는 관련 이벤트나 노점을 즐기는 사람도 많았기에 근처 일대가 매우 붐비고 있었다.

"아, 라이저 씨다!"

『응? 아! 오랜만이구나, 이오 군.』

그렇게 떠들썩한 와중에 '가면기병' 마스크드 라이저는 알고 지내는 소녀와 다시 만났다.

바로 〈데스 피리어드〉의 멤버인 이오다. 왕도에서 테러가 발생했을 때는 함께 사건을 해결하기 위해 움직였던 동료이기도 하다.

『다른 두 사람은 함께 오지 않았나?』

"각자 노점에 밥을 사러 갔어요! 우리 오너를 응원할 준비를 하고 있죠!"

음식은 질이 좋은 아이템 박스에 넣어두면 신선도와 온도가 유지되기 때문에 미리 사두어도 딱히 문제는 없다.

『그렇군. 그는 오늘 출장했나.』

"네! 라이저 씨는 오늘 〈토너먼트〉에 나가지 않으시나요? 오늘 상품은 이름을 보니 왠지 가면이 될 것 같은 〈UBM〉이던데요!"

이오가 말한 것처럼 [귀면불심 사사게]는 특전 무구로 가면이 될 것 같은 〈UBM〉이긴 했지만, 라이저는 웃으며 부정했다.

『이 가면에는 애착이 있으니까, 새 가면이 되어버릴 것 같은 특전 무구는 피하고 있거든. 그리고 〈UBM〉의 특성도 범용성이 높긴 하지만, 내게 시너지 효과가 있는 건 아니야.』

"그렇군요! 우리 쪽 곰돌이가 인형옷을 쓰고 있어서 곤란해하는 거랑 마찬가지네요!"

『비슷할지도 모르겠군.』

슈우의 특전 무구는 지금까지 하나를 제외하면 전부 인형옷이었기에 아예 고를 여지가 없었지만……, 두 사람은 그런 사실을 전혀 알지 못했다.

"그럼 오늘은 그냥 관전을 하러 오신 모양이네요!"

『그렇기도 한데, 실은 우리 클랜에서도 몇 명 참가했거든. 랑그……, 그 사건 때 히포그리프를 타고 다녔던 〈마스터〉를 기억하고 있나? 그도 참가했어.』

"아, 기억나요! 오~! 출장했구나, 아니……, 어라? 그러고 보니 그 사람이 사건 때 〈엠브리오〉를 썼던가요?"

분수 광장에서 [레지나 아피스 이데아]와 싸웠던 기억을 더듬어보니 히포그리프를 타고 다닌 〈마스터〉가 있긴 했다.

하지만 그가 〈엠브리오〉를 사용했던 기억은 없다. 무기도, 스킬도, 탈 짐승인 히포그리프도, 전부 평범했다.

혹시나 다른 사람이 알아보기 힘든 〈엠브리오〉를 쓴 게 아닐까 하는 생각도 들었지만…….

『쓰지 않았어.』

그 생각은 라이저가 한 말에 부정당했다.

『하지만 랑그가 그 전투 때 힘을 아낀 건 아니야. 왜냐하면 그의 〈엠브리오〉는……, 어이쿠. ……뭐, 그때는 쓰지 못했을 뿐이지.』

"?"

이오는 머리 위에 물음표를 띄웠지만, 친한 사람의 능력을 멋대로 밝힐 수 없는 라이저는 쓴웃음으로 대답할 수밖에 없었다.

하지만 〈엠브리오〉를 **그 국면에서는** 쓰지 못했다는 그의 답이 이미 전부이기도 했다.

사용할 수 있는 상황이 제한적인 랑그의 〈엠브리오〉———[질주혜성 핼리].

그 카테고리는———.

□[성기사] 레이 스탈링

"이……, 건?"

눈부신 빛이 사그라들자 주위의 광경이 완전히 바뀌어 있었다.

결계 안쪽에 안팎을 가로막은 **경계**가 하나 더 생겨나 있던 것이다.

그것은———— 거대한 구 형태의 우리. 밤하늘과도 같은 색을 띤 금속으로 이루어진 우리였다.

격자 사이에는 같은 색 금속망이 쳐져 있어서 쥐새끼 한 마리도 빠져나갈 틈이 없었다.

나는 그 안쪽에 실버를 탄 채로 갇혀 있었다.

아니, 갇혀 있다는 표현은 정확하지 않을지도 모르겠다.

우리의 크기가 무대와 거의 비슷할 정도로 넓었기 때문이다.

움직임만 따지고 보면 결계 안으로 들어왔을 때와 별다른 차이가 없었다.

굳이 말하자면 구체이기 때문에 발치에 경사가 생겼다는 점이 다를 것이다.

시험 삼아 우리를 네메시스로 베어보았지만 간단히 튕겨 버렸고, 벤 곳에는 흠집조차 생기지 않았다. 적어도 일반적인 수단으로 파괴하는 것은 힘들 것 같았다.

"이건…….."

이 우리가 〈엠브리오〉라면 그 카테고리는…….

『————TYPE : 캐슬.』

건물 〈엠브리오〉이며, 지금까지 프랭클린 이외에는 싸워본 적이 없다.

애초에 캐슬이라는 카테고리는 전투를 벌일 때 앞으로 나서기에는 적합하지 않다는 이야기를 들은 적이 있다.

생산 계열이나 거점 계열 능력 특성일 경우가 많고, 한번 설치하면 문장에 수납하기 전까지는 이동이 불가능한 것들이 대부분이라는 게 그 이유인 모양이었다.

프랭클린의 판데모니움 같은 경우에는 몬스터를 생산, 운반하는 〈엠브리오〉이고, 다리가 달려 있어서 이동이 가능했기에 항공모함처럼 전장에 나섰다.

하지만 이번에는…….

『그렇군. 우리인 캐슬이라면 전투에도 써먹을 수 있는 겐가.』

네메시스가 말한 것처럼 상대방을 가두어둘 수 있는 능력이라면 전투에 적합할지도 모르겠다.

하지만 ……가두어두는 것 치곤 너무 넓은 것 같다.

무대를 통째로 감싸고 있기에 가둔 의미가 없다.

애초에 랑그는 어디에…….

『하하하. 이건 우리가 아니고, 애초에 캐슬뿐인 것도 아니야.』

머리 위에서 목소리가 들렸다.

구 형태 우리의 꼭대기를 올려다보니……, 역광으로 비추는 햇빛 안에 특이한 실루엣이 보였다.

『이 녀석의 TYPE은——— 채리엇 캐슬이다.』

그것은——— 충각이 달린 대형 바이크에 올라탄 랑그의 모습이었다.

거꾸로 매달린 상태로 우리 표면에 달라붙은 듯이 고정된 바이크와 거기에 올라탄 라이더.

특촬 히어로의 가면이 아니라 레이서가 쓸 것 같은 헬멧 너머로 랑그의 목소리가 들렸다.

"……복합형(하이브리드)."

TYPE : 채리엇 캐슬. 다시 말해 이쪽을 가둔 우리와 랑그가 탄 바이크, 양쪽 모두 〈엠브리오〉라는 뜻이다.

그리고 구 형태의 우리 안에서 바이크를 탄 모습을 보니 내 머릿속에 어떤 단어가 떠올랐다.

"글로브 오브 데스인가……!"

『알고 있나? 그렇다면 설명하기 편하지!』

글로브 오브 데스——— 구체 내부를 바이크로 질주하는 **바이크 스턴트**의 일종.

360도, 상하 구별도 없이 바이크로 내달리기에 지극히 난이도가 높은 스턴트다.

좀 전에 한 선언이 필살 스킬이라면, 핼리라는 이름의 〈엠브리오〉가 지닌 능력 특성은 그 바이크 스턴트일 것이다.

"……당신, 히포그리프를 타고 다니는 거 아니었어?"

『공교롭게도, 이 녀석은 이 안에서만 달릴 수 있거든.』

랑그는 자신이 타고 있던 바이크의 연료통 부분에 손을 얹으며 그렇게 말했다.

『바깥에서 돌아다닐 때는 피트……, 우리 히포그리프가 필수지.』

다시 말해 히포그리프는 보조 탈것이고, 이 금속구를 전개해서 바이크를 타야만 랑그가 원래 실력을 발휘할 수 있다는 뜻이다.

[모노크롬]과 싸웠을 때 쓰지 않았던 이유도 분명하다. 이 금속구가 날 수 있을 것 같진 않으니까.

"라이저 씨의 후배라는 이야기는 들었는데, 바이크 쪽으로도 후배……라는 건가?"

『그런 거지!』

내가 한 말을 듣고 그가 웃으며 대답했다.

……그건 그렇고 자신의 〈엠브리오〉에 대해 용케도 가르쳐주네.

상대를 놓친 내게 기습도 가하지 않았다. 혹시나 자신만 내 정보를 가지고 있다는 걸 공정하지 못하다고 생각하고 어느 정도는 가르쳐준 건가?

그렇게 정정당당한 구석도 라이저 씨와 비슷하다.

『자, 그럼 슬슬 시작해 보도록 할까.』

랑그는 핸들을 쥐고 헬리의 액셀을 밟기 시작했다.

엔진음과 함께 바이크의 머플러에서 까만 매연이 뿜어져 나왔다.

"……그래."

나도 대답하며 실버로 《바람발굽》을 이용한 압축 공기 배리어를 전개했다.

하지만 주위 전부를 완전하게 뒤덮는 것이 아니라 이 금속구처럼 틈새가 있는 형태다.

그와 동시에 오른손의 [장염수갑]으로 《지옥독기》를 뿜어냈다.

독기가 배리어 틈새로 구체 안에 흘러나가기 시작했지만, 보아하니 금속구의 망 부분을 통해 밖으로 새어나가지도 않고 안쪽에 고이고 있었다.

눈에 보이는 금속 부분 말고도 결계 같은 구조가 있는 건지도 모르겠다.

『좀 전에는 골치 아픈 상대라고 했지만 말이야, '언브레이커블 (불굴)' 레이 스탈링과 한 판 붙을 수 있게 되니 조금 기대되거든.』

내가 모의전을 벌여왔던 결투 랭커들과 비슷한 분위기를 풍기는 랑그가, 헬멧 너머로 웃은 것 같았다.

『그러니까 눈을 깜빡이지 말라고.』

그는 그렇게 말하며 액셀을 연달아 밟아댔고.

『우리 핼리는──── 좀 **빠르니까**.』

그가 손 근처의 스로틀을 세차게 돌린 순간──── 그의 모습이 사라졌다.

"……!"

시야 구석에 희미하게 남은 잔상이 순간이동이 아니라 고속이동이라는 사실을 말해주고 있었다.

하지만 너무나도 빨랐다. 나는 눈을 깜빡이지 않았는데, 단숨에 시야에서 사라졌다.

『윽! 뒤쪽이다!』

네메시스의 경고를 듣고 돌아보기도 전에 충격이 느껴졌다.

"윽……?!"

내 몸무게뿐만이 아니라 나를 태우고 있던 실버까지 통째로 날려버릴 정도로 묵직한 일격.

압축 공기 배리어가 뚫린 데다, 결코 가볍지 않은 대미지에 HP가 깎였다.

우리는 충격과 동시에 반대쪽 내벽까지 튕겨 나갔다.

하지만 어떤 그림자가 우리에게 달려들었다.

그것은 랑그가 타고 있던 바이크. 역광으로 인해 보이지 않았던 바이크의 색깔은 푸르스름했고, 색과 마찬가지로 혜성처럼……, 튕겨져 나간 우리를 추격하려 하고 있었다.

잠시 후, 양쪽 사이의 거리가 완전히 좁혀졌고.

"네메시스!"

『음!』

네메시스가 전개한 《카운터 앱솝션》에 정면으로 들이받았다.

우리를 들이받은 대미지와 함께 지니고 있던 운동 에너지가 빛의 벽에 흡수되자 일시적으로 움직임이 멈췄다.

"《연옥화염》!"

왼손을 랑그에게 겨누고 고열의 화염방사를 전력으로 퍼부었다.

랑그는 재빨리 핸들을 꺾어 피하려 했지만, 불꽃이 닿은 게 약간 빨랐다.

『치잇!』

바이크의 표면과 라이더 슈트가 그을리자 그는 다시 가속하며 우리에게서 멀어졌다.

하지만 질주한 그의 앞에 기다리고 있던 것은 구체의 내벽이었고, 다시 눈으로 알아보기가 힘들 정도로 가속한 그가 그 벽에——— 부딪히지 않고 솟구쳤다.

"윽! 실버!"

『…………!』

실버가 재빨리 《바람발굽》으로 구체 중앙의 공중으로 피했다. 그 직후, 소리를 뒤에 남겨두며 우리가 있던 위치를 푸르스름한 그림자가 통과했다.

『……그렇군. 이 구체 속은 녀석에게 있어서 감속할 필요가 없는 공간이라는 게야.』

글로브 오브 데스는 가속하며 상하 구별조차 없이 계속 달리고 도는 경기다.

그렇기 때문에 상대가 내벽 어딘가에 발을 디디고 있다면 어디든 가속하며 돌아서 격돌할 수 있다.

안전지대를 굳이 따진다면 이 공중뿐이겠지만, 이곳도 언제까지 안전할지는 알 수가 없다. 이 구체가 그의 〈엠브리오〉고, 이 안이 주된 전장이라면 이렇게 피하는 것 정도는 대책을 세워두는 게 당연하기 때문이다.

지금은 그냥 계속 달리기만 하고 있지만……, 타이밍을 보다가 대책을 실행할 것이다.

"그건 그렇고……."

랑그의 속도는 분명히 음속을 초월했다.

내 체감이 정확하다면, 마리의 전투 기동보다 더 빠르다.

그 속도가 그대로 공격력에 이용되고 있다. 내가 내구형이고, 새로운 [VDA]로 인해 HP가 늘어나지 않았다면 상처 계열 상태 이상 때문에 상황이 더욱 악화되었을 것이다.

실버도 대미지를 입어서 낼 수 있는 속도가 온전하지 못한 것 같았다.

『상급 직업과 〈상급 엠브리오〉가 저 정도 속도를 낸단 말이지. 뭔가 숨겨진 이유가 있는 것 같군.』

"그래……."

〈엠브리오〉의 성능을 끌어올려 주는 요인은 여러 가지다.

내가 지금까지 자주 봤던 것은 '추가 비용', '조건', '무제어', '제한'이다.

'추가 비용'은 굳이 말할 필요도 없이 스킬의 행사나 성능 향상을 위해 MP나 SP가 아닌 것을 사용하는 것이다. 네메시스의 대미지 카운터도 크게 나누면 이것으로 분류된다.

'조건'은 특정 조건을 달성했을 때만 효과를 발휘하는 것. 네메시스로 따지면《역전은 나부끼는 깃발과 같이(리버스 애즈 플래그)》가 이것에 해당된다.

'무제어'는 제어를 포기하고 자신이 대미지를 입는 것조차 불사하며 출력을 끌어올리는 것이다. 내 비장의 수로 예를 들자면 〈엠브리오〉는 아니지만,《장염희(갈드랜더)》가 비슷한 예다.

그리고 '제한'은 기능상의 제한. 스킬의 횟수 제한이나 특정 환경에서만 쓸 수 있는 것이다. 굳이 말할 필요도 없이《카운터 앱솝션》의 횟수 제한이 이런 종류다.

랑그의 핼리도 십중팔구 '제한'을 통해 기초 성능을 끌어올리고 있을 것이다.

저 바이크는 금속구 안에서만 달릴 수 있다고 했다. 다시 말해, 써먹을 수 있는 장소를 구 내부로 한정시킴으로서 채리엇의 속도와 돌격 능력을 끌어올린 것이다.

단점이 있다고 한다면 이 우리 바깥에 있는 상대에게는 아무것도 하지 못한다는 점일 것이다. 형만큼 강하지는 않더라도 광역화력을 지닌 사람이라면 바깥에서 일방적으로 공격할 수 있다.

그런 약점을 지니고 있기에 속도와 돌격 능력이 뛰어나다.

하지만 그 약점은 결투 때는 약점이 되지 못한다.

왜냐하면 금속구의 크기가 **무대와 비슷한 정도**이기 때문이다.

상대는 가둘 수 있는 범위 밖으로 도망치지도 못하고, 바깥에서 공격할 수도 없다.

결투에 최적화되었다고 할 수도 있다.

"……혹시 랑그도 결투 랭커였나?"

그런 의문을 소리 내어 말하자 구체 안에서 눈으로 알아보기 힘들 정도로 빠르게 질주하던 랑그가 대답했다.

도플러 효과로 인해 군데군데 알아듣기 힘들긴 하지만, 들리긴 했고 의미도 이해할 수 있었다.

『한때는 말이지! 하지만 너하고 만나기 얼마 전에 맥스 녀석에게 져서 30위 밑으로 떨어져 버렸다고! 아직 별명도 붙지 않았는데 말이야!』

랑그는 랭커 출신이다. 저 속도와 맹공을 보니 납득할 수밖에 없다.

그 또한 기초 능력만으로도 나를 뛰어넘는 강자 중 한 명이라는 뜻이다.

특전 무구를 더하면 동등해지거나 뛰어넘을 수 있을까……?

『……레이,《지옥독기》의 효과가 없다.』

그렇게 생각하고 있자니 네메시스가 충고를 해주었다.

좀 전에 사용했던 《지옥독기》로 인해 구체 안에는 이미 독기가 가득 차 있다.

삼중 상태이상에 걸렸다면 저렇게 빠른 속도로 바이크를 타고 다니는 것도 힘들 텐데……, 그런 낌새가 보이지 않는다.

하지만 그럴 수 있는 이유는 대충 짐작이 갔다.

"독기 말고도……, 다른 가스가 섞여 있어."

검보라색 독기와 뒤섞인 까만 가스가 구체 안에 흐르고 있다.

그것은 랑그가 액셀을 밟았을 때 머플러에서 새어 나온 것이다.

그냥 매연인 줄 알았는데, 아무래도 그게 아닌 모양이었다.

"핼리……, 핼리 혜성. 그렇구나."

랑그의 〈엠브리오〉의 모티브에 대해 생각하다가 답으로 보이는 것에 도달했다.

"'핼리의 꼬리'……인가."

그것은 지금으로부터 130년 이상 전에 퍼져나간 어떤 소문.

지구에서 가장 먼저 알려진 주기 혜성인 핼리 혜성. 그 혜성의 꼬리……, 가스 부분에 독성이 있어서 지구상의 생물이 모두 죽거나 혜성이 공기를 가져가 버려서 질식사한다는 학설을 토대로 전 세계에 퍼져나간 소문.

물론 가스는 지구에 닿지도 않았고, 공기를 가져가지도 않았다. 그저 기우로 그친 일화다.

하지만 핼리 혜성의 이름을 따온 저 〈엠브리오〉의 경우는 진실인 모양이었다.

　매연이 독가스가 되어 금속구 안에 가득 찬다. 이쪽이 사용한 독기가 바깥으로 새어나가지 않았던 것은 상대방이 사용한 독가스를 바깥으로 새어나가지 못하게끔 한 구조에 편승한 형태일 것이다.

　그렇다면 알아낸 게 한 가지 더 있다.

　"……저쪽도 산소 마스크를 장착하고 있다는 거겠네."

　저 풀페이스 헬멧은 방독용이다. 그렇지 않다면 이런 스킬을 쓸 리가 없다.

　공교롭게도 양쪽의 발상이 비슷하다고 할 수 있다. 덕분에 이쪽은 [스톰 페이스]로 상대방의 독에 걸리지 않았지만, 상대방에게도 《지옥독기》가 통하지 않는다.

　양쪽 모두, 승리하기 위해서는 다른 수단을 마련해야만 한다.

　하지만 나는 랑그에게 어떤 수를 써야 할지 망설이고 있다.

　종횡무진으로 내달리고 있는 상대. 속도로는 따라잡지 못하고, 노려서 카운터를 맞추기는 힘들다.

　《응보(페이백)》는 충전이라는 문제점이 있고, 《샤이닝 디스페어》를 명중시키는 건 카운터 이상으로 힘들다. 발동까지 지연시간이 있는 《그랜드 크로스》도 마찬가지다.

　《추격자(체이서)》로 스테이터스를 복사한다 해도 아마 힘들 것이다. 상대방은 탈것이 빠른 타입이기에 본인의 스테이터스를 복사해봤자 따라잡을 수 없다.

　『맥스에게 졌다고 했다만…….』

맥스에 대해서는 알고 있다. 줄리엣의 친구인 결투 랭커다. 토벌 퀘스트 때 함께 싸웠던 적도 있고, 저번 〈애니버서리〉 이벤트에도 참가했다.

그녀의 전투 스타일이 공략의 힌트……가 되지는 않겠구나.

그녀의 이페탐은 대량의 도검을 드론처럼 전개하는 능력을 지니고 있다. 그런 것을 이 우리 안에 흩뿌리면 랑그의 바이크도 제대로 달리지 못하게 될 것이다.

나는 그걸 흉내 낼 수가 없다.

그렇다면 남은 건……, 넓은 범위에 《연옥화염》을 흩뿌리면서 조금씩이나마 태울까?

"아니, 그것 말고도……."

달리 써먹을 방법이 있다고 생각했을 때, 소름이 돋았다.

위험에 대한 직감. 이대로 있다가는 위험하다는 느낌, 논리가 아닌 위험 신호.

곧바로 실버의 고삐를 당겨 약간 오른쪽으로 피했다.

———그 순간, 푸르스름한 그림자가 초음속으로 바로 옆을 지나쳤다.

실버의 왼쪽 장갑과 내 왼쪽 다리를 날려버리며 그림자가 뒤쪽으로 뚫고 지나갔다.

"……뭐, 야?!"

필사적으로 낙마하지 않게끔 자세를 바로잡았다.

스쳐 지나가고 나서야 방금 그 그림자가 바이크를 탄 랑그라는 사실을 이해했다.

총알처럼 회전하면서……, 나를 향해 공중으로 솟구친 것이다.

그렇다, 아마도 가속이 최대 상태에 도달한 시점에서 내벽 위로 **뛰어올랐을 것**이다.

마치 레이서가 코스에서 벗어나 날아가 버리는 것처럼.

그러면서도 직격당하면 실버째로 나를 분쇄할 수 있는 속도와 위력을 지니고 있었다.

"윽……!"

그림자가 날아간 쪽 내벽을 돌아보았지만, 그곳에는 이미 아무것도 없었다.

랑그와 바이크가 내벽에 격돌해서 산산조각 난 것 같지도 않았고, 지금도 본체를 따라잡지 못하는 엔진음이 상하좌우에서 울리고 있다.

아무래도 그 상태에서 문제없이 착지에 성공한 다음, 다시 가속에 돌입한 모양이었다.

『……저 기술, 대체 어떤 이치지?』

상황을 이해한 네메시스가 전율이 절반, 질색이 절반씩 섞인 목소리로 그렇게 중얼거렸다.

"…………."

나도 의문스러웠지만, 기시감도 들었다.

고등학생 시절 부실에 있던……, 4륜 구동 자동차 모형으로 레이스를 벌이는 아동용 만화에 이런 기술이 있었던 것 같다.

자기가 탄 바이크로 그걸 하는 건 아무리 그래도 목숨 아까운 줄 모르는 것 같지만, 랑그 같은 경우에는 애초에 능력 특성이 바이크 스턴트인 핼리가 있다.

애초에 그런 소양을 지닌 사람일지도 모르겠다.

『이곳도 안전지대는 아닌 모양이로구나. 그런데, ……어떤 수를 쓰지?』

네메시스가 씁쓸한 목소리로 중얼거렸다.

랑그는 이미 다시 가속에 돌입했고, 타이밍을 보다가 다시 그 기술을 사용할 것이다.

다음 공격이 날아들 때까지 수십 초도 되지 않을 것 같다.

이대로 히트 & 어웨이를 반복하게 두면 언젠가 회피나 방어에 실패해서 지게 될 것이다.

《카운터 앱솝션》으로 대미지와 운동 에너지를 없애는 방법도 있긴 하지만, 속도가 너무 빨라서 공격이 어디에서 날아들지 예측할 수가 없다. 사용할 방향을 잘못 잡을 우려가 크다.

"……그것밖에 없나."

하지만 이런 상황에서도 쓸 수 있는 수가……, **단 한 가지 있다.**

"MP는……, 충분하네."

강화 회의 때 싸운 이후로 저주받은 무구의 저주를 잔뜩 풀었다. 특히 이름 없는 도끼에서 흡수한 양이 많아서 [자원주갑]에는 그것을 사용할 만큼의 원념이 모여 있다.

왼쪽 다리 분량이 없다 해도 이 무대 위로 한정하면 아마 충분할 것이다.

그 뒤에는 핼리의 능력에 달려 있겠지만, 최악의 경우에는 전부 《지옥독기》의 가스로 때운다.

『……레이. 그대, 설마 그걸 할 셈인가?』

그거다.

『써도 괜찮은 게야?』

핼리와 결계, 두 겹이다. 그리고 이번에는 관객도 없고, 깨질 정도로 강한 위력이 나오진 않을 것이다.

그리고 분명……, 그렇게까지 강한 위력을 낼 필요도 없을 것이다.

『그렇다면, 시험해 볼까.』

"그래."

네메시스에게 소리 내어 대답한 다음, 나는 실버의 목을 살짝 두드렸다.

"부탁한다, 실버."

실버가 울음소리 같은 엔진음으로 대답했다.

그리고 나는…….

"《바람발굽》──── 발동."

그 스킬의──── 그 **전법**을 사용하기 시작했다.

◆ ◇ ◆

□■중앙 대투기장 무대

『만만치 않군. 역시 '언브레이커블' 레이 스탈링이야!』

핼리의 내벽을 질주하며 랑그가 들뜬 기분 절반, 긴장된 기분 절반으로 그렇게 중얼거렸다.

지금 랑그는 독가스 스킬인 《테일 오브 핼리》를 계속 사용하고 있다.

질식 상태를 유발하는 독가스로 상태이상을 걸면 랑그가 유리해지기 때문이다.

그 상태이상은 랑그처럼 장비로 무효화된 것 같지만……, 문제는 없다.

랑그의 전술은 한 가지 더 있다.

그것은―― 최대 가속 상태로 가하는 비상 돌격.

바이크인 핼리는 금속구인 핼리 안에서만 달릴 수 있다. 우주색 구체 안에서 주기 혜성처럼 빙글빙글 돌 뿐이다.

그렇기 때문에 그 내부에서 핼리의 질주는 타의 추종을 불허한다.

랑그가 [질주기병]이라는 것도 포함해서 지금 시점의 최고 속도는 음속의 5배 이상.

가속 시간이 필요하긴 하지만, 최대 가속에 도달하면 제5형태인 〈엠브리오〉로서는 파격적인 속도와 위력을 발휘한다.

그 속도와 위력은 뛰어오를 때도 효과가 있고, 합계 중량이 400킬로그램이 넘는 물체가 그 속도로 격돌하면 특수한 방어 수단이나 터무니없는 스테이터스가 없는 경우에는 즉사급 대미지를 입는다.

결투에서 패배한 경우는 맥스와의 전투까지 포함해서 거의 전부 최대 가속을 내기 전에 당했기 때문이다.

그렇기 때문에 레이처럼 상대방이 공중에서 상황을 지켜보는 상태는 랑그에게 있어서 필승의 형태였다.

네메시스의 《카운터 앱솝션》으로도 반응할 수 없는 타이밍과 방향이라면, 일격에 승부를 낼 수 있다.

……그럴 거라 생각했지만, 그 예측은 레이의 직감으로 인한 회피 때문에 빗나갔다.

필살의 일격은 레이의 몸을 어느 정도 도려내기만 하는데 그쳤고, 랑그는 다시 가속할 수밖에 없었다.

그래도 손맛은 느껴졌다.

직격만 한다면 확실하게 이길 수 있다는 손맛이.

(최대 가속까지 20초 남았다! 따라잡을 수 없는 속도에 도달했어! 다음 점핑 타이밍을 눈치채지 못하게 해서 《카운터 앱솝션》을 빗나가게 만들면 이길 수 있다고!)

피한다 해도 상관없다. 다시 반복하면 된다.

유일한 우려는 《카운터 앱솝션》의 방어 타이밍과 방향이 맞아떨어지는 것. 하지만 그건 반대로 말하자면 둘 중 하나라도 어긋난 시점에서 직격하게 된다는 뜻이다.

이길 수 있다……, 랑그는 그렇게 생각했다.

———레이에게 이변이 생긴 것은 그때였다.

(저건…….)

레이에게……, 정확히 말하자면 레이가 타고 있던 실버에게 변화가 생겼다.

주위의 기체를 빨아들여 압축공기 배리어를 다시 구축하기 시작했다.

핼리 내부에 가득 차 있던 독기와 독가스 때문인지 그 배리어는 새까맣게 물들어 있었다.

(수비를 굳히면서 내 점핑을 막을 셈인가! 하지만 내 최대 공격이야! 어지간한 벽으로는 막을 수 없다고!)

미스릴이나 고대전설급 금속 벽이라 해도 뚫을 수 있다, 랑그는 그렇게 확실한 자신감을 품고 생각했다.

아니면 전방위에 배리어를 만들어서 입사각을 파악하고, 뒤늦게 《카운터 앱솝션》을 성공시킬 속셈일지도 모르겠다.

『재미있는데! 제때 맞출 수 있을지 어디 한번 해보시지!』

그렇게 짧고도 긴 시간이 흘러갔다.

랑그의 최대 가속이 끝났을 때쯤, 실버는……, 여전히 공기를 모으고 있었다.

계속 공기를 모은다고 진공 상태가 되는 것은 아니다.

핼리는 《테일 오브 핼리》와 함께 사용함으로써 공기의 누출을 막는 구조를 지니고 있긴 하지만, 외부에서 유입되는 공기를 막지는 않기 때문이다. 투기장의 결계도 불꽃 등으로 인한 진공화를 막기 위해 비슷한 구조로 되어 있다.

하지만 공기가 있든 없든, 랑그와 핼리의 질주엔 지장이 없다.

『아무리 두텁게 해봤자 풍선 따위로 막아낼 수 있는 기술이 아니라고!』

랑그는 그렇게 외치며 마무리 일격을 날리기 위해 바이크와 함께 날아오르려 했다.

(———아니, 아니야.)

그 순간, 사고보다 본능이 먼저 이해했다.

아니면, **떠올렸을 것이다.**

예전에 보았던 광경. 예전에 보았던 색.

실버의 배리어 색이 까만 이유가 흡수한 독가스 때문이 아니라는 사실을.

고밀도로 압축되어 **빛조차 투과하지 못하게 되었기 때문에** 검은색이 되었다는 사실을.

(이건…….)

랑그는 그것을 알고 있다. 아마 기데온과 인연이 있는 사람들 중 대부분이 알고 있을 것이다.

레이가 '언브레이커블'이라 불리게 된 이유를 만든 전투에서 승리의 결정타가 된 전법.

그 전투와 어떤 이벤트에서만 사용했던 전법, 레이의 기본 전법에서 벗어난 수법.

"———《바람발굽》, 해제."

———**바람발굽 폭탄**이라 불리는 압축공기를 이용한 대폭발

이다.

계속 압축되었던 막대한 양의 기체가 레이의 선언과 함께 외부로 해방되었다.

열기 없는 폭풍이 예전처럼 충격을 흩뿌리려 했고, 그것은 헬리 내부에서 [RSK]와 벌였던 전투 때보다 훨씬 엄청난 대참사를 일으켰다.

그 원인은 '내부의 공기를 새어나가지 못하게 하는' 헬리 그 자체.

금고 안에서 다이너마이트를 폭발시킨 것처럼, 밀폐 공간에서 폭풍이 맹위를 떨쳤다.

그럼에도 불구하고, 헬리는 부서지지 않았다.

견고하며 내부에 있는 자들을 놓치지 않는 캐슬은 그 폭풍도 견뎌냈다.

하지만 **견뎌내지 못한 것**도 있었다.

금고도, 다이너마이트도 아닌 것.

내용물 중 하나에 불과하며, 견뎌낼 수 있을 만한 내구도도 지니지 못한——— 랑그 자신.

미쳐 날뛰는 파괴 속에서 랑그는 곧바로 HP를 전부 잃었다.

적어도……, 레이보다는 먼저.

□[성기사] 레이 스탈링

〈토너먼트〉 1회전이 끝났고, 나는 힘들게 승리를 거두었다.

결정타인 바람발굽 폭탄. [신수렵]과 싸웠을 때는 밀쳐내는 용도로 사용했지만, 이번에는 공격용으로 사용했다.

상대가 아무리 빠르다 하더라도 자신을 중심으로 한 폭발……, 전방위 동시 공격이라면 맞출 수 있다.

……뭐, 공기가 새어나가지 않는 밀폐 공간이었기에 결과적으로 위력이 너무 강해진 것 같긴 하지만, 그래도 랑그의 헬리와 투기장 결계가 양쪽 모두 견뎌냈기에 신경 쓰지 않기로 했다. 내가 결계에 부딪혀서 돌아온 폭풍의 피해 때문에 쓰러지기 전에 결판이 나기도 했고.

참고로 바람발굽의 압축 도중에 다시 돌격해온다면 그 시점에서 해제할 생각이었다.

배리어의 접촉에 반응해서 바람발굽을 해제하면 확실하게 명중하긴 한다. 단, 그럴 경우에는 자세가 무너진 랑그를 쓰러뜨리거나, 자세가 무너지지 않은 그의 돌격으로 인해 죽거나. 그런 도박이 되었을 것이다.

아무튼, 결과만 놓고 보면 무사히 예측대로 되었다고 할 수 있다.

참고로 시합이 끝난 뒤에 랑그와 이야기를 잠깐 나누었다.

서로 예상하지 못한 수법에 놀라긴 했지만, 깨끗한 시합을 벌였던 것 같다.

"……독기와 독가스가 만연한 시합이 깨끗한 시합이거늘. 환경에는 별로 안 좋을 것 같다만."

『키슈~? (환경……, 어쩔 거야?)』

그건 따지지 말라고.

돌이켜보면 승리할 수 있었던 이유는 손패가 다양했기 때문이다. 독기나 카운터 같은 공격수단이 무력화되었는데도 불구하고 실버의 바람발굽 폭탄이 남아있었기에 이길 수 있었다.

그것이 내 강점이라는 사실을 기초 능력이 나보다 약간 뛰어난 랑그와 싸워보고 실감했다.

다양한 카운터 능력에 특화된 네메시스, 세 개의 특전 무구, 실버. 그것들을 모두 갖추고 있기에, 상대의 기초 능력이 더 뛰어나다 해도 상성이 좋은 능력을 선택해서 승산을 찾아낼 수가 있다.

한 번의 시합에서 모든 능력을 다 쓰더라도 승부가 끝난 뒤에 다시 보충되는 결투라면 문제도 없다.

1회전에서 승리해서 자신감도 붙었다. 이런 느낌으로 2회전 이후로도…….

[레이지, 잠깐 이야기 좀 할 수 있나?]

"응?"

갑자기 [텔레파시 커프스]로 형이 연락을 했다.

[그래, 괜찮아. 마침 1회전을 승리한 참이야.]

[그렇군. 실은 말이지…….]

형은 왠지 모르겠지만 평소와는 달리 초조한 것 같기도 하고 곤란한 것 같은 분위기였다.

뭔가 내게 말하려고 하면서도 망설이는 것 같기도 했다.

[……아니, 됐다. 예선이 끝나면 말하마.]

[어? 그래, 응.]

[나머지 세 시합, 열심히 해라곰.]

형과의 통신은 그렇게 끊겼는데, 결국 무슨 용건이었던 거지?

"무슨 일인고?"

"……글쎄?"

네메시스와 서로 얼굴을 마주 보면서 이유를 알 수 없는 형의 연락 때문에 고개를 갸웃거렸다.

통로를 지나 대기실로 돌아오자 다시 실내에 있던 사람들의 주목이 쏠렸다. '역시 이겼나'라는 말을 하는 걸 들었는데, '역시'라고 할 정도로 쉬운 승부는 아니었다.

실수했다면 졌을 시합이었다. 특히 랑그의 수법을 알아내지 못했던 초반에 좀 더 공격을 연달아 당했거나 비상 돌격에 직격당했다면 졌을 것이다.

『으음.』

네메시스는 문장 밖으로 나와 있지만, 주위에 사람이 있기에 텔레파시로 내게 대답했다.

『알고 있긴 했다만, 〈마스터〉들끼리 싸울 때는 모르면 죽게 되는 수법이 두렵군.』

그래. 〈엠브리오〉는 천차만별이라 수법을 전혀 알 수 없다는 게 얼마나 무서운 건지 제대로 느꼈다고.

『초전(初戰)킬러라고 할지, 그런 수법을 피할 방법이 필요하겠군. 결투 때는 [브로치]를 쓸 수가 없고, [사병(데스 솔저)]의 스킬도 발동되지 않으니 말이다. 내 스킬로도 정확히 방어할 수 없을 우려가 있다.』

역시 시합이 시작되자마자 선수를 쳐서《지옥독기》를 전개해 두어야 할 것 같다.

랑그에게는 서로의 능력이 겹쳤기에 무력화되었지만, 그래도 효과적인 전술이라는 건 분명하다. 먹히기만 하면 확실하게 상대방의 움직임이 둔해진다.

상대방에게 공중에 대한 공격수단이 빈약하다면 실버를 타고 공중으로 피하는 것도 괜찮을 것 같다.

그리고 공중에서 독기를 가득 채운 다음, 때로는 화염, 때로는《샤이닝 디스페어》로 원거리 공격을 가하면 된다. ……아니, 내가 생각한 거긴 한데, 이건…….

『……이보게, 뭐라고 해야 할까, 매우, 저기……, 악당 같지 않은가? 그거.』

……응.

"하지만 모양새를 신경 쓰다가 지면 안 되니까."

『언데드나 악마를 뜯어먹은 그대가 그렇게 말하니 설득력이 있구나⋯⋯.』

"뭐, 그렇지. ⋯⋯어이쿠."

1회전 때문에 조금 지쳤는지, 졸리기 시작한다.

역시 랑그와 벌인 시합 때문에 생각보다 정신적으로 지친 모양이다.

『2회전까지는 아직 시간이 있다. 내가 지켜보고 있을 테니 잠시 눈이라도 붙이고 오거라.』

"그래. 호의를 받아들이도록 할게. ⋯⋯아, 꼬마 가르가 나를 깨물지 않게끔 주의해줘."

『내게 맡기거라.』

『키샤샤?』

네메시스에게 그렇게 말한 다음, 나는 살짝 눈을 감았다.

잠시 후, 내 의식은 꿈에⋯⋯, 상태이상이 아니라 나 자신의 잠에 빠져들었다.

◇ ◇ ◇

그 꿈은 아침에 꾸었던 것과는 달리⋯⋯, **그냥 꿈**이었다.

"무쿠도리 군, 메타 게임이라는 말을 알아?"

내 기억 속에 있는 광경. 고등학교 클럽 활동 때 광경이다.

고등학교 1학년 무렵에 내가 테이블 앞에 앉아있고, 맞은편에는 전유연 부장이 앉아있다.

"아뇨, 모르는데요⋯⋯."

"주로 카드 게임 쪽에서 쓰는 용어인데, 의미는 환경 정보 수집전이라고 해야 할까?"

부장은 트레이딩 카드를 테이블 위에 펼쳐두고 있었다. 카드를 레벨이나 종류별로 늘어놓고, 똑같은 카드를 겹쳐서 대전 때 사용할 다발⋯⋯, 덱을 짜고 있던 참이었다.

"카드 게임의 환경은 시시각각 변해. 최신 확장팩의 내용, 갱신된 금지, 제한 리스트. 유행하는 덱. 발견된 콤보. 덱을 짜서 대회에 나가기 전에 그러한 정보를 모으는 건 매우 중요하지. 이유가 뭔지 알아?"

"카드 게임은 잘 몰라서요⋯⋯."

"그렇구나. 안심해. 가르쳐줄 테니까."

전유연은 컴퓨터 게임 클럽 활동이긴 하지만, 취미 잡지나 취미 만화 같은 것들도 부실 책장에 꽂혀 있다.

그것은 부장⋯⋯, 호시조라 코요미 선배의 취미가 아날로그 게임, 특히 카드 게임이기 때문이다.

신입 부원인 나도 그쪽 권유를 받았고, 스타터 덱이나 플레이 매트 같은 걸 이것저것 받아버렸기 때문에 해야 하나, 하는 생각이 들었다.

"환경 정보를 수집하는 게 중요한 이유는 말이지, 대회에서 수없이 만나게 될 상대를 이길 확률을 높이기 위해서야. 예를 들어 덱에서 임의의 카드를 서치하는(손패에 넣는) 효과가 많이 포함된 덱이 유행할 때, 서치를 막는 카드를 자기 덱에 넣어둔다

면 대전 상대의 카드 중 다수를 휴지 조각으로 만들 수 있지. 그
런 이야기야."

"……전문용어가 이해되지 않는 부분도 있긴 하지만, 대충 알
겠네요."

"하지만 반대로 서치를 사용하지 않는 덱을 쓰는 상대와 싸우
게 되면, 서치 방지 카드가 휴지 조각이 되지. 대회를 앞두고 덱
유행을 예측하는 것. 사이드 덱을 통해 변경해서 수정할 수 있
는 부분도 있긴 하지만, 그것까지 포함해서 덱을 짜는 건 정말
신경이 많이 들어가."

그렇게 말하면서도 부장은 매우 즐겁게 덱을 짜나가고 있었다.

"다양한 카드에 대처할 수 있게끔, 많은 대책 카드를 덱에 넣
어두면 되는 거 아닌가요?"

"그것도 틀린 방법은 아니지만, 안정성이 떨어질 수밖에 없거
든. 그리고……."

부장은 눈을 가늘게 뜨며 계속 말했다.

"가끔 사전 대책이 무의미한 덱도 있고."

"네?"

"좀 전에 발견된 콤보라는 말을 했었지? 대회에는 미지의 콤
보를 찾아내서 가지고 오는 사람도 있거든. 정보 사회의 극에
달한 지금 같은 세상에 아직 알려지지 않은 미지의 흉악한 콤
보. 그런 것들 중 대부분은 예전에 잊혀진 카드와 최신 카드의
조합으로 발생해. 시간을 뛰어넘어서 **잊혀진 것, 망각된 것**이
이빨을 드러내지."

"…………."

"뭐, 그 이전의 문제로……."

부장은 그렇게 말한 다음에 잠깐 입을 다물었다가 눈을 감으며 다시 말을 꺼냈다.

"난수가 복잡하게 얽힌 게임에서는 사전 준비를 능가하는 사건들의 쏠림이 발생하는 경우도 있어."

부장은 눈을 뜨고 내 두 눈을 빤히 보았다.

"무쿠도리 군. 3년 정도 뒤에 게임에서 그런 경우가 생길 테니까 조심해."

"어떻게 그런 걸 아시는데요……?"

갑자기 예언 같은 말을 하기 시작한 부장에게 당시의 내가 긴장하며 물었다.

그러자 부장은…….

"내 덱 짜기 점이 그렇게 말하고 있어."

"그게 점이에요?!"

당시의 나는 '들어본 적도 없는데요?!'라고 태클을 걸었다.

"의외로 잘 맞거든. 부부장 점을 쳤을 때도 무심코 몸을 마구 긁어댈 정도로 놀라더라. 카드라 그런가?"

"……으스대는 표정으로 그런 말씀을 하셔도 말이죠."

"뭐, 그러니까 3년 뒤에는 조심해."

부장이 그렇게 말한 게 들렸을 때……, 꿈이 끊겼다.

나는 몸이 흔들리는 감각 때문에 깨어났다.

"레이, 시간이 됐다. 부르던데."

"그래……."

옆을 보니 네메시스가 내 어깨에 손을 올리고 있었다. 흔들어 깨워준 모양이었다.

시간을 보니 30분 정도밖에 지나지 않았다.

예선 동안은 결계 때문에 진행이 빠르고, 2회전쯤 되면 시합 횟수 자체가 적겠구나.

"…………."

방금 꾼 꿈에 대해 잠시 생각했다.

예지몽 같은 건 아니겠지. 아무래도……, 오늘은 암시해주는 것 같은 꿈을 너무 많이 꾸는 것 같다.

"3년 뒤……라고."

고등학교 1학년 봄으로부터 3년. 그럼 마침……, 지금 이 시기 아닌가?

"레이?"

"……아니, 괜찮아."

나는 마음을 다잡고는 안내 담당자를 따라 다시 무대로 향했다.

……하지만 그 생각은 다잡은 줄 알았던 마음에서 떠나지 않았다.

◇

무대로 올라온 나는 1회전 때와 마찬가지로 까만 결계를 통과했다.

이번에는 내가 먼저 들어온 모양인지, 상대의 모습은 아직 보이지 않았다.

2회전에 진출했는데도 아직 긴장이 되긴 하지만, 이길 방법 같은 건 대충 보이기 시작했다.

상태이상이나 공중이라는 우위 등으로 상대를 파악할 시간을 벌고, 지니고 있는 손패 중에서 효과적인 것을 선택하기만 하면 된다. 그러면……, 이길 **수 있을 것**이다.

『레이.』

"왜 그래? 네메시스."

『생각과는 달리 표정이 딱딱하구나. 그리고 그런 생각도 마치 자신을 타이르는 것 같은 느낌이다만.』

그 말을 듣고 표정이 굳었다는 것을 자각했다.

그와 동시에 심장이 삐걱거렸다.

"……기분 나쁜 예감이 들어서."

좀 전에 꾼 꿈의 내용, 3년 전에 쳤던 점.

그것이 무슨 암시나 저주처럼……, 나를 얽매고 있는 듯한 느낌.

이제 곧 어떻게 해볼 수 없는 일이 생기는 게 아닐까 하는 예감이다.

『지금 나와 그대는 강하다. 어떤 괴물이 나온다 하더라도 맞서지 못할 일은 없을 게야.』

네메시스는 나를 격려하며 기운을 내게끔 그렇게 말해주었다.
덕분에 조금이나마 마음이 가벼워진 것 같았다.

"……고마워."

네메시스에게 고맙다는 인사를 하자 잠시 후에 상대방의 모습
이 결계 맞은편 통로에 보였고…….

"――――어?"

――――그 **사람**을 보았을 때의 충격은 랑그와 다시 만났을 때
와는 비교도 되지 않았다.

투명한 결계 너머로 상대방의 모습이 보였다.

그래서 눈치챘다. 내가 느끼고 있던 기분 나쁜 예감이 **들어맞
았다는 것**을.

부장의 점이……, 진짜로 몸을 마구 긁어댈 정도로 확실하게
들어맞았다는 것을.

경악하는 나와 네메시스 앞에서 대전 상대가 결계를 지나 무
대에 섰다.

나타난 사람은――――차이나 드레스를 입은 북유럽풍 미녀.

"와~. 오랜만이야~."

그 사람은――――왕국의 네 번째 〈초급〉, '주지육림' 레이레이.
〈데스 피리어드〉에도 멤버로 이름을 올린 사람이었다.

"……오랜만이네요. 저기, 레이레이 씨……, 사전 등록은?"

어째서 레이레이 씨가 여기 있는 걸까.

나는 머리가 혼란스러운 와중에 물어보았다.

"난입한 거야~. 일을 하다가 우연히 시간이 나길래 로그인했더니, 취소한 사람 자리에 당첨되어서 이벤트에 참가할 수 있었어~. 〈UBM〉이랑 싸울 수 있을지도 모르는 이벤트라니, 두근거리네~. 너하고 시합할 수 있다는 것도 기뻐~."

레이레이 씨는 방긋방긋 웃으며 내 질문에 대답해 주었다.

……그런 제도가 있긴 했지.

취소로 인해 결장자가 발생했을 경우의 당일 추첨. 우연히도 결장자가 생겼고, 우연히도 레이레이 씨의 일정이 비게 되었고, 우연히도 레이레이 씨가 남은 자리에 들어왔다.

단순한 우연, **사건의 쏠림.**

"…………"

망각하고 있었다.

레이레이 씨는 정기적으로 로그인하지도 않고, 고개를 내미는 경우도 드문 데다 연락하기도 힘든 상대다.

요즘도 일 때문에 바쁘다는 이야기를 형에게 들었다.

하지만 〈토너먼트〉에 참가할 가능성은 0이 아니었다.

좀 전에 형이 연락한 이유는 틀림없이 이것 때문일 것이다.

레이레이 씨가 참가하게 되었다는 이야기를 하려다 그만두었을 것이다.

어차피 본선으로 올라가면 토너먼트 대진표가 공개될 테니,

미리 가르쳐줘서 내가 쓸데없이 긴장하게 만들 필요는 없겠다
는 생각에 말하지 않은 모양이다.

하지만 지금 이 상황. 예선 2회전부터 나와 레이레이 씨가 맞
붙게 되었다.

무작위 추첨 결과가, 토너먼트 대진표가, 같은 클랜원들끼리
의 대결을 만들어냈다.

사전 준비를 능가하는 사건의 쏠림.

그런데 설마, 하필이면, 나와 레이레이 씨가 맞붙게 될 줄이야.

『……레이.』

네메시스의 목소리에도 동요한 기색이 배어 있었다.

클랜 멤버들끼리의 대결. 보기에 따라서는 클랜 멤버 한 명이
확실하게 올라간다고도 말할 수 있다.

하지만 나 개인으로서 볼 때는……, 〈토너먼트〉 최대의 벽은
틀림없이 이번 싸움일 것이다.

"……세 번째네."

『……으음.』

우리가 소속된 왕국의 〈초급〉들과의 싸움도 이번이 세 번째.

첫 번째인 피가로 씨는 우발적인 접촉.

두 번째인 여자 괴물 선배는 유괴와 구속.

그리고 세 번째. 레이레이 씨와의 싸움은 결투라는 형태로 찾
아왔다.

사고도 아니고, 범죄도 아니고, ———어느 한쪽이 무대 위에
서 죽을 때까지 벌이게 되는 **투쟁**.

나는 2회전에서 가장 큰 궁지에 몰렸다고 할 수 있다.

하지만——— 우리가 궁지로 인해 꺾일 거였다면, 분명히 지금까지 사건들을 헤쳐나오던 와중에 무릎을 꿇었을 것이다.

『좀 전에 내가 이렇게 말했다. 지금 우리라면 어떤 괴물에게도 맞설 수 있다고.』

"그래."

『나온 게 괴물을 초월한 상대이긴 하다만……, 나는 그 말을 뒤엎을 생각이 없다.』

"나도 질 생각은 없어. ———이기자, 네메시스!"

『———음!』

그렇게 우리에게 있어서 몇 번째인 〈초급〉과의 싸움이 시작되었다.

『결투 개시까지 20초.』

레이레이 씨……, '주지육림' 레이레이.

덴드로를 시작한 날에 만나긴 했지만, 그와 동시에 너무나도 알 수 없는 사람이다. 싸우는 모습을 본 것도, 마리가 보여준 〈고블린 스트리트〉를 토벌할 때의 영상뿐이다.

하지만 그것도 뭘 한 건지 알 수가 없었다.

닿기만 했는데도 〈고블린 스트리트〉의 〈마스터〉들이 녹아서 무너지고 터져나갔다.

어떤 원리로 한 건지는 전혀 알 수 없었고, 형이나 피가로 씨도 가르쳐주지 않았다.

『지금 알고 있는 건 접근하면 위험하다는 것이지.』

"그래⋯⋯."

레이레이 씨가 드러내고 있는 손에 닿기만 해도 죽을지 모른다.

《간파》로 스테이터스를 봐도, 1회전 때와 마찬가지로 숨겨져 있다.

AGI가 얼마나 되는지, 어떤 직업을 지니고 있는지조차 알 수가 없다.

나도 모르게 긴장해서 목에 침을 삼켰다.

"레이 군이랑 싸우는 건 처음이네~. 기대돼~."

그런 반면, 레이레이 씨는 긴장한 모습이 전혀 없이 방긋방긋 미소를 보이고 있었다.

『결투 개시까지 10초.』

대조적인 우리에게도, 시간은 평등했다. 잠시 후 시합 개시 시각이 되었다.

『5, 4, 3, 2, 1, ──0.』

그리고 시합이 시작되자, ──나는 실버를 타고 하늘 위로 날았다.

레이레이 씨에게 공중전 능력이 있는지는 모른다.

하지만 지상에 있다가는 확실하게 거리가 좁혀질 테고, 그 즉사 접촉이 날아든다.

미리 예상한 대로 공중으로 도망치는 것이 최선일 것이다.

"레이레이 씨는⋯⋯!"

이런 상황에서 레이레이 씨는 날아오른 우리를 추격해 올까.

그것이 최초의 분수령인데, 결과는⋯⋯.

"오~. 말이 날고 있네~. 요즘 유행하는 그거지~. ♪~"

레이레이 씨는 나를 쫓아오지 않았다. 그러기는커녕, 움직이지도 않았다.

날아오른 우리를 올려다보며, 왠지 모르겠지만 즐거운 듯이 노래를 부르기 시작했다.

매우 기분 좋은 노랫소리가 결계 안에 스며들었다.

"⋯⋯⋯⋯뭐지?"

레이레이 씨가 저런 행동을 하는 건 단순히 여유 때문일까, 아니면 성격 때문일까. 아니면 저 노래가 어떤 상태이상을 일으키는 스킬인 걸까. 간이 스테이터스를 확인했지만⋯⋯, 상태이상 표시는 없었다.

어찌 됐든 해야 할 일은 단 하나. 이 결계 안을 독기로 가득 채움으로써 유리한 환경을 만들어내고, 나와 레이레이 씨 사이에 있는 역량 차이를 조금이나마 메꾸어야만 한다.

"《지옥독기》!"

그런 생각을 하며 나는 오른손을 아래쪽에 있는 레이레이 씨에게 향하며 스킬을 발동했다.

"분출!"

───그 순간, **오른손이 소멸했다.**

"⋯⋯⋯⋯⋯⋯⋯어?"

《지옥독기》를 날리려 했던 오른팔이 오른쪽 [장염수갑]까지 통째로——— **녹아내렸다.**

"———."

끈적끈적하게 녹아내린 내 팔을 본 순간, 어떤 기억이 되살아났다.

그것은 [마장군(로건)]과의 싸움. 소환한 갈드랜더가 숨통을 끊기 위해 사용했던 《영식·지옥독기》를 맞은 갑옷 악마는 살과 뼈가 녹아내렸었다.

지금 내 상태는 그것과 매우 비슷했다. 《지옥독기》를 사용한 건 나인데도 불구하고.

게다가 [장염수갑]까지 파괴되었다는 점이 이상하기 짝이 없다.

"설마……, 상대방의 공격을 공격 전에 증폭시켜서 받아치는 능력?"

카운터의 발전형 능력이라면 그것도 가능할지 모르겠지만……, 위화감이 든다.

레이레이 씨는 아무것도 하지 않았다. 그저 노래하며 이쪽을 올려다보고 있을 뿐이다.

혹시나 노래하는 것만으로도 선제 카운터가 성립되는 능력이라는 건가?

하지만 그건 너무나도 부조리하다.

"대체 무슨 짓을 당했……, 커헉."

『레이……?!』

나는 말하던 도중에 기침을 했다.

입가에 왼손을 대보니……, 대량의 혈액으로 인해 손이 빨갛게 물들었다.

그뿐만이 아니었다. 내가 녹아내린 오른팔에 정신이 팔려있던 동안, 실버의 안장 위에 엄청나게 많은 피가 쏟아져 내린 상태였다.

그 피가 뿜어져 나온 곳은 내 배. 통각을 꺼두어서 볼 때까지 눈치채지 못했는데——— **배가 녹아서 구멍이 뚫려 있었다.**

"⋯⋯이게, ⋯⋯뭐지?"

다가가지는 않았다. 아무 짓도 당하지 않았다. 뭘 당한 건지 알 수가 없다.

하지만 확실하게⋯⋯, 나는 치명상을 입었다.

"♪~"

레이레이 씨는 노래만 하고 있었지만, 뒤늦게나마 이해했다.

상태이상 표시가 없다 하더라도, 원리를 알지 못하더라도, 틀림없다.

———저 노래가 바로 레이레이 씨의 **공격**이다.

원리는 알 수가 없지만, **소리**를 통해 공격이 날아오고 있다.

노래를 멈추지 않는다면, 나는 이대로 죽게 된다.

"———[모노크롬]!!"

내가 외치자 그 목소리에 따라 몸에 두르고 있던 [흑전투]가 움직이며 잃어버린 오른손 대신 칠흑의 포신을 형성했다.

다가갈 수 없는 상황에서 곧바로 승부를 내야만 하는 이상, 쓸 방법은 이것밖에 없다.

　엄청나게 높은 열량을 광속으로 때려 넣을 수 있으며 내가 지닌 것들 중 가장 강한 화력———《샤이닝 디스페어》. 투기장 안이라 해도 아래쪽으로 날린다면 결계를 뚫고 거리에 맞을 우려는 없다. 예전에 피가로 씨가 여자 괴물 선배와 싸웠을 때와 마찬가지다.

　"《샤이닝———.》"

　그리고 내 스킬 선언과 함께 칠흑의 포신 내부에 열량을 동반한 빛이 충전되기 시작했고.

　———[흑전투]가 그 열을 견뎌내지 못하고 증발했다.

　"———."

　이제 말도 나오지 않는다. 공격을 날리는 쪽이고, 애초에 《빛 흡수》로 인해 레이저로는 손상을 입을 리가 없는 [흑전투]가 자신의 레이저 때문에 증발했다는 이상한 상황.

　하지만, 이해했다. 무슨 짓을 당하고 있는 건지, 그 원리를 이제야 이해했다.

　공격을 공격 전에 증폭시켜 받아치는 게 아니다.

　그렇다면, 그것뿐이라면 [흑전투]가 견뎌냈을 것이다.

　하지만 이건, 이 현상은…………

　"내성의 제거……!"

　스테이터스에 표시된 상태이상이 아니라 그 **전** 단계.

상태이상에 대한 내성은 END 등으로 인해 변동되는 일종의 마스크(숨겨진) 스테이터스다.

레이레이 씨의 〈엠브리오〉는 거기에 간섭하고 있다. 생물, 무생물을 가리지 않고 그러한 내성을……, 상태이상 내성뿐만이 아니라 속성 내성까지 없애고 있다.

아니, 일어난 현상을 감안하면 없애기만 한 것이 아니다.

───내성의 마이너스화다.

내성 그 자체에 디버프가 걸려서 상태이상도, 열량 변화도, 일반적인 상태보다 훨씬 걸리기 쉽게 되어버린 것이다.

그렇기 때문에 독기를 뿜어낸 [장염수갑]이 자신의 독기로 인해 용해되었다.

그렇기 때문에 빛과 열을 흡수해서 뿜어내는 [흑전투]가 자신이 만들어낸 빛과 열에 증발했다.

마치 자신의 독으로 인해 죽은 생물처럼.

『무슨 그런 능력이……!』

여자 괴물 선배의 카구야가 지닌 능력을 내성 디버프 하나로만 특화시킨 듯한 능력이다.

그것이 의미하는 것은 거의 모든 상태이상 공격, 에너지 방출 공격은 자멸로 이어지기에 레이레이 씨 앞에서는 사용할 수 없다는 뜻이다.

왼손의 [장염수갑] 또한, 《연옥화염》을 사용하면 단숨에 왼손까지 통째로 [탄화]될 것이다.

"…………."

배에 뚫린 구멍에 손을 대보니 구멍이 약간 벌어진 것 같았다.

그뿐만이 아니라 닿은 [장염수갑]이 흰 연기를 뿜어내며 녹기 시작하고 있었다.

"그런, 거였나……."

내 배가 찢어진 이유를 알 수 있었다.

이건 일종의 **위궤양**일 것이다. 위벽뿐만이 아니라 내 몸 전체가 위산에도 **견뎌낼 수 없을 정도**로 산에 대한 내성이 떨어진 상태다.

"그럼, 생물이라면 아무 짓도 하지 않아도 죽는다는 건가……."

노래하는 그녀 주위에 있기만 해도 온갖 생물이 자멸하는——멸망의 노래를 부르는 자.

그것이 '주지육림' 레이레이.

그녀에게 있어서 다른 생물 따위는 단순한 고기의 숲, 녹아서 술의 연못이 될 뿐이라는 뜻이다.

누가 붙여준 건지는 모르겠지만, 알고 나니 소름만 돈다.

『레이……. 어떻게……, 할 테냐?』

연달아 일어난 참상에 네메시스도 당황한 모양이었다.

하지만, 해야 할 일은 떠올랐다.

"……네메시스, 흑기부창(핼버드)."

『……! 알겠다!』

왼손으로 들고 있던 네메시스가 입자의 깃발을 나부끼는 도끼창으로 변형하여 《역전은 나부끼는 깃발과 같이》를 발동하자, 배에 뚫린 구멍이 약간이나마 나아진 것처럼 느껴졌다.

"완전히 무효화할 수는 없는 건가……, 그래도 증상이 조금 가벼워지는 효과는 있었네."

《역전》 또한 크게 나누면 내성 스킬이다. 디버프의 반동까지는 아니더라도 사용함으로써 내성의 마이너스화를 어느 정도 경감할 수는 있었던 모양이다.

……예전에 여자 괴물 선배하고 싸웠을 때도 부하가 가벼워지긴 했으니까.

"네메시스……, 지금부터 접근전을 시도할 거야."

『……그럴 수밖에 없겠지.』

원거리 공격 수단은 거의 다 박살 났다. 접근전으로 결판을 낼 수밖에 없다.

『실버의 힘으로 소리를 차단하는 건?』

압축공기의 벽을 두껍게 겹치면 소리가 통과하는 걸 막을 수 있을지도 모르겠지만…….

"이미 걸린 디버프를 없앨 수 있을지는 모르겠고……, 만들고 있을 시간도 없어."

배가 찢어져서 지속 대미지도 발생하고 있다.

시간이 지나면 내 패배가 확정될 테니, 이제 상황을 지켜보고 있을 수도 없다.

같은 이유로 인해 바람발굽 폭탄을 만들고 있을 시간도 없다.

"그리고 처음에는 접촉을 경계했지만, 그것 자체에는 별로 의미가 없을 거야."

아마 레이레이 씨의 손은 어떤 상태이상을 두르고 있을 것이다.

일부 권사 계통이 지닌 《독수》라는 것이다. 그것 자체는 단순한 상태이상 공격이지만, 내성이 마이너스가 된 몸으로 맞으면 곧바로 즉사급 상태이상이 되어버린다.

심각할 경우……, 타격 시의 **접촉음** 그 자체가 〈엠브리오〉의 효과 조건을 만족시킬지도 모른다. 〈엠브리오〉와의 시너지도 있어서 무시무시한 필살 공격이다.

그렇다 하더라도, 닿지만 않으면 문제는 없다.

"가까이 접근해서 승부를 내겠어."

만약에 예전 그 영상에서 봤던 움직임이 레이레이 씨의 최선이라면, 지금 나라도 어느 정도는 대처할 수 있다. 《카운터 앱솝션》도 사용 횟수가 남아있다.

《간파》로 스테이터스를 볼 수 없었던 게 아쉽지만, 그래도 나설 수밖에 없다.

"공격력은……, 부족하지만 말이지."

『……그렇다. 카운터도 전혀 쌓이지 않았고.』

가장 큰 문제는 레이레이 씨를 쓰러뜨릴 수 있는 수단이 없다는 점이다.

마이너스 내성 때문에 [장염수갑]과 [흑전투]는 사용할 수 없다.

그리고 지금까지 입은 대미지는 **자멸**로 인한 것이다. 레이레이 씨는 내성을 마이너스로 만들었을 뿐이고 대미지를 입힌 것이 아니기 때문에 《복수(벤전스)》, 《응보》, 《추격자》는 전부 사용할 수 없다.

게다가 흑기부창의 기본 공격력으로는 레이레이 씨를 쓰러뜨릴 수 있을지 의심스럽다.

《그랜드 크로스》라면 가능할지도 모르겠지만, 발동하기 위해서는 나 자신이 지상에서 일시적으로 정지할 필요가 있다. 그 빈틈을 찔릴 우려가 있고, 무엇보다 레이레이 씨의 레벨에 따라서는 일격에 쓰러뜨리지 못할지도 모른다.

수단은 별로 없고, 승산도 별로 없다.

그런 와중에 레이레이 씨를 쓰러뜨릴 만한 공격력이 있다면……, 그것뿐이다.

『도박을 해볼 겐가?』

이미 압도적인 열세에 처한 상황. 지금부터 역전하려면……, 도박에 나설 수밖에 없다.

"그래. ……가자!"

『알겠다!』

실버를 타고 있던 우리는 아래쪽에 있는 레이레이 씨를 향해 단숨에 내려갔다.

중력을 통해 가속하고, 그와 동시에 옆으로 움직이기도 하면서 돌격.

레이레이 씨는 노래하면서도 우리의 움직임을 확실하게 보고 있었다.

"오오옷!!"

나는 레이레이 씨가 간격 안에 들어오자마자 흑기부창을 크게 휘둘렀다.

하지만 레이레이 씨는 윗몸을 젖히며 그 공격을 피했다.

레이레이 씨는 칼날이 지나간 직후에 윗몸을 다시 되돌리고 나와의 거리를 좁혔다.

지나치려 하는 실버조차 따라잡으며 단숨에 파고드는 레이레이 씨.

그 움직임이 스킬을 사용한 건지, 자신의 힘으로 이루어낸 건지는 모르겠다.

어찌 됐든, 나는 레이레이 씨가 날릴 치명적인 독수의 간격 안으로 들어가게 되었다.

"♪~"

그리고 레이레이 씨가 큰 목소리로 노래하며 나를 향해 독수를 내질렀고.

"―――《카운터 앱솝션》!"

―――흑기부창에서 인간 형태로 돌아온 네메시스가 빛의 벽을 전개했다.

빛의 벽은 독수를 막아냈고, 한순간이긴 하지만 레이레이 씨의 움직임이 멈췄다.

"지금이야……!"

나는 그 순간, 왼팔을 머리 위로 올리며《순간 장비》를 발동시켰다.

그렇게 내 왼손에 쥐어진 것은――― 칼날이 천으로 싸인 이름 없는 도끼.

이 도끼의 일격이라면 레이레이 씨를 쓰러뜨릴 수 있을 거라는 예감이 들었다.

한 번 휘두르면 팔이 날아간다 하더라도, 단 한 번 내려치는 것만이라면 가능하다는 뜻이다.

레이레이 씨는 계속 노래하면서도 눈을 살짝 크게 떴다.

"하앗……!"

레이레이 씨를 향해 도끼를 휘둘렀고.

───몇 센티미터, 도끼를 휘두른 시점에서 이상한 것이 느껴졌다.

그것은 무언가가 왼손을 통해 내 온몸에 퍼져나간 듯한 감촉.

"───."

그 감촉을 느낀 직후, 내 몸에 변화가 일어났다.

루크와 스파링을 할 때 오른팔이 그랬던 것처럼, 그러나 그때보다 훨씬 강하게.

───**온몸이 산산조각 나며 터져나갔다.**

나 자신이 터져나가는 느낌과 함께……, 의식이 어두워졌다.

◇

정신을 차리고 보니 무대의 결계가 풀린 상태였다.

결계 바깥의 시계 초침이 반 바퀴도 돌기 전에 모든 것이 끝나 버렸다.

내가 참가한 〈토너먼트〉 첫날.

결과는……, 2회전 패배였다.

□[성기사] 레이 스탈링

"……에휴."

2회전이 끝난 뒤, 나는 본거지인 제8투기장으로 돌아와 있었다.

아침에 그랬듯이 무대에 등을 기댄 채……, 흘러가는 구름을 바라보고 있었다.

『키슈~? (기운……, 없어?)』

하늘을 올려다보고 있던 내 이마에 꼬마 가르가 앉아서 얼굴을 찰싹찰싹 때리며 물었다.

"……솔직히 말하자면, 기운 없어."

『키샤~. (……그렇구나)』

시합이 끝난 다음, 레이레이 씨는 '즐거웠어~'라며 변함없는 모습으로 내게 말을 걸어주었다.

나를 배려해준 건지, 아니면 정말로 즐거웠는지는 레이레이 씨만 알고 있다.

그리고 이대로 계속 이겨서 상품인 〈UBM〉에 도전하게 된다면 나를 포함한 다른 클랜 멤버들도 부르겠다고 했다. 레이레이 씨는 '힘들지도 모르겠지만 열심히 해볼게~'라고 했지만, 아마이길 것이다.

그러니 클랜으로서는 잘된 일일지도 모르겠다. 응원하러 와준 다른 사람들에게도 내가 아니라 레이레이 씨를 응원해달라고 말해두었다.

　하지만 클랜으로서의 결과와는 별개로……, 나 자신에 대해 생각하는 게 있긴 하다.

　"…………."

　레이레이 씨……, 〈초급〉이 상대였다곤 해도, 아무것도 해보지 못하고 졌다.

　확실히 말해서 충격이 크다.

　패배는 몇 번이나 경험했다. 모의전을 포함하면 수없이 많다.

　하지만……, 이번에는 마리에게 처음 패배했을 때나 〈월세회〉의 본거지에서 여자 괴물 선배에게 농락당했을 때보다 마음이 무겁다.

　그건 분명히 내가 '나는 강해졌다'라고 생각하고 있었기 때문일 것이다.

　네메시스의 진화, 실버의 탑승, 특전 무구의 장비, 기초 능력의 향상.

　그리고 헤쳐나온 수많은 경험. 예전보다 더 잘 싸울 수 있게 되었다고 생각하고 있었기 때문에 이번 결투 때 아무것도 해보지 못하고 졌다는 게 뼈아프게 느껴졌다.

　네메시스도 마찬가지인지, 지금은 문장 안에 틀어박혀 있다.

　그럼에도 불구하고…….

　『……키샤~? (……마음이 꺾였어?)』

　"…………."

머리 위에 있는 꼬마 가르가 물어봤지만, 이미 눈치채고 있다.

지금의 나를, 패배해서 충격을 받은 나 자신의 마음을 돌아보고……, 이미 이해했다.

이것은 다시 일어서지 못할 아픔이 아니다.

"……꺾이지 않았어. 약간 삐뚤어졌을 뿐이야."

더욱 강해지기 위한 아픔이라는 사실은 이해하고 있다.

완패한 충격은 크지만, 아직 꺾이진 않았다.

얻은 게 전혀 없었던 것은 아니다. '이 정도면 해나갈 수 있겠다'라고 자신의 힘이나 손패에 만족하기에는 내가 아직 미숙했을 뿐이다.

완패했기에 더욱 강해질 여지가 명확하게 보인다.

그 사실을 눈치채자 다시 일어설 기력도 금방 솟구쳤다.

"……삐뚤어졌다면, 다시 두들겨서 바로잡아야 할 게야."

그 말과 함께 네메시스가 문장 안에서 나타났다.

……보아하니 나와 똑같은 생각을 한 모양이었다.

"그래. 결승이 끝나게 될 밤까지는 아직 시간이 있어. 그때까지 조금이나마 단련을 해두자."

"음!"

아마도 첫날 〈토너먼트〉에서는 레이레이 씨가 우승할 것이다.

구슬 〈UBM〉과 싸울 시기는 싸울 권리를 얻은 사람이 그때마다 정할 수 있다.

하지만 레이레이 씨는 스케줄이 여유로운 사람이 아니기 때문에 결승을 마치면 곧바로 싸우게 될 것이다. 레이레이 씨를 추월해서 MVP가 될 수 있을 것 같진 않다.

하지만, 〈UBM〉이라는 강적을 상대로 경험을 쌓을 수는 있을 것이다.

"〈UBM〉과 벌일 전투를 대비해서 레벨을 올려야겠어. ……이 녀석에 대해 확인하고 싶은 것도 있긴 하지만, 그건 시간이 오래 걸릴 것 같으니 나중으로 미뤄야겠네."

나는 아이템 박스에서 이름 없는 도끼를 꺼냈다.

그것을 보고 네메시스가 깜짝 놀라며 몸을 젖혔다.

"뭐라고?! 레이! 그 녀석을 또 쓸 셈인가?! 산산조각 났지 않느냐!"

네메시스는 왠지 모르겠지만 매우 화를 내고 있었다.

"마지막 한 수, 하필이면 그 타이밍에 그대의 온몸을 날려버렸단 말이다!"

아무래도 그 결판의 방식이 네메시스에게는……, 무기이기도 한 그녀에게는 매우 마음에 들지 않았던 모양이었다.

"그래도, 네메시스. 그건 이 녀석 잘못이 아니잖아?"

네메시스가 말한 것처럼, 레이레이 씨와의 시합은 내 자폭으로 끝났고, 그 원인은 이 녀석을 썼기 때문이다.

하지만 그때, 자폭한 덕분에 알아낸 것도 있다.

모의전 때는 한쪽 팔이 날아갔고, 〈토너먼트〉에서는 **온몸**이 날아갔다.

그 차이가 어디에 있는지……, 레이레이 씨와 싸워본 덕분에 약간 짐작이 되었다.

팔이나 온몸을 날려버린 반동은 단순한 물리 대미지가 아니다.

레이레이 씨의 내성 다운 스킬의 영향을 받아 효과가 확대된 것이다.

단숨에 내 온몸을 내달린 힘이 무엇이었는지는 모르겠지만, 그것은 단서다.

이 녀석의 효과에 맞는 내성 장비, [흑전투]의 《빛 흡수》처럼 특정한 효과에 대한 내성을 부여해주는 장비가 있다면, 이 녀석을 휘두를 수 있게 될지도 모른다.

"이 녀석은 부조리한 물건이 아니야. 이 녀석 나름대로 확실한 규칙이 있고, 그 결과가 그거였을 뿐이지."

"끄응……."

이 녀석의 반동이 무엇 때문인가에 대한 검증은 본거지의 결계 안에서 진행할 수 있다.

희귀한 각종 내성 장비를 갖추는 건 힘들 테고, 검증에도 시간이 오래 걸리겠지만, 실마리는 알아냈다.

"……그래도 말이다. 그것이 레이레이의 스킬과는 상관없이 그 녀석이 토라져서 반동을 늘린 것뿐이라면 어떻게 할 텐고?"

……그럴 수도 있……나? 아니, 그렇진……, 않겠지?

아침에 마구 말을 걸어댔었는데, 그래서 토라지거나 그러진 않았을……, 거야.

"괜찮은 거지?"

물어보았지만 당연하게도 도끼는 대답하지 않았다.

"……뭐, 그 녀석은 됐다. 그건 그렇고, 레벨은 어떻게 올릴 것인고? 요즘 기데온 근처에는 사람이 많아서 사냥에는 적합하지 않다만."

"아, 그런 문제가 있었구나."

〈토너먼트〉의 영향으로 인해 많은 〈마스터〉들이 기데온에 모여 있다.

내일 이후 〈토너먼트〉에 출장할 사람도 많아서 레벨을 올리거나 조정을 하기 위해 기데온 주변의 몬스터를 닥치는 대로 사냥하고 있다는 이야기도 들릴 정도였다.

사람이 많은 사냥터에 가는 것도 쓸데없이 주목을 받을 것 같아서 껄끄러우니 그런 곳은 피하고 싶다.

"그리고 다른 사람들이 있는 곳에서는 《지옥독기》를 쓰지 못하니까."

『키샤. (편리하니까……)』

"……독기를 사용하는 것을 완전히 전제로 삼고 있는 것도 좀 그런 것 같다만."

그런 관계로 레벨을 올리려면 사람이 적은 곳, 그러면서도 내 레벨에 맞는 사냥터로 가야만 한다. 밤까지 돌아올 수 있을 정도의 거리로.

그렇게 형편 좋은 곳이 있냐고 하면, 있다.

"있나?"

"형이 가르쳐준 곳이야. 실버를 타고 남쪽을 향해 전속력으로 한 시간 정도 가면 나오는 곳에 내가 솔로로 싸우기에 딱 좋은 곳이 있는 모양이야. 왕국 영토의 남쪽 끝이고, 예전에는 레전더리아와의 완충지대였다는데."

이야기를 들어보니 강력한 〈UBM〉이 지배하던 지역이었고, 형이 누군가와 함께 그 녀석을 쓰러뜨린 뒤에 왕국에 흡수되었다고 한다.

"길이 거의 나 있지 않은 산속이긴 하지만, 실버를 타고 날아가면 문제없지. 그리고 천룡의 서식지인 〈경계산맥〉하고는 반대 방향이니까 날아가도 천룡하고 마주칠 일도 없을 테고. 지상에 뭔가 문제가 있더라도 여차하면 날아서 도망칠 수 있거든. 딱 좋지 않아?"

"그렇군. 딱 좋긴 하구나."

"루크도 예전에는 거기에서 레벨을 올렸대."

"……비슷한 시기에 시작했는데도 그 녀석과의 레벨 차이가 꽤 벌어졌다만."

애초에 루크의 레벨 업 속도는 빨랐지만, 대학교 수업 때문에 내 평일 로그인 시간이 크게 줄어든 동안에 더욱 빨라진 모양이었다.

"본인뿐만이 아니라 일행 세 마리도 강해졌고."

슬슬 순룡 클래스가 된 게 아닐까 하는 분위기인 모양이었다.

지금 루크 정도면 상대에 따라 다르긴 하겠지만, 〈토너먼트〉에서 우승도 노려볼 수 있을 것 같다.

시합에서는 《유니언 잭》이 발동될 때까지 걸리는 지연시간이 문제려나? 시합 전에 탈것을 타거나 캐퍼시티 이내의 몬스터를 전개하는 건 상관이 없지만, 스킬 사용 준비는 안 되는 모양이었다.

『키샤~? (지금은 남을 걱정하기보다 자신을 단련해야……지?)』

"그러게. 그럼 갈까."

"음."

그렇게 나는 실버를 불러내서 올라탔고, 네메시스는 언젠가 그랬던 것처럼 뒤에, 꼬마 가르도 머리 위에 올라탔다. ……네메시스는 그렇다 치더라도 꼬마 가르는 떨어지지 않을지 걱정되네.

아무튼, 우리는 그렇게 마음을 다잡고 레벨을 올리기 위해 남쪽으로 향했다.

예전에 [나신반]이라는 〈UBM〉의 영역이었다는 구 국경 지대로.

◆ ◆ ◆

■'감옥'

법을 어기고 죄를 저지른 〈마스터〉들이 오게 되는 '감옥'은 지금 죽음의 공간이 되었다.

사흘 전부터 〈초급〉, [역병왕(킹 오브 플래이그)] 캔디의 레셰프가 방출한 치사성 바이러스가 퍼져 수감된 죄인들이 거의 모두 사망한 것이다.

로그인하면 치사성 바이러스에 감염되어 내부 시간으로 사흘 동안 데스 페널티를 받게 되는 부조리한 영역. 소수의 생존자도 바이러스의 대상에서 제외되게끔 설정된 〈초급〉……, 가베라에게 몰살당했다.

이틀, 사흘, 계속된 학살로 인해 지금은 이미 〈초급〉 이외에는 아무도 없고, 데스 페널티로 인해 로그인하는 것도 불가능하다.

그것들은 전부 오늘, 이날을 위해서 진행된 일들이다.

젝스가 계획한 〈IF〉 멤버의 탈옥 계획.

그 사전 준비로 다른 〈마스터〉라는 불확정 요소를 없앤 것이다.

그리고 이제 한 시간만 지나면……, '탈옥'이 실행될 것이다.

"휴~. 여기서 맛있는 커피를 마시는 것도 오늘이 마지막이구나."

"그러게……. 하지만 오너의 커피는 나중에도 마실 수 있으니까 상관없어……. 아, 오너. 이 돌고래 잔도 확실하게 챙겨줘."

젝스 일행의 거점이었던 카페 〈다이스〉의 카운터석에서 캔디와 가베라가 '감옥'에서 마시는 최후의 커피를 맛보며 저마다 감상을 늘어놓았다.

가게 내부는 정리되어서 이사 직전처럼 쓸쓸한 모습이었다. 종업원 겸 젝스의 소유물인 아프릴……, [다이아몬드 슬레이어(금강석지말살자)] 또한 이미 아이템 박스 안에 있다.

"……4월 초에 여기로 떨어져서 시간이 꽤 지난 것 같기도 한데……, 아직 4월이 다 가지 않았단 말이지……. 왠지 시간 감각이 이상하네……."

3배 빠르게 흘러가는 시간 때문인지 가베라의 감각으로는 계속 '감옥'에 있었던 느낌이었다.

그건 옆에 있던 캔디도 마찬가지였다.

"벌써 그립네. 바깥에서 **경험치를 벌고** 있었더니 갑자기 튀어나온 수상쩍은 선글라스에게 당하고, 그래서 '감옥'에서 레벨을 올리려 했더니 제짱이 방해하고, 왕다리 독(毒)녀……, 아니, 하짱에게 짓밟혔단 말이지."

독신 여성을 일컫는 옛 속어를 입에 담은 캔디가 감정을 실으며 기억을 더듬고 있었다.

그때, 그런 캔디에게 젝스가 '그러고 보니'라고 하며 어떤 정보를 가르쳐 주었다.

"한냐 씨는 출소한 다음에 피가로에게 프로포즈를 받았다는데요."

"뭐라고?! ……진짜로?"

한순간, 충격이 너무 큰 나머지 캔디의 캐릭터가 무너졌다.

그에게는 그 정도로 큰 충격이었다.

"네. 출처가 확실한 정보입니다."

"와~, 깜짝 놀랐네……. 같이 차를 마시던 동료이긴 했지만, 분명히 하짱의 일방통행 착각인 줄 알았는데……."

"뭐, 본인들 말고는 다들 그렇게 생각했을 텐데요?"

"인간관계는 정말 알 수가 없어. GOD도 이해할 수가 없단 말이지♪"

캔디는 왠지 모르겠지만 윙크와 포즈를 취하며 그렇게 말했다.

젝스는 딱히 반응을 보이지도 않고 평소처럼 미소를 짓고 있었다.

"하짱도 행복한 것 같아서 다행이야. 짓밟혔던 건 흘려넘기고 잊었으니까 축복해줄게♪"

언급한 시점에서 흘려넘기지도 않았고 잊지도 않은 것 같지만, 일단은 캔디도 축하해줄 기분이긴 한 것 같았다.

"음~, 그런데 하짱이 한발 먼저 나갔고, 이제부터 캔디와 유쾌한 동료들도 나갈 예정이란 말이지. ……여기서만 하는 이야기인데, 그 이후에 '감옥'은 어떻게 되는 거야?"

"아마 중장기에 걸쳐 소규모 세력들로 나뉘어서 충돌이 벌어지겠죠. 그야말로 무법자의 거리가 되는 것 아닐까요?"

젝스 일행, 〈초급〉의 존재는 누름돌이었다. '감옥'에 갇혀서 덴드로를 즐기는 방식이 한정된 죄수들도 절대로 당해낼 수 없는 상대에게 찍히는 게 두려워서 얌전히 지내고 있었던 것이다 (그중에는 순수하게 젝스 일행의 부하 행세를 하던 단골 손님도 있었겠지만).

그런 젝스 일행이 사라지면 아마도 투쟁이라는 형태를 즐기기 시작할 것이다.

"……그 히키코모리는?"

"후우타 군 말인가요? 그는 아직 움직이지 않을 겁니다."

"결국, 그 녀석은 무슨 재미로 덴드로에 로그인하는 거야? 계속 구석에 틀어박혀 있기만 하고. 이유는 모르겠지만 바이러스도 통하지 않아서 곤란하단 말이지."

"지금 그는 '아무것도 하지 않는 것'을 하고 있는 겁니다."

젝스나 캔디가 '감옥'에 왔을 때, 후우타는 이미 계속 그곳에 있었다.

어떤 던전에 눌러앉은 상태이긴 했지만, 그렇다고 해서 레벨을 올리는 것도 아니었다.

애초에 그는 직업을 얻지도 않았다.

더 따지자면 아이템을 모으지도 않았고, 다른 자와 교류하지도 않았다.

그는 게임을 즐긴다는 행위를 일절 거부하며 계속 그곳에 있었다.

"아무것도 안 할 거면 현실 쪽이 더 나을 것 같은데."

"그는 준비가 되는 걸 기다리고 있는 겁니다."

"준비?"

"시간은 그의 아군이니까요. 조금씩 '감옥'을 구성하고 있는 리소스를 침식하고, 쌓아두고, 최종적으로는 자력으로 '감옥'을 뚫겠죠."

그 말을 들은 캔디는 눈살을 찌푸렸다.

마치 악질적인 병 같은 느낌인데, 그것은 캔디의 전매특허일 것이다.

"……그래서? 히키코모리가 바깥으로 나가서 뭘 할 셈인 거야?"

"저도 그와 오랫동안 이야기한 적은 없어서요. 하지만 예전에 그가 중얼거린 말은 기억하고 있습니다."

젝스는 예전에 후우타에게 몇 번 〈IF〉에 들어오라고 권유했다가 거절당했고, 그것 이외에도 교류를 하려다 거절당했다.

하지만 그런 관계라 해도 그와 가장 오랫동안 접한 〈마스터〉

는 젝스다.

그렇기 때문에 젝스는 그가 중얼거린 목소리를 들었다.

"**아버지를 위해서**, 라고 합니다."

"……아버지?"

캔디는 그 말을 잘 이해할 수가 없었다.

"히키코모리가 탈옥하는 게 파피를 위해서라니, 영문을 잘 모르겠단 말이지. 하짱의 인간관계보다 더 이해가 안 된다구♪"

"그러게요. 확실히 다른 사람은 이해할 수 없는 마음이 있는 것 같습니다."

과거에 자신만의 동기로 움직인 적이 있는 남자가 그렇게 중얼거리고는, 숨을 돌리려는 듯이 자신이 끓인 커피를 마셨다.

"자, 그런 사정도 있기에 후우타 군은 향후 '감옥'의 정세에는 관여하지 않을 겁니다. '감옥'은 앞으로 예전에 여기 오셨던 가키도 씨 같은 준 〈초급〉분들, 또는 교활한 지혜를 지니신 분이 자리 뺏기 싸움을 하며 즐기는 곳이 될 테고요."

"그것도 좀 재미있을 것 같은데."

캔디는 그렇게 말했지만, 그러한 싸움을 벌일 수 있게 되는 이유는 '감옥' 자체를 멸망시킬 수 있는 캔디가 떠나기 때문이다.

그는 마음만 먹으면 지금처럼 '감옥'을 죽음의 거리로 만들어 버릴 수 있으니까.

"그러고 보니까, 나간 뒤에 이 가게는 어떻게 할 거야?"

"가게 쪽은 '감옥'의 누군가에게 양도할 겁니다. 우리가 이곳을 떠난 뒤에 처음 이 가게에 온 사람에게 소유권이 넘어가게끔 설정해 두었습니다."

"그 녀석은 운이 좋네. ……?"

그때, 캔디가 고개를 갸웃거렸다.

보통 이럴 때는 가베라가 '……여기는 사고가 난 건물이나 마찬가지니까 운이 좋다고 할 수 있을까……. 오너의 후계자라는 취급을 받을 테니까 권리를 노릴 것 같기도 하고……'라면서 부정적인 의견을 내놓을 만한 상황이다.

하지만 그 가베라가 없다는 것을……, 그제야 눈치챘다.

(가짱이 **언제부터** 없었던 거지?)

처음에는 함께 마지막 커피 한 잔을 맛보고 있었는데, 지금은 그녀가 마음에 들어 하던 돌고래 잔만이 그곳에 남겨져 있다.

깜짝 놀랄 정도로 자연스럽게 사라졌다. 스킬의 완급이 예전과는 비교도 되지 않았다.

자기평가가 현저하게 낮아져 버린 가베라도 정작 실력은 반비례해서 올라갔다.

이곳에 오기 전과는 비교도 되지 않는다.

자기평가가 낮고, 신중한 데다 약간 겁쟁이가 되었기에……, 그녀의 스타일은 완성되었다.

그런 의미에서 젝스는 그녀를 '감옥'에 떨어뜨린 슈우와, 확실하게 격이 낮았으면서도 그녀의 콧대를 꺾어준 루크에게 고마워하고 있다.

(가베라 씨도 준비를 진행해주고 계신 모양이네요.)

그 덕분에 이번 탈옥이 확실하게 성공할 테니까.

"자, 그럼 커피도 다 마셨으니……, 슬슬 시작해 볼까요."

세 사람이 커피를 마신 잔을 설거지하고 집어넣으며 젝스는 캔디에게……, 그리고 어딘가에서 이곳을 주시하고 있을 '감옥'의 관리자에게 시작을 고했다.

이미 확정된 사항인 것처럼 계속 말해왔던 어떤 행동.

"지금부터 탈옥하겠습니다."

───《무한(인피니트) 엠브리오》에 의해 갇혀 있던 새장에서 탈출하는 것이다.

◆

"……시작되는 것 같네요."

수없이 많은 창이 떠 있는 관리 AI용 작업 공간 중심에서 '감옥'의 관리자─── 관리 AI 6호 레드킹이 안경을 손가락으로 밀어 올리며 그렇게 중얼거렸다.

창 중 하나에는 '감옥'의 가장자리 근처에 서 있는 젝스의 모습이 보였다.

레드킹도 언젠가는 이런 날이 올 거라는 사실을 알고 있었다.

그가 탈옥에 대해 물었고, 허가도 내주었다. 도전은 자유다.

그리고 탈옥한 뒤에 다시 감옥으로 보내지도 않을 거라고 설명했다.

이곳에 수감하는 것은 데스 페널티에서 복귀할 때 세이프 포인트가 없을 경우에 대한 조치다.

하지만 데스 페널티에서 복귀한 뒤에 처리되는 로그인은 일반적으로 진행된다. 탈옥한 뒤에 로그아웃하면 다시 로그아웃 지점에 로그인할 수 있을 것이다.

이 '감옥' 밖으로 한 발짝만 내디디면 탈옥은 성립한다.

탈옥범에게 추격자를 보내지도 않는다. 외부에서 다시 데스 페널티를 받을 경우에는 '감옥'으로 돌아오게 되지만, 다시 사망할 때까지 일시적인 자유는 보장된다.

"아무도 달성한 적이 없는 내 시련. 젝스는 어떻게 도전할 생각일까요?"

하지만 레드킹도 그냥 놓칠 생각은 없다.

내부에서 외부로 탈출하는 것은 레드킹의 공간 조작 능력 중하나, 《공간 고정》이 가로막는다.

그 선선대 문명의 결전 병기 [아크라]가 모방했던 능력이며, 고정화된 공간의 벽은 단순히 물리적인 파괴로는 최강급인 [수왕(베헤모트)]이라 해도 돌파할 수 없다.

그리고 레드킹의 《공간 고정》은 사본의 능력과는 격이 다르다.

게다가 외부에서 간섭하는 것도 불가능하다. '감옥' 자체는 〈Infinite Dendrogram〉 내부의 특정 좌표에 겹쳐져 존재하긴 하지만, **접촉할 수가 없다.**

외부에서는 관측도 할 수 없다. 만약에 '감옥'이 존재하는 곳을 외부의 인간이 지나친다 하더라도 내부와는 달리 벽에 부딪히지도 않고 통과할 것이다.

격리된 '감옥'에서 탈출할 수 있는 방법은 거의 없다.

예외는 《파계의 철추》를 사용하는 [파괴왕(킹 오브 디스트로이)]과 [원시성검 알터], 그리고 레드킹과 마찬가지로 공간 조작 능력을 지닌 〈엠브리오〉뿐이다.

물론 '그런 힘이 있다면 반드시 탈출할 수 있다'는 것도 아니지만…….

"만능의 손패를 지닌 젝스. 저도 완전히 파악하고 있는 건 아니지만……, 힘들겠죠."

탈옥을 선언당했는데도 레드킹은 그 수단을 알 수가 없었다. '감옥'을 관리하고 있는 그도 다양한 변형 저장을 포함한 젝스의 천변만화의 손패를 모두 파악하지는 못했다.

하지만, 아무리 젝스에게 미지의 손패가 있다 하더라도 탈옥은 힘들다.

"게다가 셋이서 함께 탈옥하는 거라면……."

셋이서 함께 탈옥하기 위해서는 이 '감옥'의 격리를 대규모로 무너뜨려야만 한다.

예전의 젝스라면 불가능하지 않았다.

필살 스킬로 [파괴왕] 슈우 스탈링으로 변형하고, 《스플릿 스피릿》으로 여섯 명으로 분열한 다음 《파계의 철추》를 사용하면 된다. 그러면 억지로, 공간의 벽에 제때 수복되지 못할 정도로 큰 구멍을 뚫어서 돌파할 수 있었을지도 모른다.

하지만 지금은 그럴 수 없다. 이 '감옥'에 떨어지게 된 전투 때 대가로 바친 레벨은 아직 완전히 회복되지 않았고, 그동안 [파괴왕]이 레벨을 올렸기에 이미 젝스의 변형 대상에서 벗어났다.

그렇다면 다른 두 사람은 어떨까.

캔디는 〈이레귤러〉인 [재균병기]를 격파해서 얻은 특전까지 감안하면 레드킹의 우리를 뚫을 수 있을지도 모른다.

하지만 그것도 레드킹이 캔디의 바이러스가 만연한 에리어에 있을 때 이야기다.

레드킹 자신이 바이러스에 감염되지 않으면 캔디의 바이러스는 효과를 발휘하지 못한다. 어디까지나 생물이나 물질에 간섭하는 능력이고, 공간에 대해서는 효과가 없기 때문이다.

그렇기 때문에 캔디는 위협이 되지 못한다. 그의 역할은 '감옥' 안의 무관한 〈마스터〉들을 말살해 간섭을 막아낸 시점에서 이미 끝났다.

그리고 마지막 한 명, 가베라에 대해서는 말할 것도 없다.

모습이 보이지 않고, 감지하지 못한다 하더라도 '감옥'이라는 우리 안에 있는 건 마찬가지기 때문이다.

공간 고정에는 빈틈이 없고, 빠져나가는 것은 불가능하다.

그렇다면 아무것도 할 수 없다. 그녀에게는 레드킹의 공간 조작을 뚫을 수단이 전혀 없는 것이다.

레드킹은 '역시 중요한 것은 젝스'라고 다시 판단을 내리고는 바이러스의 영향을 받지 않는 작업 공간에 머무르며 젝스 일행의 탈옥에 대비했다.

이 '감옥'을 지배하는 〈무한 엠브리오〉는 '그들이 어떻게 내 예상을 뒤엎을 생각일까', 라는 불성실한 생각을 하며 약간이나마 기대하고 있었다.

◆

'감옥'의 가장자리……, 안팎을 나누고 있는 공간 고정의 벽 옆에 젝스가 서 있었다.

그가 서 있는 곳에는 공격의 흔적이 잔뜩 있었다.

지면은 군데군데 녹아내렸고, 거대한 금속 파편이 흩어져 있는 곳도 있었다.

그것은 지금까지 이 벽에 도전했던 자들의 흔적이다. 탈옥을 위해 파괴가 불가능한 벽에 도전했고, 패배한 뒤에 포기한 자들의 자취다.

이곳에 벽이 있다는 사실은 '감옥'에 있는 모두가 알고 있었다.

하지만 지금까지 뛰어넘은 자는 아무도 없다.

유일하게 구멍을 뚫을 수 있었던 사람은 〈초급〉으로 진화한 한냐뿐.

그런 한냐도 형기가 끝날 때까지 자주 도전하곤 했지만……, 탈옥은 성공하지 못했다.

"난공불락이라 해야겠죠. 캐슬 아닐까요."

젝스는 관리 AI 또한 〈엠브리오〉라는 사실을 알고 있는 자들 중 한 명이다.

그런 젝스가 추측하기에 〈엠브리오〉로서의 레드킹은 아포스톨을 섞은 월드 타입. 공간 파악에 특화된 엔젤까지 덧붙여진 아포스톨 with 엔젤 월드에 가까울 거라 보고 있다.

다시 말해 공간 지배, 공간 파악, 공간 전개의 삼중 특성.

그렇다. '감옥'이란 공간 능력의 정점에 서 있는 〈엠브리오〉가 장악하고 관리하는 공간.

레드킹이 바로 절대 지배자인 것이다.

그리고 이 가장자리는 그런 절대 지배자가 늘어뜨린 거미줄.

바깥 세계로 통하는 유일한 출구. 탈옥을 목표로 삼고 이곳에 다가온 자는 많다.

그리고 탈옥을 목표로 삼은 모든 행위에 대해 교도소 같은 벌칙은 없다.

오히려 관리 AI는 탈옥에 도전하는 것을 추천하고 있다.

강한 목적을 품고 '감옥'을 나가려 하는 의지가 계기가 되어 〈초급 엠브리오〉로의 진화를 촉진시킬 가능성도 있기 때문이다.

실제로 한냐의 산달폰은 그런 계기로 진화를 이루어냈다.

체셔가 위장한 톰 캣이 결투왕에 대한 벽이었던 것처럼, 레드킹이 만들어낸 '감옥'의 벽 또한 관리 AI가 내려준 시련 중 하나.

그렇기 때문에 탈옥을 이루어내기 위해서는 레드킹이 예상하지도 못한 수단을 써서 제칠 수밖에 없다.

"자……, 레벨 차이를 고려하면 확실한 건 한 번. 두 번째는 힘들지도 모르겠군요."

젝스는 변신할 상대와 지금부터 할 일을 머릿속에 떠올리고는 실질적으로 이번이 처음이자 마지막 도전이 될 거라 생각하며 각오를 다졌다.

"물론 승산이 별로 없는 도박은 아닙니다만."

젝스는 공간의 벽과 마주 보며 자신의 비장의 수를 사용했다.

"《나는 만 가지 모습에 해당한다(눈)》———."

500레벨이라는 막대한 비용으로 인해 사용 횟수가 제한적인 필살 스킬.

자신보다 레벨이 500이상 낮은 상대로 조건 없이 변신할 수 있는 능력.

그 대상으로 젝스가 선택한 것은…….

"———흑혈쌍각(슈발츠 후스)."

———까만 철탑과도 같은 거대한 두 다리. 한냐의 산달폰이었다.

◆

"……분명 공간 파괴 능력은 필수지. 그래도 말이야, 젝스."

《공간 고정》이 걸린 가장자리를 뛰어넘기 위해 변형 대상으로 공간 천공 능력을 지닌 산달폰을 선택한 것은 필연적이긴 하지만……, 악수다.

"산달폰으로는 돌파할 수 없다는 사실은 직접 눈으로 봤을 텐데."

산달폰은 레드킹과 마찬가지로 공간 배치에 간섭하는 능력을 지니고 있다.

그리고 〈초급 엠브리오〉로 진화했을 때 얻은 《폴 다운 스크리머》는 공간 지배 능력을 다리 끄트머리라는 좁은 영역으로 한데 모아 공간에 구멍을 뚫는 힘이다.

레드킹의 벽을 뚫기 위해 손에 넣은 힘. 게다가 진화 당시에는 메이든과 아포스톨에게만 남아 있는 긴급 기구……, ■■■로의 진화가 이루어졌다.

그렇기 때문에 '감옥'의 우리를, **공간의 벽을 뚫을 힘**을 지니고 있는 것은 맞다.

하지만 그것은 **탈옥할 수 있는 힘**이라는 뜻이 아니다.

"산달폰은 **너무나도 거대하지**."

산달폰은 크고, 길다. 공간의 구멍에 비해 본체가 너무 거대하다.

그리고 산달폰은 기어이기에 탑승한 상태로만 스킬을 사용할 수 있다.

그래서 산달폰에서 내려서 탈출하려 해도 공간의 천공을 멈추면 레드킹이 곧바로 수복시킬 수 있었다. 천공과 통과에 지연시간이 발생했기에 한냐는 탈옥할 수 없던 것이다.

"하지만 젝스는 한냐와는 조건이 다르지. 분체도 만들 수 있고."

젝스의 눈은 슬라임인 TYPE : 보디.

분열이 가능하고, 분체를 조작하는 것도 가능하다. 한냐와는 달리 구멍을 뚫으면서 분체를 움직여 탈출을 시도할 수도 있을 것이다.

"하지만, **분체**라는 단어가 나타내는 것처럼, **본체**가 있어."

그것은 레드킹도 알고 있는 성질이다. 눈은 '가장 부피가 큰 파츠'가 본체다.

본체가 소멸하면 그때마다 가장 큰 분체가 다음 본체가 된다.

그리고 본체와 분체가 연계할 수 있는 거리는 무제한이 아니고, 한계 거리를 넘어서면 소멸한다.

그렇기 때문에 이번 탈옥에는 의미가 없다.

"젝스는 코어형 TYPE : 보디가 아니야. 부피에 따라 본체가 옮겨지지. 그것이 강점이긴 하지만…… 지금, 그리고 산달폰이라는 선택에 있어서는 악수다."

분체만 탈옥시키는 게 가능하다 해도 레드킹이 공간의 구멍을 수복시킨 시점에서 공간이 단절되고, '감옥'에 있는 본체와 바깥에 있는 분체의 연결이 끊어진다.

그렇기 때문에 분체만 '감옥' 밖으로 나가봤자 의미가 없다. 본체와 분체의 구별이 부피인 이상, 거대한 산달폰을 사용한 시점에서 눈의 본체가 바깥으로 나갈 수는 없다.

'감옥' 밖으로 노출된 부분이 본체가 될 정도로 큰 부피를 옮기려 한다면, 애초에 산달폰으로의 변형이나 스킬 발동을 유지할 수가 없다.

그리고 분체를 이용하는 방법으로는 젝스밖에 탈출할 수 없을 것이다.

"이제 어떻게 할 셈이지, ……?"

레드킹이 그렇게 중얼거린 순간, '감옥' 안을 비추고 있던 영상 안에서 산달폰으로 변형한 젝스에게 움직임이 있었다.

──────셋으로 분열한 것이다.

그런 게 가능한 이유는 슈우와 사투를 벌였을 때 사용했던
《스플릿 스피릿》.

그 결과, '감옥'에는 검은 산달폰이 세 대나 서 있었다.

각각 총 길이 1킬로미터에 달하기 때문에 겁이 많은 사람이
올려다보면 기절할지도 모르는 압박감이 있었다. ……옆에서는
캔디가 신이 난다는 듯이 올려다보고 있지만.

⊓⊓──────《폴 다운 스크리머》.⊔⊔

그리고 세 산달폰은 수십 초의 간격을 두고 《폴 다운 스크리
머》를 발동했다.

제각각 회전하는 다리의 끄트머리를 땅바닥에 아슬아슬하게
닿지 않을 정도의 공간에 찔러넣었다.

아무것도 없는 것처럼 보이는 공간에서 희미한 격돌음과 무언
가를 헤집는 듯한 소리가 울렸다.

그 직후, 세 산달폰이 찌른 세 개의 끄트머리────── 그 중심의
공간이 일렁였다.

일렁인 공간은 곧바로 뚫렸고, 틈새가 생겨났다.

그리고 그 틈새로는 어떤 산속……, '감옥'과 인접한 지역의
풍경이 보였다.

분명 바깥 세계로 이어져 있는 그 틈새는 공간에 뚫린 터널이

었다.

『그렇구나. 한냐 때는 그녀 혼자였으니까요.』

레드킹은 '이건 젝스만 할 수 있는 것이다'라고 생각하며 중얼
거렸다.

산달폰이 셋 있으면 터널을 만드는 것 정도는 가능할 것이다.

그렇게 하면 캔디나 가베라도 탈출할 수 있을 것이다.

아니, 젝스도 탈출할 수 있다.

보아하니 세 산달폰 말고……, 캔디 옆에도 **젝스가 있었다**.

세 개가 아닌 네 개로 나뉘었다. 레드킹은 그 의미를 이해했다.

『탈출 수단은 확보했다는 건가요.』

《스플릿 스피릿》을 이용한 분신은 슬라임이 지닌 성질인 분열
이 아니다.

〈엠브리오〉의 최종 스킬로 인한 것. 필살 스킬로 인한 변형
이후의 힘을 그대로 유지하며 최대 여섯 개까지 숫자를 늘릴 수
있는 위협적인 스킬이긴 하지만, 분신 숫자에 따라 최대 HP가
나뉘고 스킬의 효과가 끝났을 때 분신이 사라지며 HP도 돌아오
지 않기 때문에 위험 부담이 큰 스킬이기도 하다.

하지만 그런 큰 위험 부담이 돌파의 열쇠가 된다.

지금, 젝스는 세 산달폰 말고도 일부러 기본인 자신의 개체로
나와 있다.

저것은 스킬을 사용해서 만든 분신이 아닌 젝스. 스킬이 종료
된 뒤에 **사라질** 셋과는 달리 사라지지 않는 젝스다.

저 젝스가 터널을 지나 탈출한 뒤, 스킬을 해제하면……, 젝

스는 '감옥' 안에 남지 않는다.

『그렇구나. 나쁘지 않은 스킬 조합이에요. 비용 관리도 잘 됐고요.』

분신이 최대 숫자인 여섯 개가 아니라 네 개에 그친 것은 탈옥한 뒤에 HP를 많이 남기기 위해서다.

탈옥에 성공하더라도 국가의 세이브 포인트를 사용하지 못하는 상태로 데스 페널티를 받게 되면 다시 '감옥'으로 돌아오게되기 때문에 위험 부담을 줄였을 것이다.

산달폰을 셋 만들어낸 것도, 사람이 통과할 수 있는 터널용 구멍을 뚫기에는 딱 맞는 숫자다.

아마 한냐가 도전하는 동안에 관찰하며 계산했을 것이다.

『젝스. 가지고 있는 손패 중에서는 **제 예상**을 약간이나마 넘어선 수법이었어요.』

산달폰 혼자서는 도달하지 못했던 탈옥 방법.

그것에 대해 레드킹은 약간의 찬사를 보냈고.

『───**제 능력**을 뛰어넘지는 못했지만요.』

언제부터였을까. 그의 모습은 인간과 매우 닮은 모습에서 다른 것으로 변모해 있었다.

인간형이긴 하지만, 그 몸은 순백의 와이어 프레임.

내부에 펼쳐진 암흑 공간에는 마치 우주를 나타내는 듯 수많은 구체가 떠 있었다.

그것이 바로 〈무한 엠브리오〉—— TYPE : 인피니트 아포스톨로서의 모습.

이름하여—— [무한공간 매크로코스모스].

그리고 그가 보고 있던 '감옥'의 광경 안에서 두 사람이 틈새로 뛰어들려다가.

"!"

……쉽사리 **튕겨 나왔다.**

보아하니 커다란 틈새가 바깥을 보여주고 있긴 했지만, 물리적으로는 지나갈 수 없는 상태였다.

빛이 투하되고 있으나 터널에는 **덮개**가 씌워져 있었기 때문이다.

공간을 뚫고 있는 세 〈초급 엠브리오〉의 힘이 결집된 터널, 차원의 구멍은……, 한 〈엠브리오〉로 인해 닫혀 있었다.

그것이 〈초급〉과 〈무한〉의 차이라고 하는 것처럼.

『뚫는 도중에는 막지 못할 줄 알았나요?』

레드킹은 세 산달폰이 공간을 뚫은 순간에 이미 움직이고 있었다.

『젝스와 캔디……, 그리고 가베라도 지나가지 못할 거예요.』

레드킹도 '감옥' 내부에서 모습을 확인하지 못하는 가베라. 어쩌면 그들은 레드킹이 구멍을 막을 것을 예상하고, 뚫린 구멍이 작을 때 그녀를 먼저 보내 대처할 수 없어지기 전에 억지로라도 탈옥시키려는 수법을 썼을지도 모른다.

하지만 의미가 없다.

공간의 터널 같은 건 1밀리미터가 뚫린 시점에서 이미 막힌 상태다.

보이지 않는다 해도 통과하지 못하면 의미가 없다.

『그(산달폰)의 공간 천공과 제 공간 고정. 창과 방패의 싸움에서 〈무한〉이 패배할 이유는 없죠.』

그 이후로도 세 산달폰은 악전고투했지만, 결과는 신통치 않았다.

스킬이 끝날 때까지 버텨봤는데도 터널을 만들지는 못했고……, 세 산달폰이 소실된 뒤에는 젝스 일행도 포기한 듯이 로그아웃했다.

◆

젝스 일행의 탈옥 도전은 허무하게 실패했다.

그 모습을 원래대로 청년 남자의 모습으로 돌아온 레드킹이 지켜보았다.

"젝스가 다시 레벨을 올리려면 몇 달은 걸리겠죠."

레드킹은 자신이 탈옥의 실패에 대해 약간 아쉬워하고 있다는 사실을 눈치챘다.

물론, '감옥'의 관리를 맡은 그가 보기에는 젝스의 탈옥으로 인해 얻을 이익 같은 건 없다.

한냐와 산달폰처럼 상급 〈마스터〉가 탈옥하기 위해 힘을 끌어모으며 진화한다면 모를까, 이미 〈초급〉에 도달한 자가 탈옥해봤자 의미가 없기 때문이다.

그럼에도 불구하고 자신의 예상을 뛰어넘은 존재를 볼 수 있을지도 모른다고 기대했지만, 결과는 원하던 영역에 도달하지 못했다고 할 수 있을 것이다.

그런 생각을 하던 그에게 갑자기 **동료**가 연락을 해왔다.

"응? 연락……, 앨리스에게서?"

자신의 동료이자 아바타를 관리하는 관리 AI 1호의 연락.

역할의 성격상 평소에도 연락을 자주 주고받는 사이지만, 레드킹은 이런 타이밍에 연락이 온 것이 기묘하다고 느꼈다.

"접니다. 무슨 일이죠? 앨리스."

『레드킹은 꽤 덜렁이란 말이지~.』

통신이 연결되자마자 그런 말을 들은 레드킹은 고개를 갸웃거렸다.

"무슨 말씀이시죠?"

『혼자서 뭐든 해내버리고, 그러면서도 우리 중에서는 상식인이니까……. 조합이라거나, 터무니없는 발상이라거나, 그런게 좀 부족하단 말이지. 그리고 〈무한〉에 이를 때까지 리소스 때문에 고생해서 그런지 약간 아껴두려는 구석도 있고…….』

"그러니까, 대체 무슨……."

이해하기 힘든 앨리스의 말에 레드킹이 약간 짜증이 났을 때.

『그 애들 탈옥, **성공했다고~**.』

"⋯⋯⋯⋯⋯⋯⋯⋯⋯네?"

그 말을 듣고 레드킹은 생애에서 다섯 손가락 안에 꼽힐 정도로 크게 경악했다.

"말도 안 돼요. 저는 방심하거나 놓치지도 않았는데. 젝스가 뚫은 공간의 구멍은 곧바로 메꿨어요. ⋯⋯탈출할 틈이나 시간도 없었을 텐데요."

『구멍은 전부 메꿨어?』

"당연하⋯⋯."

『―――**진짜로 전부**?』

"⋯⋯⋯⋯? ⋯⋯⋯⋯?!"

레드킹은 잠시 자신이 무슨 말을 들은 건지 이해하지 못했다가, 눈치채자마자 전율했다.

'설마, **그런 짓을**'이라고 생각하면서.

『시킨 쪽이나, 하는 쪽이나, 나사가 몇 개 빠졌지.』

쓴웃음을 짓는 앨리스. 레드킹은 그녀의 목소리를 들으며, 자신의 예측이 빗나갔다는 사실과 예측을 빗나가게 만든 젝스 **일행**에게 전율하고 있었다.

◆◆◆

■대륙 어떤 곳, 몇 분 전

어떤 산속, 나무들이 울창한 숲속 안쪽.

'감옥'의 가장자리와 대륙의 접점은 개척되지 않은 자연 속에 있었다.

그 좌표는 누구에게도 알려지지 않았고, 레드킹의 공간 조작으로 인해 외부로부터 은폐되어 있다.

그렇게 모든 것이 숨겨져 있던 광경이 격변했다.

갑작스럽게 아무것도 없던 공간에서 거대한 원추 세 개——산달폰의 드릴 세 개가 공간을 뚫고 튀어나온 것이다.

공간의 은폐를 안쪽에서 억지로 비집어 연 거대한 병기.

하지만 드릴 주위에 뚫린 공간의 틈새는 레드킹의 공간 조작으로 인해 곧바로 닫히기 시작했다.

개미 한 마리 기어 나올 틈새도, 시간도 없을 것이다.

하지만……, 드릴의 **끄트머리 부분**만은 여전히 '감옥' 바깥으로 튀어나와 있었다.

그건 어쩔 수 없는 일이다. 끄트머리 부분에는 산달폰의 공간 조작 능력이 집중되어 있다.

산달폰의 그 최대의 창에 맞서서 방패 역할을 맡은 레드킹도 끄트머리에 공간 조작을 집중시켰다면 아무리 상대가 셋이라 하더라도 막을 수 있었을 것이다.

하지만 그러면 리소스 소비가 너무 심하다.

그럴 바에는 세 점 사이에 생겨난 구멍, 사람이 통과할 터널을 막는 쪽이 더 간단하고 소비도 적다. 어차피 그렇게 하면 탈출할 수 없으니까.

〈무한 엠브리오〉이지만 상식인인 레드킹의 판단은 타당했고, 틀리지 않았다.

그렇기 때문에 머릿속의 나사가 몇 개 빠진, **인간으로서 잘못된** 수법을 놓친 것이다.

그 변화는 갑작스러웠다.

드릴 주변에서 숲속 나무 중 몇 그루가 부러지고 땅바닥에 무언가가 쓸린 듯한 흔적이 발생했다.

하지만 그 원인이 될 만한 현상은 전혀 보이지 않았다.

나무들이 부러진 순간은 누구에게도 보이지 않았고, 정신을 차리고 보니 부러져서 땅바닥에 굴러다니고 있는 것이다.

마치 **십몇 초 뒤늦게** 세계가 파괴를 눈치챈 것 같은 모습.

그런 부자연스러운 자연 파괴의 끄트머리에 갑자기 드러난 모습이 있었다.

그것은——— 온몸이 만신창이가 된 가베라였다.

"으으으……, 죽는 줄 알았네. 우웩……."

그녀의 팔다리는 엉뚱한 방향으로 꺾여 있었고, 입에서는 피가 섞인 토사물이 흘러내리고 있었다.

마치 무시무시한 공격을 당한 듯한 꼴이었는데……, 그럴 만도 했다.

그녀는 산달폰의 《폴 다운 스크리머》 바로 옆에 있었다.

――――회전하는 드릴 **안**이라는 특등석에.

예전에 발드르로 변신해서 슈우와 싸웠을 때도 그랬던 것처럼, 눈은 외모와 능력을 복사하면서도 슬라임의 성질 또한 많이 남겨둔다. 슈우와 싸웠을 때는 그런 성질을 이용해서 재생했고, 미사일 탄두를 내부에서 움직이는 재주를 부리기도 했다.

그 성질을 통해 이번에는 필살 스킬을 사용하는 상태인 가베라를 드릴 안에 **집어넣었다.**

그리고 공간을 뚫은 다음, 내부에 있던 가베라를 방출한 것이다.

당연하게도 원심력으로 인해 마구 날아다니게 되었지만.

"아프진 않은데……, 속이 안 좋아……, 죽을 것 같아……."

젝스가 가베라의 접촉을 통각으로 감지할 수 있게, 가베라는 이번에는 통각을 꺼두고 있었다.

레드킹에겐 통각의 유무에 따른 감지가 전혀 상관없기 때문에 통각을 꺼두더라도 문제는 없다.

……물론, 통각을 꺼두더라도 드릴 안에서 드릴과 함께 회전한 사람이 무사할 리가 없다.

"오, 오너는 거짓말쟁이야……, 변신한 산달폰에 접촉하기만 하면 된다고 해놓고……. 으아아앙……."

가베라의 반고리관은 이미 너덜너덜해졌다. 터무니없는 원심력 때문에 온몸의 **뼈**가 부러졌고, 사출되었을 때 격돌한 충격으로 인해 원래는 즉사했어야 했다.

그렇게 되지 않았던 것은 필살 스킬로 그녀와 합체한 알하자드 덕분이다. 순룡 클래스에 해당하는 강도를 지닌 알하자드가 대미지를 대부분 대신 받아준 덕분에 그녀는 만신창이가 되었으면서도 살아있다.

그리고 손상이 심한 알하자드가 문장 안으로 돌아갔기에 필살 스킬이 풀린 그녀의 모습이 이렇게 나타난 것이다.

"으으, ……얼른 하지 않으면 죽어버릴 거야……."

그녀는 어지러움 때문에 끙끙대면서도 토사물 범벅이 된 땅바닥에서 반지형 아이템 박스를 주워들었다.

그 안에서 품질이 좋은 [포션]을 잔뜩 꺼내서 자신의 몸에 끼얹기 시작했다.

그제야 HP 감소가 멎었고, 상처 계열 상태이상도 몇 가지가 사라졌다.

그녀가 받은 젝스의 메일에는 '제 아이템 박스를 챙겨서 자취를 감춘 채로 제가 변신한 산달폰에 접촉해 주십시오'라는 내용 정도밖에 적혀 있지 않았고, 그녀는 '이런 것만으로도 충분한가?'라고 생각하며 받아들였다.

설마 이렇게 정신 나간 방식으로 이용당할 줄은 가베라도 몰랐지만.

……이런 수단을 가리지 않는 방식은 오히려 젝스의 라이벌인 슈우를 연상케 하는 수법이었고, 어떤 의미로는 젝스가 그에게 감화되었다는 증거라고도 할 수 있다.

"……그 지옥의 특훈은 이걸 염두에 두고 시켰던 건가……."

그녀는 젝스 밑에서 받았던 특훈……, 통각을 켜둔 채 다양한 수단으로 육체를 혹사시켰던 지옥을 떠올렸다. 그 경험이 없었다면 통각을 꺼둔 상태라 하더라도 가베라는 견뎌내지 못했을 것이다.

"아……, 부디 몬스터 같은 게 다가오지 않기를……."

가베라는 말 그대로 물을 퍼붓듯이 [포션]을 사용하며 조금씩 회복해 나갔다.

하지만 그녀의 생명줄인 알하자드는 움직일 수가 없고, 그녀 자신도 만신창이다.

"……아. 그렇지."

가베라는 젝스의 아이템 박스에서 어떤 것을 꺼냈다.

그것은 그녀보다 큰 물건……, 마차였다.

그것을 꺼내는 것도 메일에 적혀 있던 지시사항이다.

"이러면 되겠지……, 이제 호위용으로……."

그런 다음, 아이템 박스에 수납되어 있던 아프릴도 꺼냈다.

『부르셨습니까. 임시 소유자 각하.』

주위가 카페 안이 아니라 숲속이라 그런지 아프릴은 이미 전투 모드에 들어간 것처럼 유창한 말투로 물었다.

"주위 경계를 부탁할게……, 나는 좀 그로기 상태라 두 사람이 올 때까지 쉴 거야……. 알하자드도 아직 못 움직이고……."

『라져.』

가베라는 마차에 몸을 기댔고, 아프릴은 주위를 경계했다.

그로부터 몇 분이 지나자.

"으응~! 바깥 세계의 공기는 맛있……, 뭔가 토한 것 같은 냄새가 나서 마음에 안 드네……."

———**마차 안**에서, 감옥에서 로그아웃한 줄 알았던 캔디가 모습을 드러냈다.

"……성공한 모양이네."

캔디가 나타나자 가베라는 젝스의 계획이 성공했다는 사실을 알게 되었다.

그녀도 이제 나중에 젝스가 몸을 치유해줄 거라는 믿음이 생겨 안심할 수 있었다.

"아. 가짱이 죽어가고 있네♪ 빵 터진다~."

"너 말이야……."

반죽음에 가까운 상처를 입은 가베라를 손가락으로 가리키며 캔디가 유쾌하다는 듯이 웃었다.

"불쌍하게도, 가슴까지 깎여나가다니……, 아, 그건 원래 그랬지♪"

"진짜로 처죽여버린다? 빌어먹을 GOD?!"

가베라는 만신창이인 상태인데도 발끈해서 일어나려 할 정도로 분노했다.

가베라의 패드는 드릴의 회전과 격돌의 충격으로 인해 찢어진 옷 밖으로 날아가 버렸지만, 본인의 납작한 가슴은 무사했다.

캔디가 놀리고, 가베라가 소리를 지르며 따지고 있던 와중에 마차에서 다른 사람의 목소리가 들렸다.

"두 분 모두 무사하셔서 다행입니다."

———아무 일도 없었다는 듯이 마차에서 젝스가 내려온 것이다.

"확실하게 성공했어 ♪"

"……난 아무리 봐도 무사하지 못한데. 얼른 치유해줘……."

"네, 바로 해드리죠."

젝스는 머리 긴 여자……, 예전에 얻은 특수 초급 직업 [성녀 (세인트)]의 모습으로 변신해서 가베라를 치료했다.

"……그건 그렇고. 정말로 '감옥'에서 나올 때도 써먹을 수 있었네. 이거."

치료를 받으며 가베라가 마차를 올려다보았다.

그녀의 《감정안》으로 본 정보에는 다음과 같이 적혀 있었다.

———[세이브 포인트 캐리지] 라고.

"이동식 세이브 포인트인 마차. 데스 페널티에서 복귀할 때는 사용하지 못한다고 들었는데."

"네. 하지만 우리는 데스 페널티에서 복귀할 때 쓴 게 아니니까요."

지명수배범이 '감옥'에 수감되는 구조는 다음과 같은 세 단계다.

첫 번째, 지명수배로 인해 각 나라의 세이브 포인트를 사용할 수 없게 된다.

두 번째, 데스 페널티를 받는다.

세 번째, 복귀 장소가 '감옥' 안의 세이브 포인트밖에 없기 때문에 그곳에 수감된다.

그때, 세이브 포인트가 딸린 마차에 세이브를 해두었다 하더라도 두 번째 단계에서 그 세이브가 사라지기 때문에 복귀 지점으로 선택할 수는 없다.

가베라는 게임의 중간 세이브 같은 거라고 설명을 들었다.

"하지만 이번에 우리는 그냥 로그아웃을 했다가 로그인을 했을 뿐이니까요."

'감옥' 안에서 [세이브 포인트 캐리지]에 세이브를 한다.

그것을 '감옥' 바깥으로 **가지고 나와버리면**, '감옥' 밖에 있는 로그인 지점으로 선택할 수 있는 것이다.

"그거, 레드킹은 눈치채지 못한 거야? 세이브를 할 때라거나."

[세이브 포인트 캐리지]를 사용하지 않고 몸을 날려가며 아이템 박스를 운반한 가베라가 그렇게 물었다.

"'감옥'에 있던 동안에 레드킹을 여러모로 관찰했으니까요. 그도 시점은 하나밖에 없다는 사실은 알고 있습니다. 그가 있는 공간 안이라면 모든 것을 알 수 있을지도 모르겠지만, 그는 역병을 경계해서 한동안 '감옥' 안에 들어오지 않았거든요."

"……아~, 그런 목적도 있었던 거구나, 그거."

감시 모니터 같은 게 여러 개 있다 하더라도 감시자는 한 번에 하나만 볼 수 있을 것이다. 병행 작업이 특기인 체셔라면 모를까, 레드킹은 그런 타입이 아니다.

그리고 젝스는 다른 관리 AI가 '감옥' 안의 동향에 관여하지 않는다는 것도 조사해서 알고 있었다.

　아니, 그중 몇 가지 정보는 레드킹과 잡담을 나누면서 얻어낸 것이다.

　그리고 두 사람이 세이브를 한 것은 한냐가 탈출을 시도했을 때나 젝스가 레드킹과 이야기를 나눴을 때 등, 레드킹의 주의가 확실하게 다른 곳으로 쏠린 타이밍이었다.

　꽤 예전부터 이동식 세이브 포인트를 이용한 탈옥을 계획하고 있었던 모양이다.

　"……그런데, 내가 이런 중상을 입을 필요가 있었어? 아이템 박스만 바깥으로 던지면 되는 거 아니야……? 튼튼한 아프릴도 있고."

　가베라는 자기가 아니라 아프릴에게 [세이브 포인트 캐리지]가 든 아이템 박스를 옮기게 했다면 그렇게 고생하지 않아도 되는 것 아니었냐며 불평했다.

　하지만 젝스는 고개를 저었다.

　"존재를 은폐할 수 있는 가베라 씨와는 달리, 아프릴은 레드킹이 감지해버릴 겁니다. 드릴 안에 있다는 걸 들킨 시점에서 그가 대처했겠죠. 실제로 미끼였던 터널 작전 쪽은 막혔습니다. 가베라 씨의 스킬을 이용해서 확실하게 진행할 필요가 있었던 겁니다."

　"내 안전은……, 에휴."

　가베라는 포기한 듯이 한숨을 쉬었다.

"참고로 내가 없었을 때는 어떻게 할 생각이었어?"

"저 자신을 숨기게 되었겠죠. 하지만 역시 가베라 씨가 맡는 것보다는 들킬 확률이 더 컸을 겁니다."

그리고 이번 계획의 핵심인 산달폰을 저장해두기 전부터 탈옥 계획 자체는 있었다.

범죄자인 젝스는 수감되기 전부터 '감옥'의 구조 그 자체를 인터넷이나 〈DIN〉으로 모으고 있었다. 그 당시부터 젝스는 탈옥 방법을 고려하고 있었던 것이다.

그럴 경우에는 수감되기 전에 확보해두었던 공간 계열 〈엠브리오〉를 이용할 예정이었지만, 산달폰만큼 강력하지는 못하기 때문에 성공 확률이 떨어지고 탈출할 수 있는 젝스의 부피……, HP도 매우 줄어들었을 것이다.

그리고 지금은 산달폰을 넣어두었기에 그 공간 계열 〈엠브리오〉는 저장된 것들 중에서 사라졌다.

젝스가 오랫동안 '감옥'에 머무르고 있었던 것은, 한냐를 통해 더욱 성공 확률이 높은 계획을 짤 수 있겠다고 생각해서 곧바로 나가지 않고 외부의 준비가 갖춰질 때까지 기다리고 있었기 때문이기도 하다.

그 뒤에 캔디나 가베라도 들어왔기에 기다리는 판단은 정답이라 할 수 있었다.

"가베라 씨께서 와주신 덕분에 살았습니다."

"……그래."

지금은 젝스도 《스플릿 스피릿》을 통해 네 체가 되었기에 최대 HP가 4분의 1로 줄어든 상태다. 하지만 처음 세웠던 계획보다는 훨씬 낫다.

"이제부터 오랫동안 여행을 해야 할 테니 HP는 많으면 많을수록 좋겠죠."

"오랫동안 여행하는 건 경험치 투어 이후로 처음이네. 그런데 여기는 어디 근처야?"

"이곳은 왕국과 레전더리아의 완충지대. ……아니, 지금은 왕국의 영지겠군요. 제게는 **정겨운** 곳입니다."

젝스는 과거를……, 이곳에서 슈우와 **함께 싸웠던 것**을 떠올리는 듯이 그렇게 말했다.

이곳은 예전에 [나신반 스핀들]이라는 〈UBM〉이 군림하던 지역이었다.

그 사실을 눈치챈 것은 한냐가 탈옥을 시도했을 때였다.

몇 번 뚫린 틈새를 통해 힐끔 보인 것이 자신에게 있어서 잊을 수 없는 기억의 경치였기에, 젝스는 '감옥'의 소재지를 미리 파악할 수 있었다.

만약에 '감옥'이 이 대륙에 없을 경우나, 우주 공간에 있을 경우까지 고려하면 탈옥의 난이도가 더욱 올라갔겠지만……, 소재지를 파악함으로써 결행의 허들이 내려갔다.

(아니면 레드킹이 이곳에 '감옥'을 만들었기 때문에 그 [나신반]이 공간 조작 능력을 갖추게 된 건지도 모르겠군요.)

젝스는 근처에 공간을 조작해서 만들고 숨겨둔 '감옥'이 있었기에 진화할 때 영향을 받았을지도 모르겠다고 추측했다.

"……휴우."

이야기를 나누는 동안에 가베라의 온몸의 상처와 상태이상이 완치되었다.

가베라는 《순간 장착》으로 옷을 갈아입고 일어섰다.

"그래서, 이제 어떻게 할 거야?"

"사람들이 별로 없는 지역이니 여기서부터는 최대한 다른 사람들의 눈을 피해서 천지로 갈 겁니다."

"흐음……."

가베라는 '도보로 대륙 횡단이라니, 너무 힘들지 않나……?'라고 생각했지만, '……뭐, 마차도 있으니까 어딘가에서 말이나 지룡을 마련하면 되겠지~'라고 생각을 고쳐먹었다.

『………….』

그런데 갑자기 그녀 옆에 있던 아프릴이 하늘을 올려다보았다.

가베라도 덩달아 올려다보았고, 그녀뿐만이 아니라 젝스와 캔디도 하늘을 올려다보고 있었다.

그곳에는…….

"사람이 별로 없다더니……, 그렇지도 않은 모양인데?"

그녀들이 올려다본 곳. 하늘 위에는, 깜짝 놀란 표정으로 그녀들을 내려다보는 새까만 차림새의 〈마스터〉와 은빛 황옥마가 있었다.

우연일까 필연일까. 그는 그녀들 세 명을 '감옥'으로 보낸 자들과 인연이 깊은 사람.

──즉, 레이 스탈링이었다.

◇◆◇

□■ '감옥'

"……제 완패입니다."

세 사람이 사라진 '감옥'에서 레드킹은 조용히 그렇게 말했다.

탈옥에 이르기까지의 경위에 대한 설명을 앨리스에게 들었고, 납득도 했다.

지금은 앨리스와의 통신이 끊어졌고, 레드킹은 혼자서 생각하며 행동을 반성하고 있다.

"이런 패배감은……, 그립군요."

자신의 단점을 다시 검토한 적은 〈마스터〉를 잃은 이후로는 손에 꼽을 정도밖에 없었다.

큰 실패에서 나온 교훈과 새로운 대책, 그리고 형태가 없는 그리움. 이번 소동을 통해 레드킹이 얻은 것들이다.

"젝스. 저는 당신의 계획을 완전히 예측하지 못했고, 당신은 제 생각을 뛰어넘었습니다. 그것은 칭찬해 마땅할 일이죠."

자신을 뛰어넘은 탈옥범을, 간수는 순순히 칭찬했다.

직무상 실책이긴 했지만 그것은 솔직한 마음이었다.

"하지만 당신도 모든 것을 예측한 건 아니죠. 그러니……, 금방 돌아올지도 몰라요."

억지가 아니다. 순수하게 그렇게 생각해서 나온 말이다.

레드킹에게는 그렇게 생각할 만한 이유가 있었다.

"'감옥'에 있던 당신은 바깥에서 일어난 일을 간접적으로만 알 수 있었을 테니까요."

공간을 다스리는 레드킹에게는 보였다.

그들에게 다가가는 자들의 모습이.

그것은 북쪽……, 기데온에서 날아온 일반 〈마스터〉인 레이 스탈링.

분류하자면 선이고, 애써 악으로 존재하려 하는 젝스와는 한데 어울릴 수 없다.

하지만 그는 그리 큰 문제가 되지 않는다.

그의 형이라면 모를까, 지금의 그로서는 젝스를 막을 수 있을 확률이 지극히 낮다.

그렇기 때문에 **그가 아니다.**

젝스가 산달폰으로 변형해서 공간에 구멍을 뚫고……, 바깥 세계에 영향을 끼치기 시작한 시점에서 더욱 무시무시한 존재가 움직이기 시작했으니까.

레드킹은 '감옥' 주변의 영상을 확인했다.

그곳에는……, 확실하게 떠 있었다.

'감옥' 남쪽, 레전더리아의 **영역**에서 다가오는 자들의 모습이.

"탈옥은 나간 뒤부터 진짜 시작이라는 이야기도 많죠."

그들의 탈옥과 맞섰던 관리 AI는 그렇게 외부의 상황을 모니터했다.

참가자에서 관객으로 입장을 바꾸어, 그들의 탈옥 제2막을 관찰하기 위해서.

□[주술사(소서러)] 레이 스탈링

나는 적정 사냥터인 왕국의 남쪽 끝 숲으로 향하고 있었다.

레벨을 올리기 전에 직업을 [주술사]로 전환했다.

이 직업을 선택한 이유는 역시 그 도끼 때문이다.

도끼가 두르고 있는 막대한 양의 원념으로 보아 반동 대미지로 가장 유력한 후보는 저주에 관련된 것이다.

그것을 완화하기 위해 주술 계열 스킬뿐만이 아니라 내성 스킬도 얻을 수 있는 [주술사]를 시험 삼아 선택한 것이다.

도끼의 반동 경감에 효과가 있다면 좋은 거고.

아니라면……, 하급 직업의 한계치가 다가왔을 때 우선적으로 리셋하면 된다.

"그대, 이대로 가다가는 [성기사]와 [암흑기사(다크 나이트)]를 모두 갖추게 되는 것 아닌가……?"

"……상황에 따라서는 그럴지도 모르지."

주술사 계통과 기사 계통의 조합은 [암흑기사]로 이어지는 모양이다.

줄리엣이 기뻐할 만한 조합이다.

어느 고전 RPG의 네 번째 작품 주인공 같으니까 형도 기뻐할지 모르겠다.

"조합 초급 직업(슈페리얼 잡)을 찾아낼 수 있을지도 모르니 괜찮을지도 모르겠다만."

그래. [강시]와 도사 계통 조합으로 얻을 수 있는 신우의 [시해선(마스터 강시)]처럼 말이지.

"하지만 그 직업들을 세트로 갖춘 사람은 많지 않을까 싶네. 정석이기도 하니."

빛과 어둠이 하나로, 그런 건 정말 자주 보는 이야기다. 선구자들이 시험해보긴 했을 것이다.

그럼에도 불구하고 발견되지 않았으니 존재하지 않거나, 잊혀진 직업인 데다 엉뚱한 조건이 필요할 것이다.

"아득히 멀리 있는 초급 직업보다는 눈앞에 있는 레벨 업이라는 게지."

"그래. 오늘 안으로 내성 스킬 취득을 목표로 삼고 레벨을 올리자."

얻으면 본거지의 투기장에서 효과가 있는지 확인해 봐야겠다.

효과가 없다면 내일 이후로는 다른 직업으로 전환해서 레벨을 올리고.

"……응?"

날아오른 실버가 사냥터로 다가가자 내 귀에 기묘한 소리가 들렸다.

꽤 멀리에서 들려오는 희미한……, 하지만 원래는 굉음일 것 같은 소리.

어디선가 거대한 것이 소리를 울리며 무언가를 부수고 있는 듯한 소리다.

하지만 단단한 것을 부수고 있는 건지, 부드러운 것을 찢어발기고 있는 건지는 모르겠다.

그리고 그 소리와 함께 들어본 적도 없는 파괴음이 멀리서 들려왔다.

착각일지도 모르겠지만, 예전에 기데온에서 들었던 산달폰이 낸 소리와 비슷한 것 같았다.

"가볼까."

가슴속에 기묘한 느낌이 들었기에 실버의 진로를 변경했다.

"……또 골치 아픈 일에 휘말릴지도 모르겠구나."

그렇다면 더더욱 가보는 게 낫겠지.

이곳은 기데온에서 그리 멀리 떨어진 곳이 아니니까.

그렇게 우리는 소리가 들린 쪽으로 향했다.

소리가 나던 곳에 도착하자 역시 그곳에서는 무슨 일이 일어나고 있는 것 같았다.

멀리서도 이상하다는 걸 알아볼 수 있었다.

"저건……, 꽤 중상인 것 같은데."

여자 한 명이 피투성이가 된 채 쓰러져 있고, 그 여자를 치료해주는 다른 여자가 한 명 있었다.

그리고 말과 지룡이 매여 있지 않은 마차 옆에 하녀복을 입은 여자가 한 명 있었다. 특이한 차림새이긴 하지만 하루 종일 인형옷을 입고 다니는 가족도 있으니 딱히 이상할 건 없다.

그리고 나무 그늘에 있어서 잘 보이지는 않지만, 여자 옷도 슬쩍슬쩍 보였다.

보아하니 4인조 여성 파티인 모양이었고, 이곳에서 무슨 일이 생겨서 한 명이 중상을 입은 것 같았다. 치료를 하고 있는 것 같긴 한데, 멀리서 봐도 부위 결손을 포함한 중상이라는 사실을 알 수 있었다.

상급 직업이라 해도 치료는 힘들 것이다. 여자 괴물 선배 정도가 아니라면 완치는······.

"어······?"

그런데 그렇게 생각하고 있던 내 아래쪽에서 피투성이가 된 여자의 몸이 완치되었다.

놀랐다. 여자 괴물 선배 말고도 저런 중상을 금방 치료할 수 있는 사람이 있었나?

아니면 〈엠브리오〉의 스킬일지도 모르겠다.

"앗."

내가 깜짝 놀라며 내려다보고 있자니 그녀들도 나를 올려다보았다.

그리고 치료를 받고 있던 여자, 치료하고 있던 여자와도 눈이 마주쳤다.

지금 돌아서서 떠나는 것도 실례가 될까 싶어서 실버를 타고 내려가기로 했다.

그리고 큰 부상을 입은 걸 보니 뭔가 문제가 생겼을지도 모른다.

『············.』

그런데 실버는 하녀복을 입은 여자를 신경 쓰고 있는 것 같았다. 이유가 뭐지?

"……?"

갑자기 무슨 소리가 들렸다.

좀 전처럼 거대한 것이 낸 소리는 아니다.

작은 것이 대량으로 움직이는 것 같은 소리다.

"뭐지……?"

그 소리는……, 남쪽에서 들려왔다.

◆ ◆ ◆

■알터 왕국 남쪽 끝 국경 숲

내려오는 레이를 보고 가베라는 마음속으로 매우 초조해졌다.

(어째서 여기……?)

상대방이 누구인지는 알고 있다.

가베라는 예전에 슈우에게 죄를 뒤집어씌우며 도발했을 때, 레이에 대해서도 조사했었다.

또한 굳이 그런 이유가 아니더라도, 레이 스탈링은 기데온에서 일어난 사건으로 인해 꽤 유명하다.

적어도 이름도 기억나지 않는 결투 랭커들보다는 훨씬 더 잘 알고 있다.

그런데 설마, 그런 상대와 이곳에서 마주칠 줄이야. 뜻밖인 것도 정도가 있지.

(……아니, 어떻게 할 건데, 이거.)

싸운다면 반드시 이길 수 있다고 장담한다.

레이가 세 사람에게 이길 확률은 그야말로 소수점 저편에나 있다.

하지만 싸움을 벌이는 시점에서 이미 세 사람에게는 악수다. 싸우면 존재를 들키게 되고, 슈우를 비롯한 그녀들의 적수와 인연이 깊은 레이가 그 사실을 알릴 것이다.

데스 페널티를 받는다 하더라도 현실 쪽에서 연락하거나 SNS를 통해 세 사람의 정보를 전할지도 모른다.

탈옥했다는 사실과 대략적인 현재 위치를 알리게 되는 위험 부담은 매우 크다.

토벌대 같은 것이 편성되면 또 데스 페널티를 받게 될지도 모른다.

지금 젝스는 HP가 4분의 1로 줄어든 데다 레벨도 떨어진 상태다. 가베라도 생명줄인 알하자드가 만신창이다.

그리고 '감옥'으로 다시 돌아가게 되면 비용 문제로 인해 똑같은 탈옥 수단을 사용하기는 힘들다.

젝스의 레벨은 떨어졌고, 한냐도 '감옥'에서 나간 이상, 레벨을 어느 정도 올렸을 것이다. 다시 준비하는 기간 동안에 한냐가 젝스의 저장 대상에서 제외될 우려도 있다.

무엇보다 레드킹이 대책을 마련해서 두 번 다시 탈옥하지 못할지도 모른다.

(도망치는 것도……, 도박이지.)

셋이 동시에 로그아웃하면 당장 위기를 피할 수 있을지도 모른다.

하지만 로그아웃을 하려면 비접촉 상태로 30초의 시간이 필요하다.

그동안 얼굴을 기억할지도 모른다. 젝스는 외모를 [성녀]로 바꾸고 있기 때문에 들키지는 않겠지만, 캔디는 들킬 가능성이 크다.

그렇게 되면 이 로그아웃 지점에 적들이 잠복할 수도 있다.

로그아웃하지 않고 곧바로 도망치려 하면 분명히 수상쩍게 여길 것이다.

무슨 일이 생긴 건가라는 생각에 쫓아올지도 모른다.

게다가 레이는 황옥마라는 기동력을 지니고 있기에 완전히 따돌릴 수 있을지도 의심스럽다.

(그렇다면 전혀 들키지 않게끔 즉사시키자. ……그런 것도 불가능하잖아……!)

저번 강화 회의 때, 레이가 지닌 [사병]의 스킬이 확인되었다.

죽인다 해도 1분 정도는 남는다. 정보를 확실하게 챙겨가 버릴 것이다.

애초에 가베라가 지금 보고 있는 건 그 혼자지만, 근처에 다른 동료들이……, 슈우나 루크가 있을 가능성조차 있다.

실제로는 그렇지 않았지만, '감옥'에서 나온 직후라 바깥 세계의 정보가 거의 없는 가베라에게는 당연한 걱정거리였다.

(안 되겠네……, 저 녀석, 지금 이 상황에서 제일 골치 아픈
상대야…….)

죽여도 금방 사라지지 않고, 얻은 정보를 유력자에게 넘길 연
줄도 있다.

가베라는 두 손을 들었다. 이제 젝스와 캔디에게 해결책을 기
대할 수밖에 없다.

하지만…….

"…………으엥?"

옆에 있는 두 사람을 본 가베라는 경악했다.

젝스는 여전히 [성녀] 모습이었지만……, 오른손에는 저장해
두었던 듯한 검 〈엠브리오〉를 쥐고 있었다.

그리고 캔디는——— 레셰프를 기동하고 있었다.

척 보기에도 전투 태세였다.

"잠깐, 어? 붙게?! 여기서 붙어버리게?!"

가베라는 자신조차 우려했던 것을 두 사람이, 적어도 젝스가
눈치채지 못하지는 않았을 거라 생각했다.

그렇다면 그녀가 생각지도 못할 정도로 깊은 고찰 끝에 척 보
기에는 아무런 생각도 없는 것처럼 레이 스탈링을 말살하기로
결론을 내린 건지도 모르겠다.

"그, 그래도 나는 아직 알하자드의 HP가……, 우선 다시 출격
시키고……, 음, 보우건이 닿으려나…….."

"가짱."

재빨리 무기를 겨누려 하던 가베라에게 캔디가 말했다.

"싸울 상대는……, 위에 있는 GOD들보다 악당 같은 옷차림인 녀석이 아니야."

"어"

젝스도, 캔디도, 아프릴조차 이미 레이를 보고 있지 않았다.

그리고 레이 또한 그들로부터 시선을 돌리고 있었다.

세 사람과 한 대는, 남쪽을 보고 있었다.

———레전더리아와의 국경을.

"———**영역**."

"오너……?"

그렇게 중얼거린 젝스를 본 가베라는 약간 놀랐다.

항상 무너지지 않던 그의 미소가 약간 일그러졌기 때문이다. 슬라임인 그의 이마엔 땀이 흐르지 않지만, 만약에 흘릴 수 있다면 식은땀을 흘리지 않았을까 하는 생각이 들 정도로.

"깜빡 잊고 있었군요. 이곳은 원래 레전더리아와의 완충지대였고, 지금도 국경이 가깝죠……, 이렇게 될 가능성도 있었나요."

"뭐, 뭐가 온다는 거야……? 영역이라니……, 어떤 영역?"

당황한 가베라에게 젝스가 조용히 대답했다.

그 대답은 간단했다. 창작에서는 흔해 빠진 것이지만……, 〈Infinite Dendrogram〉에서는 그녀가 마주친 적이 없는 이름.

다시 말해———.

"———[마왕(로드)]."

그 직후, 숲이 들썩였고——— 무리를 지은 이상한 형태가 그들을 향해 다가왔다.

□[주술사] 레이 스탈링

"이 녀석들은 대체 뭐야……!"

레전더리아와의 국경 쪽에서 일제히 몰려온 것은 미스릴 같은 광택을 지닌 금속제의 이상한 무리였다.

그것들은 아이들이 찰흙으로 만든 모형보다 어설프게 생겼다.

점토 덩어리를 '이게 몸통. 팔다리하고 머리. 완성'이라며 적당히 이어붙인 듯한 괴물들.

억지로 날개를 달아놓은 비행형과 고릴라를 닮은 육상형. 특징이 비슷하긴 했지만, 형태가 일그러져서 완전히 똑같은 종류라고도 할 수가 없었다.

프랭클린의 개조 몬스터 같은 최소한의 디자인성도 찾아볼 수가 없었다.

하지만 그 점토 모형 이하의 괴물들로부터 느껴지는 위압감은 매우 강했다.

최소한 아룡 이상의 힘. 순룡에 가깝지 않을까?

그런 것들의 숫자가 모두 합쳐서 50마리는 훨씬 넘었다.

숫자는 프랭클린의 '수어사이드' 시리즈 100분의 1 이하지만, 그럼에도 불구하고 느껴지는 압박감만큼의 전투력을 지니고 있다면 위험한 상대다.

"레전더리아 고유의 몬스터인가? ⋯⋯아니, 그건 그렇고."

그것뿐이라면 어떻게든 해볼 수 있었을지도 모른다.

눈앞의 광경에서 가장 기이한 것은 그 괴물들이 모두 **신비한 녹자색** 오라를 두르고 있다는 점일 것이다.

괴물 자체에서 느껴지는 위압감과는 다르다. 그 이상의 기척이 느껴진다.

『몬스터들이 공통적으로 지니고 있는 스킬이 아니라고 한다면⋯⋯, 테리터리 계열 〈엠브리오〉인가? 아니면 채리엇의 파생(어드밴스)인가?』

"그럴지도 모르겠어⋯⋯."

나는 네메시스의 말을 듣고 고개를 끄덕였다.

저 오라가 〈엠브리오〉일 가능성은 있다.

레기온은 아닐 것이다. 저것들 머리 위에는 확실하게 이름이 떠 있다.

───[스랄], 이라고.

『⋯⋯⋯⋯⋯.』

형태가 전혀 다른데도 [스랄]이라는 똑같은 이름을 지닌 괴물들.

그것들 중에서 날개가 달린 열 마리가 나를 향해 다가왔다.

나머지 마흔 마리는 아래쪽에 있는 여자들에게 돌진하고 있었다.

"……저기, 엄청 기분 나쁘게 생겼는데……, 저거, 레기온 〈엠브리오〉야?"

"아뇨, 직업 스킬의 산물일 겁니다. 아마 어떤 [마왕]의 스킬이겠죠. 하지만 [폭식 마왕(로드 그라)]와는 예전에 싸워본 적이 있으니 그녀는 아닐 겁니다."

『긍정, [나태 마왕(로드 아케디아)]의 《봉사 종족(스랄)》입니다.』

고도를 낮췄기 때문인지 그녀들이 이야기를 나누는 목소리도 들렸다. 보아하니 나보다 훨씬 이 상황에 대해 잘 이해하고 있는 것 같았다.

"[마왕]이라고?"

예전에 아즈라이트가 [분노 마왕(로드 이라)]이라는 이름을 말한 적이 있기에 그런 존재가 이 〈Infinite Dendrogram〉에 있다는 건 알고 있었다.

그런데, ……**어째서** 그런 녀석이 나나 그녀들을 습격하는 거지?

"아프릴은 역시 알고 있었군요. 《램블링 트리 워크》."

좀 전까지 치료를 해주던 여자가 검을 땅바닥에 꽂으며 스킬을 발동시켰다.

그 직후, 땅바닥에서 나무가 잔뜩 솟아났고, 뿌리를 다리처럼 움직이며 괴물들에게 달려들었다.

"저거면 해치울 수 있으려나……?"

"아뇨, 그냥 시간을 번 것뿐입니다. 이 스킬은 지면의 영양분(리소스)을 쓰는 것치고는 약해요. 즉석 소환 중에서는 나름대

137

로 써먹기 편하긴 합니다만."

보아하니 나무가 괴물들에게 부서지고 있었다.

역시 저 괴물들의 전력은 꽤 강한 모양이었다.

그리고 내 쪽으로도 날개 달린 괴물들이 접근해 왔다.

"윽!《연옥화염》."

접근전으로는 밀릴 것 같다는 예상이 들었기에 실버의 기동력을 살려 중거리에서 《연옥화염》으로 응전했다.

하지만 숲에 인화될 우려가 있기에 소화 수단이 없는 상황에서는 아래쪽으로 날릴 수가 없다.

그리고 그녀들이 있는 이상, 《지옥독기》도 쓸 수가 없다.

……애초에 저 찰흙 모형에게 통할지도 의문이지만.

"아프릴, 시간을 버는 동안 설명해주시죠."

검을 든 여자는 추가로 나무 몬스터를 만들어내며 하녀복을 입은 여자에게 설명을 요청했다.

『[나태 마왕]의 기본 스킬, 《봉사 종족》은 무생물을 몬스터화하는 스킬입니다.』

아래쪽에서 오가는 대화는 내게도 들렸다.

내가 생각해도 용케 들린다 싶긴 한데, 어쩌면 실버가 나를 배려해서 들리게끔 해준 건지도 모르겠다. 스킬 설명에는 적혀 있지 않지만, 공기를 어느 정도 컨트롤할 수 있다면 그런 것도 가능할 것이다.

원리를 알 수 없는 스킬을 쓰는 실버는 인테그라와 이야기를 나눴을 때도 알 수 없는 게 많았다.

『만들어낸 몬스터, [스랄]의 성능은 소재와 사용하는 SP에 따라 달라집니다. 저것들의 소재는 미스릴로 추정됩니다. 전투력은 중급 정도로 보입니다.』

미스릴, ……그렇구나. 저 은빛 광택을 왠지 예전에 본 적이 있는 것 같다는 생각이 들 만도 하네.

루크가 데리고 다니는 리즈와 소재가 비슷했던 모양이다.

리즈처럼 자유롭게 변형할 수 있을 것 같지는 않지만, 강도나 힘은 더 강할 것 같다.

"다른 특징은요?"

『[스랄]은 [나태 마왕]만을 따르며, 다른 자에게 양도할 수가 없습니다. 그 대신, 파티 인원수나 캐퍼시티를 차지하지 않습니다.』

"……어? 너무 치사한 거 아니야?"

『그 대가로 [나태 마왕]의 스테이터스는 HP와 SP를 제외하면 [마왕] 시리즈 중에서는 가장 약합니다. 그와 더불어 [나태 마왕] 본인의 육체는 전투 행동을 벌일 수가 없습니다. 자신의 생존에 필요한 리소스의 획득 작업을 만들어낸 [스랄]에게 의존합니다. 그렇기 때문에 부하라기보다는 **팔다리**라고 표현하는 게 더 정확할 것입니다.』

"……[마왕]이라는 거창한 직업이면서도 요양 대상자 같은 느낌이네."

[나태 마왕]이라는 직업의 정보와 그것을 알고 있는 그녀. 양쪽 다 놀라웠다.

잘 살펴보니 아프릴이라 불린 하녀복 차림의 여자는 관절이 구체였다.

실은 인간이 아닐지도. 실버도 신경 쓰고 있는 걸 보니 초대 플래그만과 관련이 있는……, 인테그라가 말했던 황옥인의 일종인가?

"…………흐음."

"……오너, 무슨 생각을 하고 있는 거야."

"전투 행동을 할 수 없는 [산 제물]. 무생물의 몬스터화. 그것은 마치……."

아프릴이 말한 내용을 듣고 오너라 불린 여자는 뭔가 생각하고 있는 것 같았다.

하지만 그동안에도 지상에 있던 [스랄]은 나무 무리를 박살 낸 뒤 거리를 좁히고 있었다.

이쪽으로 다가오는 날개 달린 [스랄]도 마찬가지였다. 그 녀석들은 불에 달구어졌는데도 자신의 대미지를 신경 쓰지 않았다. 원래는 무생물이었기에 자신의 생명을 지키려 하지 않는 것이다. 《연옥화염》으로 몸이 녹았는데도 남은 몸을 내게 부딪히려 했다.

그 모습에서는 최소한의 전투 기술조차 보이지 않았고, 그저 몸을 부딪히는 것 말고는 다른 생각이 없는 것 같았다. 그 정도로는 내 목숨을 빼앗을 수 없을 것 같은데…….

"광물 유래의 무생물이라니, GOD에게도 골치 아픈 녀석인데~. ……일단, 미스릴을 분해하는 녀석을 흩뿌려버릴 거야♪"

"……전 세계의 무기 상인이 눈물을 흘릴 만한 걸 만들었구나,

당신."

내가 있는 곳에서는 얼굴이 보이지 않는 여자가 그렇게 말한 다음, 그녀의 〈엠브리오〉로 보이는 투명한 거대 둔기를 휘둘렀다.

둔기에서 공기가 뿜어져 나오는 듯한 소리와 함께 무언가가 뿌려진 것 같았다.

만에 하나를 대비해서 그것에 닿지 않게끔 실버에게 지시를 내려 《바람발굽》으로 배리어를 쳤지만…….

"……안 녹는데?"

"어라아~?"

지상에 있던 [스랄]은 미스릴을 분해한다는 그 공격을 맞고도 전혀 영향을 받지 않았다.

"물질 구조가 변화한 건지, 애초에 닿지 않은 건지. 후자라면 저 반짝반짝 오라가 수상쩍은데!"

"아프릴. 저건 뭐죠?"

『데이터 없음. [나태 마왕]에게 저러한 이펙트를 지닌 스킬은 없습니다.』

저것이 [나태 마왕]의 스킬이 아니라면 역시……, 〈엠브리오〉인가?

"부하를 만드는 직업 스킬과 부하를 강화시키는 〈엠브리오〉라는 거야……? [마왕]이라는 것치고는 정석적인 콤보를 보여주시네……."

보우건을 든 여자는 그렇게 말하며 [스랄]을 공격했지만, 적의 강도 때문인지 공격이 통하지 않았다.

"……역시 공격력이 부족해~. 미스릴은 별로 좋은 추억이 없단 말이지……. 아니, 이거, 제대로 싸울 수 있는 사람은 오너하고 아프릴밖에 없는 거 아니야……?"

"위쪽에 있는 악당에게 떠넘기는 건 어때?"

"……좋은 생각인 것 같은데?"

은근슬쩍 떠넘기려 하고 있네……. 그리고 악당이란 건 무슨 말이야. 왠지 모르겠지만, 그녀들이 그렇게 말하니 이상한 위화감이 드는데.

"여러분. 그리고 레이 스탈링 군."

"어?"

갑자기 오너라 불리던 여자가 내게도 말을 걸었다.

지금은 동영상 때문에 이름이 알려져서 그것 자체는 이상할 게 없고, 자주 있는 일이다.

하지만 그 여자로부터는 그런 것보다 **가까운 거리감**이 느껴졌다.

어딘가에서 만난 적이 있나……?

"주의하시길……. 아마, 진짜가 올 겁니다."

그녀가 그렇게 말하며 손가락을 들어 한쪽을 가리켰다. [스랄]들이 무리지어 다가온 방향에서 이번에는 어떤 그림자 하나가 천천히 다가오고 있었다.

"저건……."

그것은 머리 위에 [스랄]이라는 이름이 떠 있긴 했지만, 지금까지 나타났던 [스랄]과는 전혀 달랐다.

우선, 형태가 달랐다. 적당히 찰흙 덩어리를 가져다 붙인 것 같은 기존 [스랄]과는 달리, 그 [스랄]의 형태는 깔끔했다.

이족보행을 하는 지룡이라고 표현하는 게 그나마 정확할 것이다. 코끝에 달린 뿔과 앞다리, 그리고 꼬리가 검인 것이 특징이다.

적어도 그 생김새는 다른 개체에게 쏟지 않았던 수고를 확실하게 들인 느낌이었다.

그리고, 색이 달랐다.

녹자색 오라를 두르고 있는 건 똑같지만, [스랄] 자신의 색이 붉은색이었다.

그 색은 예전에 카르티에 라탱에서 본 적이 있다.

마리오 선생님이 조종하던 붉은색 인형. 톰 씨에게 이야기를 들었던 그것의 소재는…….

"……[히히이로카네]구나!"

현재 〈Infinite Dendrogram〉에서 특전 소재를 제외하면 가장 뛰어난 생산 소재.

좀 전에 들은 아프릴의 이야기에 따르면 [스랄]의 전투력은 소재와 사용한 SP에 따라 달라진다.

소재는 최상급이고, 생김새를 보니 사용한 SP도 월등히 많다는 걸 알 수 있다.

틀림없이 저것이 [나태 마왕]이라는 자의 에이스일 것이다.

예전에 싸웠던 [마장군(헬 제너럴)]의 [기가 나이트(전설급 악마)]보다 전력으로 따지면 더 뛰어날 것 같다.

……그런데 정말로 왜 나나 그녀들에게 이렇게까지 강한 전력

을 투입하는 거지?

나를 노리는 거라면 어디 사는 백의가 꾸민 짓인가?

그리고 내가 아니라 그녀들을 노리는 거라면 아프릴……, [나태 마왕]에 대해서도 자세히 알고 있는 그녀의 존재 때문인가?

모르겠다. 상황을 유추할 만한 재료가 너무나도 부족하다.

『…………』

내가 붉은색 [스랄]을 보낸 [나태 마왕]의 의도를 파악할 수가 없어서 생각에 잠겨 있자니 붉은색 [스랄]도 그녀들과 나를 번갈아 보았다.

그리고…….

『…………Gi.』

붉은색 [스랄]이 미스릴 [스랄] 중 한 마리를 마치 검 같은 앞다리로 꿰뚫었다.

"어?"

내분인가?

어째서 갑자기, ……!

"──물러나십시오."

"──물러나!"

나와 오너라 불리던 여자가 동시에 그렇게 말했다.

하지만 그 목소리가 닿기도 전에, 변화가 일어나버렸다.

붉은색 [스랄]의 검 같은 앞다리가 붉은색보다도 더욱 새빨갛게, 녹아내린 금속처럼 빛났다.

그 직후 꿰뚫린 미스릴 [스랄]이 **끓어오르다가—— 터졌다.**

막대한 열량이 주입되어 안쪽에서 증발……, 폭발한 것이다.

"……?!"

녹자색 오라를 두른 미스릴이 수류탄 파편처럼 사방팔방으로 흩어졌다.

경고한 우리와 마침 그 타이밍에 경고를 들은 그녀들.

뒤로 물러나 얼굴 등의 급소를 팔로 감쌌다.

열량으로 인해 화상을 입긴 하겠지만, 거리를 벌리면 폭발 그 자체의 위력은 떨어진다.

부하 중 한 마리와 맞바꿔 가한 폭발 공격도 치명상이 되지는 않는다.

——그럴 거라 생각했다.

"……어?"

미스릴 파편이 《바람발굽》 배리어를 뚫고, 얼굴을 감싸고 있던 내 팔에 닿았다.

그 순간……, 내 의식이 급속도로 흐려지기 시작했다.

"이, 건……."

어질어질, 머릿속이 불안정해졌다. 시야도 흔들린다.

참아내며 스테이터스를 보니, 그곳에는 어떤 상태이상이 떠 있었다.

——[강제 수면].

"…………이, 게……."

이 상태를 일으킨 것이 무엇인지……, 굳이 생각할 필요도 없다.

처음부터 이게 목적이었을 것이다.

돌격하기만 하고 전투 기술이 전혀 없던 [스랄]의 목적은 접촉 뿐이었다.

그냥 닿기만 하면 된다. 우리가 저 오라에 닿기만 하면 충분했던 것이다.

저 오라는 닿은 자를 **강제로 잠들게 만든다.**

닿기만 하면 결판이 난다.

잠들어버리면 어떻게 처리하든 [나태 마왕]의 손바닥 위다.

"네메, 시스……."

『알겠, 다……!』

사라져가는 의식 속에서 [쾌유 만능 영약(에릭실)]을 마셨다.

그리고 네메시스에게 제2형태로 변형하라고 지시를 내렸다.

그녀 또한 의식이 사라져가고 있었던 모양이지만……, 그럼에도 불구하고 제2형태로 변형을 이루어냈다.

하지만 멈추지 않았다.

잠을 향해 떨어져 간다. 예전에 [갈드랜더]의 독기를 떨쳐낸 [쾌유 만능 영약]도 통하지 않고, 제2형태로도 역전시킬 수 없는 상태이상.

그것이 의미하는 바는…….

"〈초, 그……."

예전에 여자 괴물 선배와 교전했을 때의 기억, 거역할 수 없는 압도적인 디버프.

　상대가 〈초급〉 중 한 명이라는 답과 함께 내 의식은 어둠 속으로 떨어졌다.

　아래쪽에서는 하녀복 차림인 여자를 제외한 세 사람도 쓰러져 있었다.

　의식이 사라진 최후의 순간, 어디선가 낯선 목소리가 들렸다.

───Welcome to [Dreamlands], 라고.

■[마왕]에 대하여

레드킹을 비롯한 관리 AI가 만들어낸 〈신조 던전〉은 세 가지
종류가 있다.

첫 번째는 〈묘표 미궁〉. 이 세계를 심사하는 선대 관리자가
남긴 것을 가두어두기 위해 만들어진 던전.

두 번째는 '감옥'의 〈신조 던전〉. '감옥'에 수감된 〈마스터〉들
이 게임을 즐길 수 있게끔 마련된 던전. 이름도 정해지지 않았
고, 다양한 던전의 요소를 뒤섞어놓았다.

그리고 세 번째가 [마왕]의 〈신조 던전〉. 관리 AI가 관리하기
전부터 존재했던 마왕 전직용 던전에 뒤집어씌우듯이 만들어진
던전이다.

선대와 현재 관리자에 의한 이중 구조이기 때문에 난도가 지
극히 높은 던전.

하지만 그것을 제압한 자는 초급 직업인 [마왕] 시리즈로 전직
할 수 있다고 한다.

[마왕]이란, 이른바 특별한 핏줄이나 재능이 필요한 특수 초급
직업과는 **정반대**.

초급 직업에 요구되는 다양한 재능을 **무시하는** 초급 직업이다.

한 명만 얻을 수 있다는 조건은 다른 초급 직업과 마찬가지이

긴 하지만, 던전을 제압한 자라면 **누구나** 얻을 수 있다.

하지만 제패해서 [마왕]을 얻은 자는 지극히 드물다.

삼강 시대 이전에 나타나 최종적으로 당시 [용사(히어로)]에게 쓰러진 [분노 마왕(로드 이라)] 등, 나타난 것은 손에 꼽을 정도다. 나타났는데도 알려지지 않은 경우도 있다.

단 그것은 〈마스터〉의 증가……, 〈Infinite Dendrogram〉 서비스가 개시되기 이전 이야기다.

마왕 전직용 던전은 일곱 개가 있다고 한다.

천지의 〈수라의 나락〉, 카르디나의 〈빈부의 분묘〉, 드라이프의 〈음마의 궁〉, 위치가 고정되지 않은 〈우월의 천공성〉.

나머지 〈기아의 산맥〉, 〈시기의 물바다〉, 〈안녕의 유형지〉는 전부 레전더리아에 존재한다.

치우친 배치는 관리 AI들도 어떻게 해볼 방법이 없다.

애초에 레전더리아에 모여 있었던 것이다. 덮어씌워서 만들다 보니 그렇게 될 수밖에 없다.

이러한 배치의 의도는 직업을 담당했던 선대 관리자에게 물어봐야만 알 수 있을 것이다.

그리고 영토 안에 마왕 전직용 던전이 세 개나 있다 하더라도 레전더리아 쪽에는 별다른 문제가 없었다.

〈신조 던전〉은 그곳에 있을 뿐이다. 레전더리아 안에서도 벽지에 불과했고, 자연 발생 던전처럼 내부에서 몬스터가 나오지도 않는다.

가끔 [마왕]의 힘을 얻기 위해 실력자가 갔다가 두 번 다시 돌아오지 않을 뿐인 곳이다.

공략 난도가 높기 때문에 레전더리아 안에서 [마왕]이 된 자도 기록상으로는 존재하지 않는다.

그렇기 때문에 아무 일도 일어나지 않는다. 잠자는 사자의 코털을 건드리지 말라는 이야기도 있으니까. ……[마왕]이긴 하지만.

그런데, 상황이 바뀌었다.

최근에 레전더리아에 있어서 불행한 일이 두 가지 있었다.

첫 번째는 〈마스터〉의 증가.

〈마스터〉의 성질에 따라 던전의 난이도가 크게 바뀌어버렸다.

선대 관리자가 마련해둔 초전 킬러, 즉 불합리한 요소가 많이 포함되어 있어서 역사상 손에 꼽을 수 있을 정도의 극소수만 살아 돌아올 수 있었던 마왕 전직용 던전.

하지만 데스 페널티만 받고 다시 살아날 수 있는 〈마스터〉는 정보를 가지고 돌아올 수 있다. 실력만으로는 클리어하지 못했던 세 〈신조 던전〉은 그로 인해 조금씩 비밀을 드러내기 시작했다.

두 번째는 제패자.

정보가 모이고 난 뒤에는 클리어할 만한 실력만 있으면 제패할 수 있는 상황이었다.

하지만 그것 또한 힘들다. 명색이 〈신조 던전〉이었기에 다시 도전하다보면 그냥 클리어할 수 있을 정도로 어설픈 난이도가 아니었기 때문이다.

그리고 마왕 전직이라는 용도 때문인지, 인간 범주 생물이 파티를 짜면 난이도가 차원이 다를 정도로 치솟았기에 솔로 공략이 필수라는 점도 공략을 까다롭게 만드는 데 일조했다.

다시 말해, 정보뿐만이 아니라 솔로로 클리어할 수 있을 만한 실력이 필요했던 것이다.

〈초급〉을 포함해서 레전더리아에 소속되어 있던 〈마스터〉들 중에는 단독으로 직접적인 전투력이 그렇게까지 뛰어난 자는 많지 않았다.

하지만 그것은 어디까지나……, **소속된 자**의 이야기다.

현재, 레전더리아 안에 있는 마왕 전직용 던전은 세 군데 **모두** 공략된 상태다.

그걸 해낸 것은 레전더리아에 있으면서도 레전더리아 소속이 아닌 자.

─── 레전더리아 안에 있는 **지명수배범**들이었다.

새롭게 생겨난 세 [마왕] 모두가 지명수배된 대죄인이자──
〈초급〉.

사전에 미리 상의한 것도 아니다. 그저 그들이 각자 공략한 결과, 그렇게 되었을 뿐이다.

레전더리아는 초기 플레이어가 가장 많았고, 그와 동시에 지명수배범인 〈마스터〉가 가장 많은 나라다. 나라에 소속된 〈초급〉보다 지명수배당한 〈초급〉이 더 많다.

세 명이 [마왕]이 되었는데도 남을 정도로.

어찌 됐든, 그렇게 오랫동안 제패자가 나타나지 않았던 던전은 공략되었다.

레전더리아에 자리잡은 괴물들로 인해 [마왕]의 자리는 모두 채워졌다.

[마왕]의 자리에 앉은 그들은 마음대로 살아가고 있었다.

세 [마왕]은 '먹는 것', '노는 것', '자는 것'이라는 자신의 욕구에 따르고 있다.

자신을 따르는 부족을 거느리며 영역을 만들기도 했다.

그것은 [마왕]이라기보다는 왠지 마물이나 동물 같은 느낌이었다.

제각각 [마왕]이 된 그들은 싸우지도, 협력하지도 않는다.

하지만 [마왕]들을 포함한 지명수배범 〈초급〉들은 싸우지 말자는 약정을 맺었다.

하나의 목적으로 모인 클랜이 아니라 상호 불간섭만을 규칙으로 삼은 동맹(카르텔).

상대의 영역에 손을 대지 않고, 그곳 이외에 원하는 영역을 넓혀간다.

레전더리아를 무대로 삼은 어둠의 자리뺏기 게임.

그렇게 생겨난 것이 〈디자이어(욕망)〉라 불리는 죄인 동맹인 것이다.

대죄인들은 협정을 맺었고, 다른 〈마스터〉들은 그들을 쓰러뜨릴 수가 없다.

부족 연합이라는 나라의 존재 방식과 레전더리아의 지역마다 다른 환경……, 적응 부족에게 너무나도 유리한 환경이 그들과 그들을 따르는 부족의 토벌을 매우 힘들게 만들고 있었다.

그들은 레전더리아 바깥에 흥미를 보이지도 않았기에, 예전에 라 크리마가 〈IF〉에 권유했을 때도 받아들인 사람은 아무도 없었다.

레전더리아라는 비경엔 〈IF〉와도 필적하는 괴물들이 꿈틀대고 있는 것이다.

가장 **현실**과는 동떨어진 나라이기 때문에 아이러니하게도 가장 어둠이 깊어진 것일까.

아니면 어둠이 생겨날 만한 이유가 뭔가 있는 걸까.

어찌 됐든, 결과적으로 국토 안에 [요정 여왕(티타니아)]을 우두머리로 삼은 국가 이외에도 여러 반항적인 소국가가 생긴 형태가 되었기에 레전더리아는 혼란의 소용돌이 속에 있다.

저번 수상 암살 사건도 그것과 연관이 있다는 소문이다.

이런 혼돈 속에서 세이브 포인트가 있는 대도시가 [마왕]을 비롯한 죄인들에게 함락되지 않은 것만이 그나마 다행이다.

만약에 그렇게 되어버린다면, 레전더리아의 혼란은 세계의 혼란으로 가속될 것이다.

언젠가 세계의 어딘가가 그렇게 될지도 모르지만.

그러한 레전더리아의 근황에 젝스 일행의 탈옥이 영향을 끼쳤다.

아니, 끼쳐버렸다……라고 해야 될 것이다.

[마왕] 중 한 명인 [나태 마왕]은 레전더리아 북쪽 끝에 자신의 영역을 가지고 있다.

그곳은 예전에 [나신반]이 근거지로 삼고 있던 완충지대와 지극히 가까운 곳.

……그렇다, 젝스 일행이 탈옥한 곳은 그의 영역 바로 근처다.

그리고 그들이 나온 것은 탈옥할 때 〈초급 엠브리오〉의 공격 스킬———《폴 다운 스크리머》를 장시간 계속 날려댄 직후였다.

그 사실을 [나태 마왕]은 어떻게 받아들일 것인가…….

■[나태 마왕]

정말 우울해. 멜랑콜릭.

오늘은 날씨가 적당히 좋아서 따스한 햇볕을 쬐면서 계속 자고 있었는데.

지평선 너머에서 [폭식 마왕(디스)] 녀석이 **하늘까지 통째로 먹었을 때** 같은 소리가 났다.

이 잠옷은 정말 마음에 들지만, 안전면에 뭔가 문제가 생기면 소리가 다 들려버리는 게 단점이야.

다시 말해서 위험하다는 뜻이니까, 그것도 우울해.

『……민폐네, 정말…….』

깨어나 버려서 어쩔 수 없이 정찰용 [스랄]을 날렸다.

그랬더니 전과가 있는 디스가 아니라 다른 사람이었다.

4인조에, 본 적이 있는 것 같기도 없는 것 같기도 한 느낌.

그리고 〈초급〉 같은 기척이 두 명 이상.

하지만 분명 세 명일 거야. 만신창이가 된 녀석도 아마 〈초급〉
일 테니까. 하녀복은 인간이 아니고. 디스나 베네트나쉬, 그리고
민폐를 끼치는 녀석들 때문에 그런 걸 분위기로 알 수 있게 되어
버렸다고.

『귀찮아~…….』

어떻게 대처할지 생각하는 것도 귀찮다고, 멍청아.

게다가 어이없어하고 있자니 더 늘었고. 왠지 모르겠지만 날
고 있는데, 차림새가 노골적으로 사악하네.

제일 마왕 같은 '보톰리스'의 디도 저런 차림새는 아니야…….

그렇게 네 명하고 한 명인데……, 뭐, 응, **적**이지.

전부 적이야. 에너미. 이제 귀찮기도 하고, 수면을 방해해서
민폐이기도 하고, 무엇보다 이쪽으로 오면 위험하니까 선수를
쳐서 쓰러뜨리자. 녹다운.

『……아~, ……그렇지……, 깨어나 버렸으니까…….』

메이드에게 저녁 식사를 부탁해야지.

침대 옆에 있던 호출 종을 울려서 양모 종족 메이드를 불렀다.

잠깐……, 아니 꽤 고민하다가 저녁 식사로 오므라이스를 요

청했다.

하는 김에 파견 전력도 적당히 지시를 내렸다. 어느새 레플라콘 B가 늘리고 있었던 미스릴 [스랄]과 **파수꾼**으로 카디널 A를 파견했다. 고~, 고~.

베네트나쉬의 아라곤을 참고해서 만들어봤는데, 실전에서 써먹는 건 처음이네~. 테스트~.

뭐, 신입이 있긴 하지만 평소와 마찬가지.

드림랜드에 던져넣고 육체를 두들겨 패줘야지. 킬, 킬.

좋았어~, 저녁 식사에 대해 고민하느라 머리를 써서 그런가 딱 좋은 느낌으로 졸리네……. 새근새근.

나도 **그쪽**으로 가야지~. 드리밍.

그리고 수면 방해는……, 사형. 데스 페널티.

『그럼 잘 자……, Zzz.』

◆ ◆ ◆

다시 말해, 그런 뜻이다.

시끄럽고, 위험하고, 무시할 수는 없고, 짜증 나고, 잠을 잘 수가 없다.

그것은 그에게 있어서 죽이기에 충분한 이유인 것이다.

죄인 동맹 〈디자이어〉 중 한 명, '수면욕(슬립)'.

[나태 마왕] ZZZ(지 제 조)는 그곳에 있던 자들을 **적**으로 인정

했다.

젝스 일행 세 명뿐만이 아니라 그들 근처에 있던 레이까지 휘말리게 되었지만……, 상관없다.

누구라 해도, 〈초급〉이 세 명이든 네 명이든……, 상관없다.

단 한 번의 패배도 하지 않았기에, 그는 '감옥'이 아니라 자기 영역에 군림하고 있다.

───**모조리 죽인다.** [나태 마왕]은 그렇게 결단을 내렸다.

■[야행 사냥꾼(나이트 헌터)] 가베라

"……여기가, 어디지?"

미스릴제 몬스터가 폭발한 여파를 뒤집어 쓴 순간 시야가 어두워졌고, 정신을 차리고 보니 영문을 알 수 없는 공간에 서 있었다.

내가 지금 있는 곳은 가늘고 얄팍한 길 위.

주위를 둘러보니 이곳저곳에 똑같이 생긴 얄팍한 길이 이리저리 뻗어 있었다.

토대나 기둥이 전혀 없고, 얄팍하게 구불구불한 길뿐이다.

색도 아스팔트처럼 검은색이나 돌바닥처럼 하얀색이 아니라 다양한 색이라 현실감이 없다.

뭐라고 해야 하나, 일본에서 만든 고전 레이싱 게임의 무지개 도로 같다.

파파하고 해본 적이 있는데, 그 스테이지는 싫단 말이지…….

"아래는……, 안 보이네."

길가에서 아래쪽을 들여다보니……, 두꺼운 구름 때문에 아무것도 보이지 않았다.

……이거, 떨어지면 어떻게 되는 거지?

"'감옥'은……, 아니지?"

좀 전까지 수감되어 있던 그곳도 이렇게까지 황당무계한 광경은 아니었다.

그 폭발 때문에 어디론가 날려와 버린 건가?

현재 위치를 알아내기 위해 지도 창을……, 어라?

"…………안 뜨는데?"

지도 창이 뜨지 않는다.

아니, 메뉴 창도 보이지 않고, 간이 스테이터스조차 확인할 수가 없다.

…………이게 뭐야?

"아니, 이거……, 로그아웃 같은 건 어떻게 해야 하는데?"

서, 설마, 수십 년 전 애니메이션처럼 게임 안에 갇혀버린 건가……?

그건 아니지……, 아니라고 해줘……!

"이게 뭐야아……. 오너도, 아프릴도, ……캔디조차 없잖아아……."

아니, 우리 애(알하자드)도 안 보이는데.

덴드로를 해오면서 제일 영문을 알 수가 없는 상황이네……. 오너를 뛰어넘었어…….

"누구~……, 없어~?"

소리쳐봐도 어디까지 펼쳐져 있는지 알 수가 없는 공간에 메아리칠 뿐이었다.

……어쩔 수 없지. 일단은 이 유사 무지개 길을 나아가볼 수밖에 없겠네…….

걸어가면서 상황에 대해 생각했다.

의식이 어두워지기 전에 보았을 때는 오너와 캔디도 나와 마찬가지로 폭발에 휘말렸다.

지금 여기에 있는 원인이 그거라면 두 사람도 이곳에 와 있을 것이다.

……캔디는 그렇다 치더라도 오너는 만능이니까 이런 상황에서도 어떻게든 해줄 거야.

그러기 위해서는 두 사람하고 합류해야 하는데……, 안 보이네…….

"혼자서 어쩌라는 거야~……."

왠지 모르겠지만 알하자드도 없으니까, 지금 나는 평범한 만렙만도 못한 상태인데?

좀 전에 봤던 그 [스랄]이라는 몬스터가 나오면 살해당할 거라고…….

"누구든 상관없으니까, 나 말고 다른 사람도 좀 나오라고……. 탱커, 탱커, 컴온……!"

그렇게 중얼거리고 있자니.

"?"

갑자기 경치가 더욱 화려해졌다.

말로 표현하기 힘든 색인 안개가 피어오르기 시작했고……, 내 시야를 뒤덮었다. 아무것도 보이지 않는다.

"이게 뭐야……, 무서운데……!"

파파가 하던 공포 게임 같은데?!

이거 괜찮은 거야?! 안개 너머에서 위험한 괴물 같은 게 튀어나오진 않겠지?!

꿈틀대거나 징그러운 게 나오진 않겠지?!

"————이봐."

"꺄아아아아아악?!"

뒤에서 누군가가 어깨를 붙잡았어어어어어어어어어……!

"진정해!"

"우리는 적이 아니다."

"……그, 그래?"

그 목소리를 듣고 돌아보았다.

뭐가 나올지 모를 정도로 이상한 곳이니까, 적이 아니라면 뭐든 상관없어.

"그래. 나도 이곳에 끌려왔으니까. 나는 레이야. 이쪽은 내 〈엠브리오〉인 네메시스. 뭐, 당신네 오너는 알고 있었던 모양이지만."

…………적이었네~.

◇ ◇ ◇

□[주술사] 레이 스탈링

그 오라에 닿아 [강제 수면]에 빠진 다음, 정신을 차리고 보니 이 공간에 끌려와 있었다.

타고 있던 실버도 보이지 않는 데다 왠지 몸도 가벼워서 마음이 어수선했다.

하지만 네메시스는 옆에 있었고, 무기로 변형하는 것도 문제가 없었기에 일단은 안심할 수 있었다.

그리고 곧바로 부자연스러운 기묘한 안개에 휩싸였다가, 정신을 차리고 보니 좀 전에 같이 잠들게 된 파티 중 한 명과 마주쳤다.

중상을 입고 치료를 받던 여자다.

"누구든 상관없다고 하긴 했지마안……, 어째서어…….."

그런데 그녀는 왠지 모르게 나를 보고는 당황하며 머리를 감싸쥐고 있었다.

……무슨 문제라도 있는 건가?

『……그대의 차림새 때문 아닌가?』

네메시스는 툭하면 내 옷차림 탓을 하는 거 아냐?

옷차림 하나만으로 알지도 못하는 여자가 머리를 감싸 쥘 리가 없잖아?

『얼마 전에는 알지도 못하는 산적이 머리를 감싸 쥐며 항복하지 않았는가.』

……그건 내가 아니라 다른 세 사람이 너무 강했기 때문일 거야, 아마도.

"으으……, 하필이면 이럴 때 알하자드도 없고…….."

"괜찮아……?"

"……그래, 괜찮아. 잠깐 마음을 좀 가라앉힐게…….."

"그래……."

나 때문인지, 이 공간 때문인지, 매우 긴장한 모양이었다.

"그런데 그대의 이름은 무엇이지?"

"……내 이름? 가베라야……………, 아."

네메시스가 묻자 자기 이름을 대답한 그녀는……, 다시 머리를 감싸 쥐었다.

"정신없는 계집이로구나……."

"……뭐, 이런 상황에서는 어쩔 수 없겠지."

가베라. 이름을 들어본 적이 있다.

형하고 루크가 싸웠던 〈초급〉의 이름이 가베라였다.

그 가베라는 무시무시하게도 감지가 전혀 불가능한 가디언을 다루는 사람이었지만, 자신감이 지나치게 강하고 자기주장이 강한 여자였던 모양이다.

"으으……, 나는 정말 바보야. 엉망진창이잖아……. 역시 내가 제일 글러먹었어……."

……어째서 지금 같은 상황에 당황하며 자신을 비하하고 있는지 알 수가 없는 그녀와는 정반대다.

애초에 형과 루크가 싸운 가베라는 '감옥'에 있을 테니 당연히 다른 사람이겠지.

몸을 웅크린 그녀에게 뭐라 말을 걸어야 할지 고민하고 있자니 그녀가 울상을 지으며 이쪽을 노려보았다.

"……왜 그쪽은 그렇게 차분한 건데……? 갑자기 잠들고, 영문도 모르는 곳으로 끌려왔는데……."

왜 차분하냐라…….

뭐, 이유를 따지자면……, 아마 이미 경험해봤기 때문이겠지.

"……잠든 사이에 종교 단체 아지트에 납치당한 적도 있으니까."

"어어……? 그게 뭐야, 무서워……."

응. 새삼 생각해보니 엄청나게 무섭네, 그거.

"부조리한 사건에는 익숙하니까 차분하다는 거야?"

"그렇지."

"그거, 익숙해져도 괜찮은 거야……?"

"…………."

익숙해지지 않는 게 좋겠지만, 이미 익숙해져 버렸으니 어쩔 수 없다.

그리고 사건뿐만이 아니라 경험해본 게 한 가지 더 있다.

"그리고, 이런 공간도 처음 와본 게 아니야."

"어……? 이 신기한 공간을 알고 있어?"

가베라의 질문에 고개를 끄덕이며 대답했다.

"이곳은———— 꿈속이야."

가베라가 '이 녀석이 무슨 소릴 하는 거지'라는 표정을 지었지만, 사실이다.

"……게임 안이 아니라? 아니, 다이브형 VRMMO는 이미 꿈속에 있는 거나 마찬가지 아니야?"

"덴드로 안이야. 하지만 그 안의 꿈……, 아바타가 [강제 수면]이나 [기절]했을 때 오게 되는 공간이지."

예전에 몇 번 경험한 적이 있다. 양손에 차고 있는 [장염수갑]

갈드랜더와 최근에는 그 도끼로 인해 꿈속 공간에서 아바타를 움직인 적도 있다.

"아, 그런 거구나……."

"하지만 보통은 자기 말고 다른 사람은 없고, 〈엠브리오〉조차 없을 경우도 있어. 하지만 지금은 나뿐만이 아니라 네메시스……, 내 〈엠브리오〉나 당신도 있지. 그러니까 이곳은 꿈이긴 하지만 단순한 꿈이 아니야."

"그렇다면?"

"아마 [나태 마왕]이 우리의 꿈을 연결했을 거야."

"……그거, 연결할 이유가 있어?"

무슨 말을 하고 싶은 건지는 알겠다. 잠재운 다음 공격하면 되는 거 아니냐는 뜻이다.

[스랄]은 많이 남아있었다. 그냥 죽일 거라면 재우기만 하면 된다.

"그래. 우리를 처리하는 것뿐만이라면 꿈을 연결할 필요는 없지. 그러니까 분명히 뭔가 다른 목적이 있을 거야……."

아니면 이 공간 그 자체가 우리를 재운 것과 연관이 있을지도 모른다.

"이해가 안 되는 게 너무 많네……. 오너라면 뭔가 알고 있을지도 모르는데……."

"그러고 보니까 혼자야? 다른 동료도 있었던 것 같은데."

"……그건 오히려 내가 알고 싶어……."

아무튼, 지금은 우리끼리 나아갈 수밖에 없다. 꿈속의 길이 어디로 통하는지는 모르겠지만, 일단 나아갈 수밖에 없겠지.

나와 네메시스 말고도 가베라라는 동행자를 발견한 것이 불행 중 다행일까.

"……일이 이상하게 되어버렸네~."

하지만 그녀는 왠지 모르겠지만 복잡한 표정으로 나를 따라 왔다.

◆ ◆ ◆

■꿈속

"그래서, 제짱은 이 〈엠브리오〉의 정보를 모른다는 거지?"

"네. 제가 싸워본 적이 있는 [마왕]은 [폭식 마왕] 디스 새티스 팩터리뿐이니까요."

[나태 마왕]으로 인해 연결된 꿈속에서 젝스와 캔디는 합류해 있었다.

두 사람이 지금 있는 곳도 레이와 가베라가 합류한 곳과 마찬가지로 길 위였다.

"스킬도, 〈엠브리오〉도, 그녀와는 전혀 다르다는 것밖에 모르겠군요."

"같은 [마왕]인데 그렇게나 다른 거야?"

"네. [폭식 마왕]은 이런 꼼수가 아니라 정면으로 맞붙어서 싸우는 타입입니다. 개인 전투형, 또는 광역 섬멸형이었네요."

캔디는 '이겼어?'라고 물어보려다가 그만두었다. 그 시점에서는 젝스가 수감되지 않았고, [폭식 마왕] 또한 아직 이쪽에 있다. 그런 상황이 답이나 마찬가지였기 때문이다.

(무승부인가?)

어떤 시점의 젝스와 싸웠는지는 모르겠지만, 적어도 [폭식 마왕]은 젝스와 호각 이상의 전투 능력을 지니고 있었던 모양이다.

그렇다면 동맹으로서 동격인 [나태 마왕]도 그에 걸맞는 힘을 지니고 있다는 뜻이다.

"그래서, 이 꿈 같은 공간의 검증에 대해서 말인데."

"추측한 게 맞다면 이 공간에서는 꽤 불리할 수밖에 없겠는데요."

"특히 GOD은 이번에 도움이 전혀 안 될 것 같아."

캔디는 〈엠브리오〉인 레셰프를 빙글빙글 돌리며 한숨을 쉬었다.

레셰프의 방출구에서 바람이 뿜어져 나오는 듯한 소리가 들리긴 했지만, 세균을 토해내는 낌새는 없었다.

"텅 비었단 말이지……. 만들려 해도 만드는 순간에 없어진단 말이야."

"사고력이 없는 세균은 이 공간에 존재할 수 없다는 뜻이군요."

이곳은 꿈속. 꿈을 꾸는 자만이 존재할 수 있는 공간이기에 레셰프의 세균은 이곳에 들어오지 않았고, 만들려 해도 존재할 수가 없다.

그리고 꿈속에서 만든 것이 현실에 나타날 리도 없다.

끌어들인 [나태 마왕]도 그런 상성을 예상한 것은 아니겠지만, 드림랜드는 레셰프를 완전히 무효화하고 있었다. 미스릴을 분해하는 세균이 효과를 발휘하지 못했던 이유도 그것일지도 모르겠다.

"세균도 제1세대는 레셰프인데……. 슬라임인 제짱은 있는데 불공평하잖아. 세균 차별이라고."

"차별이라기보다는 구별일지도 모르겠습니다. 그 구별의 의미는 [나태 마왕]에게 직접 물어볼 수밖에 없겠죠. 구별이라고 하니, 아프릴도 이쪽에는 없을지 모르겠네요."

아프릴에게는 사고력이 있긴 하지만, 그녀는 사람이 아닌 황옥인이다.

지금 굳이 '안드로이드는 전기양의 꿈을 꾸는가?' 같은 고전 SF 소설을 언급할 필요도 없이, 아마 아프릴은 이곳에 없을 거라는 추측이 들었다.

애초에 이 꿈의 입구인 [강제 수면] 상태이상이 그녀에게는 걸리지 않았기 때문이다.

수면 모드가 있긴 하지만, 그것과 이것은 전혀 다르다 할 수 있다.

"하지만, 분명 그게 더 나을 겁니다."

"……그러게~."

젝스의 말을 듣고 캔디가 고개를 힘차게 끄덕였다.

"아프릴이 밖에 없으면, 잠든 채로 '감옥'으로 다시 돌아가게 될 테니까."

◇◆◇

□■알터 왕국 남쪽 끝 국경 숲

『………….』

아프릴은 두 팔의 와이어를 휘둘러 다가오는 미스릴 [스랄]을 요격하고 있었다.

그녀는 홀로 수많은 [스랄]을 상대로 맞서고 있었다.

그녀의 소유자인 젝스도, 동료인 가베라나 캔디도 갑작스럽게 의식을 잃어버렸기 때문이다.

그렇기 때문에 전투용 황옥인인 자신의 임무를 다하기 위해, 그들을 지키기 위해 분투하고 있다.

이곳을 떠난다는 선택지는 없었다.

아프릴은 자매기인 [제트 체이서(흑옥지추적자)]와는 달리 고속 전투가 별로 능숙하지 못하다. 세 사람을 데리고 도망칠 수 있을 것 같지는 않았다.

『……!』

《머티리얼 슬라이더》를 통해 미스릴의 방어력을 극도로 떨어뜨린 다음, 와이어로 찢어발겨 나갔다.

하지만, [스랄]은 산산조각 난 상태로도 다가오려 하고 있었다.

그것을 걷어차서 잠든 젝스 일행으로부터 떼어냈다.

아프릴 앞에서는 소재인 금속의 방어력은 아무런 의미도 없지

169

만, 그 터무니없는 생명력 때문에 애를 먹고 있다.

『…………』

그리고 그녀와는 별개로 공중에서는 황옥마 한 대가 등에 주인을 태운 채, 날개 달린 [스랄]의 공격을 계속 피하고 있었다.

알지 못하는 기체. 하지만 구조로 보아 자신의 창조주인 초대 플래그만이 직접 만든 것이라는 사실은 명백했다.

시리즈가 다르기 때문에 자매기라는 실감은 희미하지만, 2000년이 지난 지금, 이곳에서 마주친 것으로 인해 아프릴의 연산 회로는 기묘한 감각을 느꼈다.

『원호.』

그런 이유 때문인지, 아프릴은《머티리얼 슬라이더》의 대상을 공중에 있던 [스랄]에게도 확대시켰고, 투석으로 실버에게 날아드는 [스랄]을 요격했다.

『…………』

실버는 대답하지 않았지만, 그늘에 숨어 가베라를 노리고 있던 [스랄]의 파편을 공기의 벽으로 가로막았다.

지금 둘의 위치는 다르지만, 지시를 내릴 소유자들은 꿈속에 있다.

그렇기 때문에 아프릴과 실버는 서로가 지키려 하는 자들을 협력해서 지키자고 결심한 것이다.

『……Gi.』

그 모습을 **파수꾼** [스랄]인 카디널 A가 후방에서 그저 지켜보고 있었다.

마치 무언가를 기다리는 것처럼……

◇ ◇ ◇

□[주술사] 레이 스탈링

얼마나 오랫동안 꿈속을 돌아다녔을까.

꿈의 길 주위에 화려한 구름이 모여 있기도 해서 지나온 거리를 알아보기가 힘들었다.

갈드랜더나 도끼가 보여준 꿈의 사례를 고려하면, 꿈속의 시간과 외부의 시간은 같지 않을 것이다. 아마 꿈속이 더 빠르게 지나갈 터.

"아니, 그러지 않으면 몸이 죽어버릴지도 몰라."

이 공간에서는 각종 창조차 띄울 수 없기에 확인할 방법이 없긴 하지만, 몸이 [스랄]에게 습격당하고 있을지도 모른다.

최악의 경우에는 꿈속을 헤매던 동안에 데스 페널티를 받는 상황도 있을 수 있다.

"……하지만 지금은 나아갈 수밖에 없지."

깨어나려고 정신을 집중해 봐도, 자기 자신을 공격해도, 깨어날 수는 없었다.

잠들기 전에 쓴 [쾌유 만능 영약]이나 《역전》조차도 무효화되었다.

강력한 수면의 원인이 이 길 너머에 있을지는 모르겠지만, 그래도 상황의 변화를 원한다면 조금이나마 앞으로 나아가야만 한다.

"긍정적이구나……."

꿈속의 동행자인 가베라는 왠지 모르겠지만 죽을 듯한 표정을 지으면서도 따라오고 있다.

그녀의 표정이 그렇게까지 어두운 이유는 꿈속에 사로잡혔기 때문만은 아니다.

이 꿈속에 그녀의 〈엠브리오〉가 없고, 무슨 이유인지는 모르겠지만, 무기조차 꺼낼 수 없었기 때문이다.

네메시스는 있는데 왜 그녀의 〈엠브리오〉는 없는 걸까. 알 수 없는 것들이 많다.

"으으……, 싸울 힘도 없고……, 데스 페널티를 받으면 그곳으로 다시 돌아가게 될지도 몰라……."

세이브를 먼 곳에 해두었나?

"뭐, 몸은 그렇다 치더라도 꿈속에서는 내가 싸울 테니까 맡겨줘."

적이 나올지는 모르겠지만, 네메시스도 있으니 싸울 수는 있을 것이다.

"그래도 색적만큼은 도와줬으면 좋겠어."

"색적……."

"아까 사정을 들을 때 사냥꾼 계통 직업이 몇 개 있다고 했었잖아?"

"아, 응……. 뭐, 알겠어……."

"고마워."

이만큼 영문을 모를 공간이니 어디에서 뭐가 튀어나올지 예측할 수가 없다.

경계하는 사람은 많은 게 좋다.

그렇게 다시 나아가다 보니 문득 신경 쓰이는 게 있었다.

"그러고 보니까 처음 봤을 때 많이 다쳤던데, 무슨 일이 있었던 거야?"

그때는 아직 [나태 마왕]에게 습격당하기 전이었을 테니까.

대체 무슨 일이 있었길래 그렇게 심하게 다친 거지?

"......................."

가베라는 하늘을 올려다보며 무언가를 생각하고 있었다.

어떻게 설명할지 고민하는 것 같은데, 왠지 모르겠지만 다리가 떨리고 있었다.

그리고 그녀는 망설이다가 대답해 주었다.

"……드, 드릴에 휘둘려서."

"그럴 수가 있나?!"

대체 어쩌다 그런 일을 당한 거지?!

"괘, 괜찮아, 괜찮아……, 그냥 〈엠브리오〉와 접촉 사고(?)가 난 것뿐이니까……."

"무서운 사고네……."

드릴 〈엠브리오〉도 있기야 하겠지만…….

그러고 보니 한냐 씨의 산달폰도 드릴 같긴 하네.

뭐, 한냐 씨는 기데온에 있을 테니까 상관이 없겠지만.

173

"……그대도 이런저런 일을 겪었다만, 드릴은 없었지."

"그러게. 몸이 박살 난 적은 최근에 몇 번 있긴 했지만."

"어어……."

가베라가 정색하고 있었다.

[수왕]도 그렇고, 쥬베도 그렇고, 도끼도 그렇고, 요즘은 내 몸이 자주 박살난다.

네메시스의 진화에 이상한 영향을 끼치지 않을지 약간 걱정된다.

"……우리 오너 말고도 있었구나, 몸이 자주 박살 나는 사람."

"?"

오너라면 그 여자 말인가? 그 사람 몸이 박살 난다고?

아, 그래도 회복 능력이 여자 괴물 선배급이니까 괜찮겠구나. 여자 괴물 선배도 피가로 씨가 잘라낸 팔을 치유하기도 했고.

"이보게, 레이, 가베라. 저건 무엇인고?"

그런 이야기를 나누고 있자니 네메시스가 오른쪽……, 구불구불한 길 바깥쪽을 손가락으로 가리켰다.

그곳에는 어느새 직사각형 구름이 떠 있었다.

척 보기에도 부자연스러운 형태. 우리의 주의는 그쪽으로 쏠렸다.

그러자 그 구름이 빛나기 시작했고……, 마치 거리에 설치된 텔레비전처럼 영상을 띄우기 시작했다.

『…………』

그곳에 떠 있던 것은……, 어떤 맥(貘)이었다.

정확히 말하자면, 맥 인형옷을 입은 사람이었다.

본 적은 없지만 친숙한 느낌이 들었다. 굳이 말할 필요도 없이 우리 형 때문이다. 아니면 카루루.

"……그러고 보니 예전에 형도 말한 적이 있지."

항상 인형옷을 입고 다니는 〈초급〉이 레전더리아에도 있다고.

이름이 아마 ZZZ였던 것 같은데. 그럼 이 맥이 그 ZZZ 고…….

『안녕. 나는 도○에몽이야.』

아니었네.

아니, 태클 걸 구석만 잔뜩 있는 이름이었어.

솔직히 너무 썰렁하다.

"그런 말은 적어도 고양이 인형옷을 입고 해야지. 아니면 너구리."

"바보 아니야……?"

"……이쪽에서도 가끔 듣는 이름이구나. 도○에몽."

각자 다른 반응을 보이자 자칭 도○에몽이 고개를 끄덕였다.

『네, 맞아요. 저는 도○에몽이 아니에요. ZZZ입니다. [나태마왕]이에요. 잘됐네. 와아~. 그래도 도라야키는 좋아해~. 이쪽에도 있으니까 다행이란 말이지~.』

맥……, ZZZ는 잠꼬대처럼 늘어지는 말투로 그렇게 말했다.

마치 계속 철야한 것처럼 정신 상태가 불균형해 보인다.

하지만…….

『그런데《진위 판정》을 가지고 있는 사람이 있다면 확인했을 텐데, 제대로 기능을 발휘했어?』

"…………어?"

가베라가 고개를 갸웃거리다가, 깜짝 놀란 듯이 눈을 크게 떴다.

사냥꾼 계통의 [함정 사냥꾼(트랩 헌터)]는 함정을 설치하는 직업임과 동시에 함정을 간파하기 위해 레벨이 낮긴 하지만《진위 판정》도 가지고 있다고 들었다.

그렇다면 저렇게 대놓고 사용한 가짜 이름에 대해,《진위 판정》이 통하지 않았다는 뜻인가?

『네, 네~. 그것까지 포함해서 지금부터 꿈의 세계(드림랜드)의 규칙을 설명하겠습니다. 설명이 귀찮긴 하지만, 스킬의 발동 조건이라 설명해야만 하죠. 다른 사람에게 맡기고 싶은데~. 하지만 설명은 나만 할 수 있다는 제약이 있고……, 귀찮아~, 귀찮다고~. 동시 중계라 해도 귀찮아~…….』

ZZZ는 어디선가 꺼낸 베개에 얼굴을 파묻으며 귀찮아하고 있었다.

하지만 어쩔 수 없다는 듯이 이야기를 다시 시작했다.

『우선, 이 꿈의 세계에서는 감각 계열 스킬이 제대로 기능을 발휘하지 않을 거예요~. 뭐, 꿈이니까 말이죠. 기초 감각으로 열심히 해보세요. 꿈이니까 통각하고 미각, 후각은 없지만요. 이제 더는 못 먹겠다고 하면서 먹을 필요도 없어요. 맛이 느껴지지 않아요. 하지만 촉각은 있습니다. 시각도 있어요. 청각도

있습니다. 하지만 야한 꿈은 아니에요. 노○구 변태~.』

뭐라는 거야.

태클을 걸려 해도 워낙 빠르게 말하고 있어서 그럴 틈이 없다.

귀찮아하는 것치고는 열심히 말하고 있다.

아니면 귀찮아서 얼른 끝내려 하는 건가?

『다음으로, 의지가 없는 것은 가지고 올 수 없어요. 뭐, 완전히 물건이라 하더라도 〈엠브리오〉라면 괜찮지만, 일반적인 장비는 있는 것처럼 보일 뿐, 존재하지 않아요. 벌거벗은 임금님이죠. 노○구 변태~ 파트 2~.』

……이 녀석은 도○에몽을 좋아하는 걸까 싫어하는 걸까.

"……우리 애는 〈엠브리오〉인데도 없는데?"

『몰라요, 패드 씨. 그럼 다음, 다음.』

"누가 패드라고?!"

『아, 미안해. 패드도 지금은 없구나. 잘됐네. 외모가 바뀌지 않아서. 가슴이 납작해지지 않고.』

"……처죽인다!"

"진정해! 저건 영상이야! 길에서 떨어질 거라고!"

무기가 없어서 맨손으로 덤벼들려 하던 가베라를 뒤에서 붙잡고 말렸다.

스테이터스는 별 차이가 없는 모양이라 꽤 고생했다. [장염수갑]의 STR 보정이 없었다면 말리지 못했을지도 모르겠다.

……응? 뭔가……, 피부의 감촉이 느껴지는데.

"이 꿈속에서는 장비가 보이기만 하는 거라면, 맨몸에 홀로그램만 입혀진 것 아닌가……."

""………….""

살며시 가베라에게서 물러나자 그녀가 ZZZ를 향해 들어 올렸던 주먹이 내 얼굴을 향해 떨어져 내렸다.

너무하네…….

『방금 주의를 줬는데~. 아, 그렇지. 말하는 걸 깜빡하긴 했지만, 이미 알고 있겠지. 너희들을 재운 건 내 드림랜드야. 잠드는 조건은 드림랜드에 닿는 것~. 그 신기한 색의 오라입니다. 내가 생각해도 눈이 아파~.』

ZZZ는 맥 인형옷 너머로 어이없다는 듯이 바라보며 계속 설명했다.

『드림랜드에는 사정거리가 있습니다. 나나 내 피조물……, 뭐, 요즘은 [스랄]이긴 한데, 그 녀석들이 주위에서 전부 없어지면 깨어날 수가 있습니다. 서치 앤 디스트로이를 해줘. 자고 있으니까 그럴 수 없겠지만.』

그 [스랄]들은 드림랜드의 힘을 중계해주는 안테나 같은 건가?

그리고 안테나가 있는 한, 힘은 끊기지 않고 깨어날 수 없다.

……잠깐만, 그렇다면 아무리 발버둥 쳐봤자 잠든 채로 살해당하는 거 아닌가?

"……홋. 안타깝게 됐구나, 잠이 덜 깬 맥. 우리 아프릴은 (아마도) 잠들지 않았어! 로봇이니까! 황옥인이니까! 엄청 강하다고! 지금쯤은 [스랄]이라는 괴물들을 해치우고 있을 거야!"

가베라가 ZZZ에게 삿대질을 하며 그렇게 말했다.

좀 전까지 보이던 부정적인 모습은 패드 이야기를 듣고 솟구친 분노로 인해 어디론가 가버린 모양이었다.

그리고 자기가 어떻게 해보겠다는 게 아니라 남에게 의존하려는 걸 보니 그냥 허세일 가능성도 있다.

『흐응~.』

하지만 그런 가베라의 말을 듣고도……, ZZZ는 딱히 아무런 생각도 없는 것 같았다.

자신의 전술이 뒤집힐 수도 있는데 전혀 동요하지 않는다. ……뭔가 있는 건가?

『마지막으로, 이 꿈의 세계에서 죽으면 아바타가 데스 페널티를 받게 됩니다.』

"어?!"

가베라가 깜짝 놀라 되물었지만, ZZZ는 아랑곳하지 않고 영상 너머에서 손을 흔들고 있었다.

『설명 종료. 그럼 여러분, 안녕. 저는 푹 잘 거예요. 쿨쿨, 새근새근, 굿 나잇.』

영상이 사라졌고, 화면 역할을 하던 구름은 흩어졌다.

덩그러니 남겨진 우리는 무슨 말을 해야 할지도 알 수가 없었다.

"……뭔가 캔디보다 정신 사나운 녀석이었네."

"캔디?"

"…………아. ……그, 그게……, 그, 왜, 사탕은 툭하면 떨어뜨리곤 하니까."

왠지 눈이 떨리고 있는데…….

"흙이 묻으면 슬프니 이해가 되는구나……."

"……너, 떨어뜨린 사탕을 먹진 않지?"

"…………그러지 않는다."

고개를 돌리는 걸 보니 약간 수상하다.

이 녀석 같은 경우에는 '사탕이라면 물로 씻으면 되니 세이프!'라고 할 것 같은데.

"그건 그렇고, 그 맥은 말이 꽤 많던데……. 자신의 능력을 밝히다니 바보나 하는……, 짓……."

그렇게 말한 다음, 가베라는 왠지 모르겠지만 다시 머리를 감싸 쥐며 몸을 웅크렸다.

귀를 귀울이자 떨리는 목소리로 '예전의 나는 바보였어……'라고 말하는 게 들렸다.

예전에 뭔가 실수를 한 건가?

"굳이 설명한 이유를 생각해본다면, 그게 스킬의 발동 조건이고, ……이곳이 꿈이기 때문일 거야."

"꿈이기 때문에?"

"주위의 경치가 좀 전보다 뚜렷해졌잖아?"

주위를 보니 근처에서 시야를 가리고 있던 구름이 걷혀 있었다.

그리고 어느새 길도 공중에 떠 있긴 하지만 일직선이 되었다.

"우리 머릿속에 없는 정보를 새로 가르쳐줘서 우리 머릿속에서도 이 드림랜드가 성립되기 시작했다는 건가?"

꿈은 머릿속의 정보를 정리할 때 꾼다고 한다.

덴드로에서 꾸는 꿈이 현실의 꿈과 완전히 똑같을지는 모르겠지만, 드림랜드라는 이름을 지닌 힘이 꿈의 원리를 지니고 있을 가능성은 있다.

스킬을 사용하기 위해 설명할 필요가 있다는 건 그런 뜻이다.

그리고 우리에게 드림랜드의 정보를 전함으로써 이 드림랜드가 진짜 기능을 발휘하기 시작했다는 것이다.

하지만 풍경이 선명해진 것 이외에 아직까지는 변화가 보이지 않는다.

"……뭐, 어쨌든 기다리다 보면 깨어날 수 있다는 건 알겠어."

"그래. 좀 전에 말했던 아프릴이라는 황옥인 말이구나."

이름은 인테그라에게서 들었다.

플래그만이 만들고 인공지능을 탑재하여 단독으로 행동이 가능한 기계 인형이라는 것. 카르티에 라탱의 〈유적〉에서 나타난 황옥병은 황옥인의 양산형으로 만들어졌다는 이야기도 들었다.

……그런데 척 보기에는 인간으로만 보이는 아프릴에서 어떻게 해야 양산을 통해 황옥병이 되는 건지는 모르겠다.

황옥마에서 세컨드 모델이 되는 것보다 외모의 차이가 심하다.

"그래. 좀 전에 들은 설명이 사실이라면 아프릴이 [스랄]을 전부 해치워줄 테니까. 그러면 깨어날 수 있어. ……이제 와서 하는 말이지만, 남에게 떠넘긴 상태네~."

"그쪽에는 신화급 금속의 [스랄]도 있다만."

지룡을 본떠 만든 붉은색 [스랄]. 그것은 틀림없이 격이 다른 힘을 지니고 있을 것이다.

"신화급 금속이라 해도 단단한 게 장점인 상대 따위는 아프릴의 밤에 불과하니까……."

가베라는 붉은 [스랄]을 위협적으로 느끼지 않는 모양이었다.

아마 내가 모르는 상성이 잘 맞아 떨어지는 것 같다.

그렇다면 그녀의 말대로 기다리고 있어도 깨어날 수 있을지도 모른다.

"…………."

하지만, 기묘한 불안감이 들었다.

정말로 기다리기만 해도 깨어날 수 있는 걸까.

상대는 〈초급〉이자 [마왕]. 두 정점에 도달한 달인. 그런 적이 '잠들지 않은 상대가 있다', '신화급 금속에 대처할 수 있다'는 것만으로 간단히 공략될까?

"그리고……."

그리고, 그 녀석은 확실하게 말했다.

'꿈의 세계에서 죽으면 데스 페널티를 받는다'고.

다시 말해……, 이 꿈속에도 우리를 죽음에 이르게 할 요인이 있다는 뜻이다.

"아무튼, 기다리고 있기만 하는 건 위험할 것 같아. 꿈속에서 우리가 할 수 있는 게 있을지를……."

"레이!"

그때였다.

경고 섞인 날카로운 목소리와 함께 네메시스가 대검으로 변하며 내 손바닥 안에 들어왔다.

그 동작이 무슨 의미인지, 나는 잘 알고 있었다.

"적인가!"

『그렇다! 위쪽이다!』

올려다보니 작은 점 같은 그림자가 보였다.

구름이 사라지고 시야가 트였기에 낙하하는 모습이 또렷하게 보였다.

"가베라는 물러나 있어!"

"……굳이 말하지 않아도 물러날 거야……!"

그동안에도 상공에서 떨어지는 점은 커지고 있었다.

이윽고 형태도……, 색까지 알아볼 수 있게 되었다.

알아봐, 버렸다.

"어떻게 된, 거야……!"

내가 눈으로 본 정보에 의문을 품는 동안, 그것은 우리 앞쪽 수십 미터 위치에 낙하했다.

꿈의 길이 흔들리지는 않았지만, 낙하지점은 어느 정도 부서지며 금이 갔다.

『……Gi.』

착지로 인해 솟구친 먼지 너머로……, 거대한 붉은색 몸이 슬쩍 드러났다.

낙하한 그것은 검이 돋아난 용처럼 생겼다.

그것은 분명, 그 신화급 금속 [스랄]이었다.

"……어째서 꿈속(이곳)에 있는 거지?"

바깥에 있는 줄 알았던 것이 이 꿈속에도 존재했고……, 우리를 노리고 있었다.

□[주술사] 레이 스탈링

『──GiGiGi.』

갑작스럽게 하늘 위에서 낙하한 붉은색 [스랄].

그것은 잠들기 전에 봤던 것과 똑같은 모습이었다.

차이는 기묘한 녹자색 오라……, 드림랜드를 두르지 않았다는 점이다.

우리를 보고 있는 얼굴에 눈알은 없지만, 분명히 이쪽을 노리고 있었다.

양쪽 앞다리의 칼날을 비벼대고 불꽃을 튀기며 한 발짝, 한 발짝, 다가왔다.

"……어, 어떻게 할 거야?"

당황한 가베라의 물음에 나는 앞으로 나서는 것으로 대답했다.

"아까도 말했잖아. 내가 싸울게. 가베라는 물러나 있어."

그녀는 잠들기 전부터 대미지를 입은 상태였고, 지금은 〈엠브리오〉도 없다. 무기조차 가지고 오지 못했다.

그렇다면 내가 싸울 수밖에 없다.

『그러나, 우리도 완벽한 상태는 아니다.』

"나도 알아!"

두 팔과 양쪽 다리, 등.

장비를 각각 한 번씩 힐끔 보고는 생각했다.

"여기에서도 쓸 수 있을지는 실전에서 시험해볼 수밖에 없겠는데……."

『갑옷으로는 막지 말거라! 확실하게 살까지 닿을 게다!』

이야기를 나누는 우리를 향해 붉은색 [스랄]이 속도를 높이며 다가왔다.

초음속은 아니지만, 실버가 없는 우리보다는 훨씬 빨랐다.

게다가 이쪽은 아직 꿈의 세계의 감각에 완벽하게 적응하지 못해서 평소보다 약간 둔하다.

"치잇! 《연옥화염》!"

거리가 벌어져 있던 동안에 왼손의 [장염수갑]을 기동시켰다.

역시 의지가 있다는 게 확실했던 [장염수갑]은 이 꿈의 세계에서도 사용할 수 있다.

연옥의 불꽃이 접근하던 붉은색 [스랄]의 표면을 어루만졌다.

『……Gi.』

───하지만, 대미지는 입히지 못했다.

『화력이 부족하다!』

"신화급 금속……, 골치 아프네!"

나는 거리를 좁힌 [스랄]의 공격을 겨우 피하며 신화급 금속의 특성에 대해 들었던 이야기를 떠올렸다.

END로 환산하면 수만에 달한다는 END 특화 초급 직업과도 필적하는 강도를 지녔다는 것.

가공하려면 초일류 장인이 특수한 기법을 사용할 필요가 있다는 것.

그리고 녹는 점이 극도로 높아서 열량으로는 형태를 바꾸기 힘들다는 것.

지금까지 전투 중에 녹은 사례도 손에 꼽을 정도라, 그 [삼극 룡 글로리아]의 브레스, [휘룡왕 드래그플레어]의 열파, [염왕(킹 오브 블레이즈)]의 오의를 맞았을 때 정도뿐이라고 한다.

특히 [글로리아] 같은 경우에는 온갖 물체를 증발시켰던 브레 스를 맞고도 **녹는 정도에 그쳤다**고 할 정도로 내열성이 뛰어나 다. 내 [장염수갑]으로는 순수 화력이 부족하다.

갈드랜더를 불러내서 《영식》을 맞히면 대미지를 입힐 수 있을 지도 모르겠지만……, 그럴 수는 없을 것 같다.

『레이!』

"나도 알아!"

방금 그 공방으로 인해 **나 자신의 소모**를 느꼈다.

보통은 내 MP와 SP 소모는 [자원주갑]이 모아둔 원념을 대가 로 지불한다.

하지만 지금은 그것이 발동된 기척이 없다.

"[자원주갑]……, 이쪽으로 오진 않은 모양이네."

지금도 내 다리에 장착되어 있는 것처럼 보이지만, 이것은 ZZZ가 설명한 대로 보이기만 하는 장비가 된 상태다. 창을 띄 울 수 없는 이 꿈의 세계에서는 장비가 존재하는지 여부조차 써 보지 않으면 파악할 수가 없다.

그리고 [자원주갑]은 특전 무구지만, **의지가 없기 때문에** 가지고 오지 못했다.

《장염희》를 비롯해서 내 스킬 중 몇 가지는 코스트를 [자원주
갑]에게 대신 지불하게 하는 것이 전제다. 그러지 못하게 된 시
점에서 내 힘은 대폭 떨어진 상태.

"윽……!"

곧바로 검은 원형 방패(서클)로 변형한 네메시스를 향해 [스랄]
의 칼날이 날아들었다.

네메시스는 신화급 금속의 참격을 견뎌냈지만……, 검은 원형
방패의 표면에 무시할 수 없을 정도로 크게 금이 가 있었다.

『계속 버텨낼 수는 없다!』

"그래……!"

이 [스랄]도 공략해야 할 특수성이 없다. 단순히 강인한 상대다.

저번에 싸웠던 [수왕]보다는 약하지만, [기가 나이트]보다는
훨씬 강하다.

"……고대전설급인가."

입에서 새어 나온 말은 두 가지 의미를 포함하고 있다.

눈앞에 있는 [스랄]에 대한 전력 평가.

그리고 그것을 쓰러뜨릴 수 있을지도 모르는 내 비장의 수.

그런데……, 쓸 수 있을까?

『Gi…….』

내가 내려야 할 선택에 대해 생각하던 동안, [스랄]의 움직임
이 바뀌었다.

양쪽 앞다리와 코끝, 그리고 꼬리의 칼날이 더욱 붉어졌고……,

빨갛게 달아오르기 시작했다.

미스릴 [스랄]을 폭발시킨 가열 공격.

그것으로 몸의 칼날을 히트 소드로 바꾼 것이다.

막대한 열용량을 지닌 신화급 금속이기에 가능한 억지 기술.

그 위력은, [검성(소드 마스터)]의 《레이저 블레이드》를 뛰어넘을 거라는 직감이 들엇다.

네메시스의 네 가지 형태 중 가장 강도가 높은 검은 원형 방패조차 두 동강 날 것이다.

『GiGi…….』

마치 몽골리안 춥처럼, [스랄]이 양쪽 앞다리의 히트 소드를 들어 올려 내리쳤다.

피하려면 좌우 중 한쪽으로 뛸 필요가 있었지만, 그것이 함정이라는 직감이 들었다.

어느 한쪽으로 피하더라도 그 빈틈을 찔러서 치켜든 꼬리의 칼날이 날아들 것이다.

그렇기 때문에 나는 오른쪽으로 뛰었다.

나를 스친 양쪽 앞다리의 칼날이 꿈의 길에 깊은 균열을 만들어낸 것과 동시에, [스랄]의 꼬리가 나를 꿰뚫으려고 날아들었다.

『━━━《카운터 앱솝션》!』

하지만 검은 원형 방패 상태라면 《카운터 앱솝션》을 사용할 수 있다.

네메시스가 제때 맞춰 스킬을 발동시키자 빛의 결계가 꼬리의 일격이 가한 대미지를 흡수했다.

지금 [스랄]의 양쪽 앞다리는 땅에 파묻혔고, 꼬리는 결계에 움직임을 흡수당했다.

일시적으로 [스랄]의 움직임이 멈췄다.

"———모노크롬!!"

그 순간을 놓치지 않았다.

나는 두르고 있던 [흑전투]를 불렀다.

첫 번째 도박, 내 부름에 응답할지 여부에 대한 도박에———승리했다.

이 꿈의 세계에서도 [흑전투]는 존재하고 있었다.

내 부름에 응답하며 왼손에 포신을 형성했다.

그리고.

"———《샤이닝 디스페어》!!"

———초열량의 빛줄기(레이저)가 [스랄]을 향해 뿜어져 나갔다.

내가 가지고 있는 손패 중에서는 가장 강한 화력, 《샤이닝 디스페어》.

하지만 신화급 금속을 파괴할 수 있을지는 도박이다. 오리지널보다 더 얇게 수렴된 레이저의 열량이 [글로리아]의 영역에 발을 내디딜 수 있을까.

도박의 결과는———.

『……Gi…….』

승리이자 패배였다.

내가 날린 《샤이닝 디스페어》는 [스랄]에게 통했다.

신화급 금속으로 이루어진 몸에 상처를 입힐 수는 있었다.

하지만, 제대로 맞지는 않았다.

[스랄]이 재빠르게 몸을 틀었기에 가슴 쪽을 노린 일격이 왼쪽 앞다리에 명중한 것이다.

왼쪽 앞다리 부분에 주먹 크기로 도려져 나간 부분이 생겼지만, 그게 전부다.

치명상에는 한없이 부족하다. 손상된 왼쪽 앞다리도 약간 어색하게나마 움직일 수 있는 것 같았다.

"통하네……! 좀 더 날려……!"

"공교롭게도 한 방 날리면 바닥나거든."

"…………끝장이야아."

뒤에서 가베라가 무릎을 꿇었다.

마음은 이해하지만, 포기하기에는 아직 이르다.

"네메시스, 대미지 카운터는?"

아무리 상대가 신화급 금속이라 해도 《복수는 나의 것(벤전스 이즈 마인)》이라면 방어력을 무시할 수 있다.

머리나 가슴, 치명적인 부위에 때려 넣을 수 있다면 승산이 있다.

『…………**없다.**』

하지만……, 네메시스의 대답은 전혀 예상하지 못한 것이었다.

"……네메시스?"

『무시무시하게 먼 곳에 희미한 반응이 있긴 하다만, 눈앞에 있는 저 녀석에게는 전혀 반응이 없다.』

"그게 무슨 소리야?"

검은 원형 방패로 막아내고, 《카운터 앱솝션》까지 썼는데도 대미지 카운터가 축적되지 않았다는 건 묘하다.

이곳이 꿈의 세계이기 때문일까, 아니면 다른…….

"윽……!"

내가 생각할 틈도 주지 않고 [스랄]이 붉게 달아오른 칼날을 휘둘렀다.

막아낼 수는 없기에 네메시스는 검은 원형 방패에서 까만 대검으로 변형했다.

상대의 참격을 파고들 듯이 피했으나, 왼쪽 어깨에 열기가 느껴졌다.

『레이!』

"알고 있어!"

복수를 하려는 건 아니겠지만, 왼쪽 어깨에는 그을리고 찢어진 상처가 생겨났다.

스테이터스는 안 보이지만 감각으로 보아 1할은 깎였나…….

"방금 그 대미지는?"

『역시 먼 곳의 반응이 강해졌다…….』

……결론이 나왔다. 아마 이 꿈에서 입은 대미지는 눈앞에 있는 [스랄]이 아니라 그 맥……, [나태 마왕]에게 축적되고 있을 것이다.

팔다리를 대신하는 [스랄]의 성질 때문인지, 아니면 꿈의 대미지를 실제 대미지로 변환시키는 이 〈엠브리오〉의 성질 때문인지는 모르겠다.

어찌 됐든, [스랄]에게는 카운터를 쓸 수 없다.

실버가 없기 때문에 기동력이 대폭 줄어들었고, [VDA]나 액세서리 같은 것들이 없기에 생존력도 떨어졌고, [자원주갑]이 없기 때문에 갈드랜더를 부를 수가 없고, [흑전투]의《샤이닝 디스페어》는 치명타가 되지 못한다.

게다가 네메시스의 카운터 스킬은 사용할 수가 없다.

『……백의와 벌였던 싸움이 생각나는구나.』

"나도 마찬가지야."

포기할 생각은 없지만……, 막다른 골목에 몰렸다.

나를 상대로 대책을 짜온 [RSK] 이상으로 싸우기가 껄끄럽다.

의지가 없는 장비가 사라진 시점에서 상대방이 유리하다는 건 알고 있었지만, 상상했던 것보다 더 불리한 상황.

지금 공방일체의 몸을 지닌 [스랄]을 쓰러뜨릴 수단은 없는 거나 마찬가지다.

"……아니."

한 가지……, 아니, 두 가지, 방법이 전혀 없는 건 아니다.

하지만 양쪽 다 도박인 데다, 좀 전에 했던 도박과는 전혀 다르다.

한 가지는 실행하는 시점에서 목숨을 걸어야 한다.

다른 한 가지는 애초에 실현이 가능한지조차 알 수 없다는 문제와 대미지 카운터의 양, 그리고……

"시간을 벌어줘……!"

그렇다, 시간을 벌 필요가 있다. ……응?

"가베라?"

뒤를 돌아보니 나와 [스랄]이 싸우는 곳에서 거리를 두고 있던 가베라가 절박한 표정으로 부르고 있었다.

"시간을 벌면 아프릴이 저쪽의 [스랄]을 물리쳐줄 테니까……! 그때까지 시간을 벌어줘……!"

그러고 보니 그런 이야기를 들었었지.

하지만 과연 그럴까. 만약 현실 쪽 [스랄]이 전멸한다 해도 꿈속에서 이 [스랄]과 맞서 싸우고 있는 한, 깨어날 수 있을지는 미지수다.

……현실에서 붉은색 [스랄]이 죽으면 꿈속에 있는 저 [스랄]도 죽을까?

두 [스랄]은 분명히 같은 존재다. '현실과 꿈속에 하나씩, 두 마리를 배치해 둔 것'인가, '현실에 있던 것이 꿈속으로 들어온 것'인가, '한 마리가 현실과 꿈, 양쪽에 존재하는 것'인가.

모르겠다. 지금 시점에서는 모든 가능성이 있다. 좀 더 정보가 필요하다.

『그렇다면 역시 한동안 버텨낼 수밖에 없겠지.』

어찌 됐든, 두 번째 도박을 위해서는 대미지 카운터도 모을 필요가 있다.

상대방의 공격을 끌어들이고, 회복하면서 반격의 기회를 노

195

린다.

……이런 싸움도 오랜만이네.

『손패가 부족한 싸움이다. 기본으로 돌아가는 것도 좋을 게야.』

"그래."

나는 까만 대검 형태인 네메시스를 겨누고, [스랄]이 날리는 공격에 집중했다.

□■알터 왕국 남쪽 끝 국경 숲

꿈속에서 붉은색 [스랄]이 레이 일행 앞에 나타났을 무렵.

황옥의 이름을 지닌 병기들과 [스랄]의 전투에는 변화가 생겨나 있었다.

『적성 대상……, 잔여, 1.』

아프릴이 부순 미스릴 [스랄]들은 부서진 뒤에도 움직였지만, 시간이 지나거나 더욱 잘게 부수자 활동이 완전히 정지되었다.

그리고 남은 것은 아프릴과 실버, 잠든 네 사람, 그리고…….

『———GiGiGi.』

꿈속에 있는 것과 똑같이 생긴 붉은색 [스랄]……, ZZZ가 카디널 A라고 부르는 개체뿐이었다.

지금까지 조용히 지켜보고 있던 카디널 A는 아직도 움직이지 않는다.

하지만 양쪽 앞다리의 검을 비벼대며 불꽃을 흩뿌리고 있었다.

그것은 도발하는 동작일까, 아니면 어떤 공격의 예비 동작일까.

『전황 분석.』

아프릴은 생각했다.

전투 도중에 자신의 소유자인 젝스에게 [쾌유 만능 영약]을 사용했는데도 깨어나지 않았다.

그런 점을 보아 단순한 수면이 아니라 조건이 딸린 특수한 스킬 때문이라고 추측할 수 있었다.

그것은 미지의 현상이다.

아프릴은 직업에 대해 선선대 문명에서 파악되었던 정보는 전부 숙지하고 있다.

하지만 〈마스터〉……, 천차만별의 특이 능력자와의 전투 경험치는 적다.

소유자인 젝스나 가베라와 벌인 모의전, 얼마 전에 가키도가 이끌던 〈육도혼돈〉과의 전투.

그리고 선선대 문명에서의 그녀의 마지막 싸움, '흑와의 화신'과의 전투뿐이다.

그 전투 때 아프릴은 온몸의 에너지를 완전히 빼앗겨 휴면 상태에 빠지고, '화신'에게 흡수당하게 되었다.

물리적으로는 무적이라 여겨지던 그녀가 거의 포박당한 것이다.

그리고 눈앞에 있는 카디널 A와 그 뒤에 있을 [나태 마왕] ZZZ로부터 아프릴은 비슷한 기척을 느끼고 있었다.

『……전투 속행.』

하지만 어떠한 위협이 숨어 있다 해도, 아프릴은 소유자의 위기를 해소하기 위해 카디널 A와 싸우는 것을 선택했다.

단숨에 파고들어 카디널 A를 《머티리얼 슬라이더》와 와이어의 사정거리 안에 포착하고는 공격했다.

『······Gi.』

카디널 A가 두르고 있던 녹자색 오라, 드림랜드의 일부에 닿았는데도 아프릴 자신에게는 변화가 없었다. 드림랜드는 아프릴에게 아무런 영향도 끼치지 못했다.

그렇기 때문에 그 이후에 일어난 현상은 이상했다.

아프릴의 와이어가 카디널 A에게 흠집 하나 내지 못하고 튕겨나간 것이다.

『······?』

이상하다. 아프릴은 그렇게 생각했다.

END나 물체 강도를 감산시키는 그녀의 《머티리얼 슬라이더》는 작동하고 있다.

그것도 〈육도혼돈〉과 벌인 전투 때 사용한 마이너스 4000을 훨씬 넘는 마이너스 30000이라는 감산을 주위에 부여하고 있다.

반대로 그녀 자신의 강도는 END로 환산하면 50000 이상.

양자의 격돌은 발포 스티로폼과 강철이 맞부딪히는 것이나 마찬가지다.

아무리 신화급 금속이라 하더라도 흠집을 내지 못할 리가 없다.

하지만 그 결과를 뒤엎는 무언가가 카디널 A에게 일어나고 있다.

『추측. 부여 효과로 인한 강도 상승.』

아프릴은 생각했다. 신화급 금속에 내구력 강화를 부여함으로써 여전히 《머티리얼 슬라이더》로 전부 깎아내지 못할 정도의 강도를 유지하고 있을지도 모르겠다고.

하지만, 방법은 있다.

『백은의 형제. 내려오세요. 위험합니다.』

레이를 등에 태우고 있던 실버에게 지시해서 내려오게 했다.

그와 동시에 쓰러진 세 사람의 위치도 확인하고는, 문제가 없다고 판단했다.

상대방이 여전히 공격이 통하지 않을 정도의 강도를 유지하고 있다면 할 일은 단 한 가지.

『———리미터 해제.』

———더욱 치열하게 강도를 낮추는 것뿐.

『《머티리얼 슬라이더》…….』

황옥인 2호기이자 최초의 전투용 황옥인이기도 한 [다이아몬드 슬레이어].

이름의 유래이기도 하며 물리 방어를 무시하는 만물의 말살권.

그 스킬의 이름은———.

『―――《금강말살(다이아몬드 슬레이)》.』

그 순간, 눈에 보이지 않는 역장이 그녀 주위에 침투했다.

그녀 자신의 출력을 최대한으로 높여 뿜어내는 개변 병기의 초월적 가동.

스킬의 효과를 받고, 그녀 주위의 세계가 무너지기 시작했다.

돌과 나무가 자신의 무게는커녕, 물체로서의 결합조차 지탱하지 못하고 부러지고 부서지며 먼지가 되었다.

그녀가 서 있는 지면의 흙조차도 더욱 자잘한 입자……, 모래가 되어갔다.

미스릴 [스랄]의 잔해마저 은빛 재로 바뀌어 갔다.

그것은 반경 50메텔에 대해 행사되는――― **마이너스 20만 이상**의 초 디버프.

신화급 금속이라 하더라도 스스로 무너지는 것을 피할 수 없다.

선선대 문명에서 이 효과를 받고 부서지지 않은 존재는 없었다.

아무리 음속으로 날아오는 총알이라 하더라도 그녀에게 닿기 전에 부서질 것이다.

그 정도로 강력한 스킬의 영향 아래에서…….

『……GiGiGi.』

―――카디널 A는, 흠집 하나 나지 않았다.

『…………이상 수치.』

아프릴은 눈앞에 있는 이상 현상을 인식하면서도 와이어를 휘둘러 다시 공격을 실행했다.

모래성보다 약해졌어야 할 몸이 지금도 여전히 아프릴의 와이어를 튕겨내고 있다.

마치 정말로 무적이라는 듯이.

『············.』

아프릴은 이해했다.

눈앞에 있는 상대는 물리적인 강도와는 다른 법칙으로 몸을 유지하고 있다.

그렇기 때문에⋯⋯, 자신이 타도할 수 없는 종류의 힘.

최악의 경우를 상정한 아프릴은 이곳에서 이탈하는 것을 고려했다.

피아의 스펙을 고려해, 안전하게 이탈하기 위해서는 세 명 중 몇 명까지 데리고 갈 수 있을지를 계산했다.

그때⋯⋯.

『⋯⋯Gi⋯⋯.』

아무런 전조도 없이, 카디널 A의 왼쪽 앞다리가 파괴되었다.

반원형으로 녹아내린 듯이, 앞다리에 해당되는 부분이 도려져 나간 것이다.

마치 **열선이라도 맞은 것**처럼.

그것은 분명히 아프릴의 《머티리얼 슬라이더》에 의한 파괴 흔적이 아니다.

하지만 아프릴이 아무리 계산해봐도 그러한 대미지를 입힐 수 있는 요인은 주변 환경 어디에도 보이지 않았다.

카디널 A는 어딘가 아프릴이 관측할 수 없는 영역에서 대미지를 입었다.

『………….』

아프릴은 다시 판단을 내리고 이탈이 아니라 한동안 시간을 버는 쪽으로 방침을 전환했다.

상대의 무적성을 해명할 수 있을지 여부를 알아내기 위해서.

결과적으로, 꿈속과 외부, 양쪽에서 카디널 A와 맞서고 있는 자들은 상황을 지켜보는 쪽으로 돌아섰다.

그것이 좋은 결과를 가져다줄지 아닐지……, 지금 그들은 알 수가 없다.

◆ ◆ ◆

■[유미몽실 드림랜드] 내부

"…………."

젝스와 캔디는 레이 일행과는 다른 길에 서 있었다.

그들 주위의 광경도 지금은 또렷해졌다. ZZZ가 레이 일행에게 한 것과 똑같은 설명……이라기보다는 동시 중계를 통해 그들도 이야기를 들은 것이다.

두 사람은 레이 일행처럼 중간에 끼어들지 않았다. 그저 설명을 듣고 이해했을 뿐이다.

레이보다 좀 더 깊은 곳까지 이해했을지도 모른다.

"……엄청 의미 없는 설명이었어."

캔디는 불쾌하다는 듯한 표정으로 그렇게 말했다.

"이 드림랜드가 의지가 없는 것을 받아들이지 않는다는 건 이미 알고 있었다고. 이쪽에서 살해당하면 죽는다거나, 조건을 달성하지 못하면 깨어날 수가 없다거나, 다 들을 필요도 없는 거고. 정보로 얻은 게 없는데도 저쪽 스킬은 사용할 수 있게 되었단 말이지."

그리고 캔디는 한숨을 쉬며 불평을 늘어놓았다.

"에휴. 게다가 스킬 자체에 대한 설명은 전혀 없었고."

능력에 대해 밝혔다고?

아니다, 시간이 지나면 저절로 알게 될 사실을 말했을 뿐, 손패를 드러내지는 않았다.

원래 유리했던 상대가 더욱 유리해졌을 뿐이다.

"제짱도 그렇게 생각한 거지? ……그렇지?"

캔디는 그때, 젝스가 입가에 손을 대고 뭔가 생각하고 있다는 걸 눈치챘다.

"……모순되는군."

좀 전에 들은 정보에 대해 곱씹고 있는 것……은 아니었다.

"뭐가 모순된다는 거야?"

"설명할 필요가 있는 〈엠브리오〉라는 점, 나아가서는 이 꿈의 세계 그 자체입니다."

좀 더 근본적인 의문이었다.

"[나태 마왕]의 성격에 대한 정보는 사전에 얻었습니다. 게으르고, 수면 이외의 욕심이 없고, 잠만 자면서 지내고 싶어하는 **온건파.**"

"그것도 비슷한 정보구나."

"그렇다면 이 드림랜드는 이상하죠. 인격이 모순됩니다."

"그게 무슨……, 아, 그렇구나."

그때, 캔디도 눈치챘다.

"게으름만 피우고 싶어하는 사람이——— 꿈속에서까지 **작업을 강요당하는** 〈엠브리오〉를 좋아할 리가 없죠."

기본적으로 〈마스터〉는 자신의 〈엠브리오〉의 힘을 싫어하지 않는다.

자유자재로 변할 수 있는 슬라임인 젝스도, 세균을 만들어내는 캔디도, 각자의 〈엠브리오〉의 존재 방식을 좋아하고 있다.

하지만 게으름만 피우며 지내고 싶어하는 사람이 나태의 기본인 수면 시간을 **작업 시간**으로 바꿔버리는 〈엠브리오〉를 좋아할까?

잠들게 하는 것뿐만이 아니라 힘의 행사에 본인의 설명이 필요한 〈엠브리오〉를……

"뭔가 잘못 받아들이고 있는 겁니다."

게으름을 피우며 지내고 싶어 한다는 ZZZ의 성격 예측이거나.

꿈속으로 끌어들인다는 드림랜드의 능력이거나.

어느 한쪽, 또는 양쪽이 실제와는 어긋나 있다.

그 결과로서 젝스 일행이 예상하지 못한 스킬을 겸비하고 있다.

그것이 바로——— 현실에서 아프릴을 괴롭게 만들고 있는 힘.

그 이름은, 《악몽의 왕국(드림랜드)》이라고 한다.

"지금 시점에서는 정보와 검증이 부족합니다. 하지만……, 뭐가 오더라도 이상할 게 없다는 생각 정도는 해두도록 하죠."

"알겠어~."

그렇게 두 사람이 다시 걸어가려 했을 때, 캔디가 문득 깨달았다.

"제짱. 그 손가락, 왜 그래?"

캔디가 지적한 것은 젝스의 왼쪽 새끼손가락.

그것이……, **없다.**

언제부터 그렇게 된 건지, 왼쪽 새끼손가락이 사라진 상태였다.

"……혹시 시간 경과로 몸이 끄트머리부터 사라지는 계열의 스킬이야?"

거대한 생물에게 통째로 먹힌 듯한 기분이 든 캔디는 자신의 몸이 무사한지 확인했다.

하지만, 정작 젝스는 미소를 지으며 '걱정하실 필요는 없습니다'라고 말했다.

"이건 [나태 마왕]의 스킬이 아니라 제가 일부러 그런 거니까요."

"?"

"슬슬 괜찮겠군요."

젝스는 그렇게 말하고는 왼손으로 뒤쪽……, 지금까지 그들이 걸어온 방향을 가리켰다.

그러자 잠시 후에 작은 슬라임이 시야 안에 들어왔다.

"이건……."

"네. 약간 검증을 해본 겁니다. 여기에 온 직후에 분리해 두었죠."

작은 슬라임은 젝스의 손안으로 폴짝 뛰어서 왼쪽 새끼손가락으로 변했다.

"제짱의 슬라임은 분명……."

"네. 분체의 크기에 따라 다르긴 합니다만, 가장 부피가 큰 덩어리인 본체에게서 멀리 떨어지면 소멸합니다."

그것은 '감옥'에 있을 때 레드킹도 파악했던 단점이다. 하지만…….

"하지만, 지금 분체는 원래 소실 거리에서 10배 이상 떨어지더라도 사라지지 않는군요."

"다시 말해서, 거리에 관한 법칙이 다르다는 거야?"

"아니면 실제 몸은 그대로 연결되어 있기 때문일지도 모르겠군요. 어찌 됐든 이 차이를 살릴 수는 있을 것 같습니다."

젝스가 그렇게 말하며 오른손을 검 〈엠브리오〉로 변형시키고는, 자신의 목을 베었다.

그 직후 남은 몸이 산산조각 났고, 각각 작은 슬라임으로 바뀌었다.

그중 몇 마리에게는 날개도 달려 있었다.

"분체를 50마리 정도 만들었습니다. 이걸로 드림랜드 내부를 정찰하죠. 운이 좋으면 가베라 씨나 [나태 마왕]을 찾아낼 수 있을 겁니다."

소형 분체의 확산. 일반적으로는 분체가 차례차례 소멸하게 되기에 자살이나 마찬가지지만, 거리가 멀어지더라도 분체가 사라지지 않는다면 가장 적합한 정찰 방법이다.

슬라임들이 사방팔방으로 흩어졌다.

그중에는 꿈의 길에서 떨어져서 낙하하는 분체도 몇 마리 있었다.

"으음~, 아무리 GOD이라 해도 이렇게까지 대담한 수법은 못 쓰겠는데."

"저도 안전 마진은 고려하고 있고, 한 마리라도 거리 법칙에 따라 소멸한 시점에서 되돌릴 겁니다. 아, 캔디 씨에게 부탁드릴 게 있는데요."

"뭔데?"

"머리를 옮겨주실 수 있을까요? 저는 분체의 조작에 집중하고 있기 때문에 움직이기가 힘듭니다."

"······평소에 아프릴이 무슨 심정인지 조금 알겠어."

캔디는 쓴웃음을 지으며 젝스의 머리를 끌어안았다.

□■레전더리아 북쪽 끝 〈양모 종족의 마을〉, 현재는 〈슬로스 빌리지〉

레전더리아에서 왕국과의 국경에 가까운 삼림지대 안에, 숨듯이 존재하는 자그마한 마을이 있었다.

마을 주위에는 미스릴 [스랄]이 돌아다니며 주위의 몬스터를 비롯한 불청객으로부터 마을을 지키고 있었다.

[스랄]은 반쯤 자율 설정이 되어 있어 ZZZ가 로그아웃하더라도 마을에 남아 경비를 맡는다.

[마왕]의 부하가 어슬렁거리는 자그마한 마을 중심에는 **마왕성**이라고 부르기에는 작은 저택이 있다.

이 마을에서는 가장 큰 건물이긴 하지만, 왕도의 귀족 저택보다……, 혹은 규모가 작은 지방 귀족의 저택보다 작을 수도 있다.

『Zzz…….』

그 작은 저택 2층에 있는 침실에서 ZZZ가 잠들어 있었다.

푹신푹신한 침대 위에서 돌아눕지도 않고 숙면을 취하고 있었다. 꿈속에서도 입고 있던 맥 인형옷이 침낭 역할을 해줄 것 같은데도 이불을 덮고 있었다.

"…………."

그런 그의 모습을 침실 문 옆에서 빤히 바라보고 있는 자들이 있다.

모두 같은 양모 종족이고, 이 저택에서 생활하는 여러 하인들이다.

잠든 ZZZ를 바라보는 그녀들의 눈동자에는 안심감과 확실한 경애가 존재했다.

[마왕]을 보는 눈이 아니라, 마치 **구세주**를 보는 듯한 느낌이었다.

그것은 틀린 말이 아니다.

그녀들, 양모 종족에게 있어서……, [나태 마왕]은 구세주이기 때문이다.

◇◆

머리에 나선형 뿔이 달렸고, 팔다리와 등에 양 같은 털이 돋아난 양모 종족.

그녀들의 마을은 레전더리아 북쪽 끝에 있지만, 처음부터 그곳에 살고 있던 것은 아니다.

레전더리아 중앙에서 도망친 결과, 북쪽 끝에 도착한 것에 불과하다.

양모 종족의 털, 특히 젊은 여성의 솜털은 최상급 옷이나 침구 소재로 즐겨 쓰인다.

예전에 그런 이유 때문에 인간 범주의 생물임에도 다른 인종들이 노리기도 했다.

마치 희귀한 소재를 떨어뜨리는 몬스터처럼.

오히려 몬스터보다도 확실하게 드롭하기 때문에 더욱 불행한 결과를 불러오기도 했다.

그렇게 가축에 가까웠던 처지를 용납할 수 없었기에 그녀들은 레전더리아의 가장자리로 몰래 이주했고, 숨어 살게 되었다.

그로부터 수백 년, 그녀들은 변경에서 세월과 세대를 보냈다.

부족으로서 레전더리아 의회에 참가하지도 않고, 잊혀진 약소 부족 중 하나로서 살고 있었다. 수많은 부족들이 모여 있는 레전더리아에서도 손꼽힐 정도로 비참한 처지였을 것이다.

하지만, 그나마 다행인 것도 있었다.

그녀들이 선택한 주거지가 절묘한 곳이었다는 점이다.

그 지역은 [나신반]의 영역에서 아슬아슬하게 벗어난 곳이었다.

영역에서 아슬아슬하게 벗어나 있었기에 산 제물을 요구당하지 않았으며, 동시에 몬스터들도 [나신반]을 두려워해서 거의 다가오지 않는 위치이기도 했다.

그렇기 때문에 양모 종족은 수백 년 동안의 세월을 조용히 살아올 수 있었던 것이다.

하지만 시대가 흐르고 상황이 바뀌었다.

[나신반]이 토벌됨으로써 몬스터의 서식 지역이 바뀐 것이다.

그전까지는 다가오지 않았던 몬스터가 마을 근처에 나타나게 되었다.

그녀들에게는 저항할 힘이 없다.

부족 전체가 전투 직업에 대한 적성이 낮기 때문이다. 의복 계열 생산직, 그리고 [산 제물(새크리파이스)]이라는 티안에게 있어서 아무런 도움도 되지 않는 직업의 적성이 높다.

그에 비해 현재 이 지역에 서식하고 있는 몬스터는 강하다.

레벨 300 이상의 〈마스터〉가 적정 사냥터라고 생각할 정도로.

누군가가 지켜주지 않는다면 언젠가 몬스터가 마을을 통째로 잡아먹을 것이다.

하지만 완충지대에 가깝다 하더라도 레전더리아 쪽이기 때문에 다른 영역이 있는 지역과는 다르게 왕국에 병합되지 않았고……, 비호를 받지 못했다.

레전더리아에서도 숨어 살고 있던 양모 종족은 존재하지 않는 거나 마찬가지다.

세상에 나가봤자 다시 사냥당하고, 털이 깎일 뿐이다.

죽음이냐 가축이냐, 양자택일.

그녀들은 생각하다가 죽음을 선택하게 되었다.

정확히 말하자면, 답을 내놓기도 전에 몬스터가 마을 안으로 들어왔다.

'가축이 되는 게 더 나았을지도 모르겠다'라고 생각했지만, 이미 늦었다.

늑대와 비슷하게 생긴 마수형 몬스터가 양모 종족에게 이빨을 드러내고 있었다.

그때였다.

갑작스럽게 기묘하고 이상하게 생긴 몬스터 무리가 나타나 늑대들을 쓸어버리기 시작한 것이다.

[스랄]이라는 이름을 지닌 몬스터가 마수형 몬스터들을 해치워나갔다.

그중 한 마리는 왠지 모르겠지만, 커다란 맥 인형을 끌어안고 있었다.

아니, 그게 아니다. 안긴 채 돌아누운 그것은……, 인형옷이었다.

『……이제 더는 못 먹어…….』

맥이 정석 같은 잠꼬대를 하는 것도 아랑곳하지 않고, [스랄]이 늑대를 섬멸해 나갔다.

이윽고 늑대가 괴멸된 뒤, [스랄]은 곧바로 정지했다.

양모 종족의 시선은 [스랄]……, 그중에서도 인형옷을 끌어안고 있는 개체에 쏠렸다.

맥은 기묘한 존재였지만, 머리 위에 이름이 뜨지 않는 걸 보니 몬스터가 아니었다.

그렇다면 대체 누구일까.

보통은 〈마스터〉의 존재를 떠올렸겠지만, 숨어 살고 있던 그녀들은 〈마스터〉의 증가라는 세계의 변화를 알지 못했다.

〈마스터〉는 그녀들에게 있어서 전설 속의 존재다. 그녀들이 은둔하기 시작한 삼강 시대에는 〈마스터〉라는 단어가 [묘신(더

링크스)] 슈뢰딩거 캣과 동의어였기 때문이다.

『……Gi.』

끌어안고 있던 맥에게 시선이 쏠린 것을 눈치챈 [스랄]은 잠시 어떻게 대처해야 할지 생각했다.

하지만 결국, 자신 혼자서는 대처할 수 없다고 판단하고는 맥을 건드려서 깨우기로 했다.

『음냐음냐……, 마을에 도착했어?』

깨어난 맥은 주위를 둘러보고 그곳이 마을이라는 것만 확인한 다음…….

『[나태 마왕] ZZZ예요. 잘 부탁해요~.』

그렇게 자기소개를 했다.

양모 종족은 놀랐다. 자기소개로 나온 이름 또한 전설의 존재였기 때문이다.

『식량이 다 떨어져 가고 있어서 보충하고 싶은데~. 헝그리~. 아~, 왠지 이거 [폭식 마왕] 같네~. 아, 돈은 있어요~. 하우 머치~.』

잠이 덜 깬 듯한 말투였지만, 《진위 판정》에는 반응이 없었다. [마왕]이라는 자기소개까지 포함해서 전부 진실이다.

전설 속에나 나오는 [마왕], 〈신조 던전〉의 공략자.

인지를 초월한 실력과 하늘이 내려준 행운을 지닌 자.

그 힘을 손에 넣은 자는 세상에 혼란을 불러 일으키는 경우도 많았다고 한다.

하지만 [마왕]이라 하더라도 그녀들에게는 구세주였다.

"""…………."""

그녀들은 서로 얼굴을 마주 보았다.

좀 전에 늑대에게 습격당했을 때의 후회.

그렇기 때문에 이번에는 잘못 판단하지 말자며 마음을 굳게 먹고는 말했다.

"부디 저희를……, 당신의 부하로 받아주실 수 없을까요! 목숨 말고는 모든 것을 바칠 각오가 되어 있습니다!"

『좋아~.』

그녀들이 목숨을 걸고 부탁하자 돌아온 것은 맥빠지는 대답이었다.

다 이해하고 대답한 건지는 모르겠다.

적어도 그녀들의 처지에 대해서는 몰랐을 것이다.

『그럼 의식주는 부탁할게~. 나는 잘게요~. 슬리피~.』

ZZZ는 그렇게 다시 새근새근 자기 시작했다.

그리하여 양모 종족의 숨겨진 마을은……, [나태 마왕]의 영역이 된 것이다.

◇ ◆

그러한 일이 있었기에 양모 종족에게 있어서 ZZZ는 구세주다.

ZZZ는 지배자가 된 뒤에도 식사와 잘 곳 정도만 요구하고 있다.

게다가 [스랄]이 경비와 밭일까지 도맡아주고 있기에 마을의 생활도 매우 편해졌다.

양모 종족에게 있어서 가장 좋은 지배자라고 할 수 있다.

그렇기 때문에 의아하기도 했다.

양모 종족에서 ZZZ의 전속 시녀 중 한 명이 예전에 물어본 적이 있다.

이렇게까지 욕심이 없고 온화한 ZZZ가 어째서 지명수배당한 것인지.

그리고, 어째서 [마왕]이 된 것인지.

『지명수배는 말이지~. 내가 잘못한 거야~. 드림랜드가 제7형태로 진화한 뒤에 얻은 스킬이 생각했던 것보다 범위가 넓어서~. 도시 기능을 일시적으로 마비시켜 버렸거든……. 그야 지명수배당할 만도 하지~. 원티드~.』

『[마왕]? 아, 응. 실은 나, 친구가 있는데 말이야~. 베네트나쉬하고 디스, 오메가라고 하는데~. 프렌즈~.』

『그런데 셋 다 초급 직업을 얻어서 말이야~. '좋겠다~'라거나, '부럽다~'라거나, 그런 건 아닌데~. 왠지 '뒤처지는 건가?'라고 생각했더니 답답해서 말이야~. '미안하지만, ZZZ, 이 초급 직업은 3인용이거든[*]'이라고나 할까? 초급 직업은 1인용이지만~. 솔로 플레이~.』

『그래서~. 제일 얻기 쉬울 것 같았던 게 [나태 마왕]이라서, 얻어왔어.』

『그 왜, 나는 **자고 있기만 하면 무적**이니까.~. 스타 마리〇~.

---

*도라에몽의 비실이가 주인공 노진구에게 자주 하는 대사의 패러디.

히어 위 고~.』

그런 식으로 몇 가지 질문에 아무렇지도 않게 대답했다.

다시 말해, 뭔가 심각한 이유나 욕망 때문인 건 아닌 모양이었다.

그래서 다시 물었다.

"그럼 왜 주무시고 싶으신 건가요?"

평소 그의 존재 방식에 대해 던진 질문에 대해……

『──잘 수가 없으니까.』

그는 마찬가지로 아무렇지도 않게, 모순되는 대답을 했다.

『나는 현실에서는 **여기**가 망가져서 잘 수가 없고~. 잘 수만 있다면 뭐든 좋아, 잘 수만 있다면~. 그게 꿈이라면 자각몽이든 악몽이든 뭐든 좋아~. 드리밍.』

ZZZ는 자신의 머리를 손가락으로 두드리며 가벼운 말투로 그렇게 말했다.

하지만 그 말에는 깊은 슬픔이 뒤섞여 있는 것 같기도 했다.

그렇기에 그는 편히 잠들 수만 있다면 그것 이상으로 행복한 게 없을 것이라는 사실을……, 양모 종족도 이해한 것이다.

■ZZZ에 대하여

[나태 마왕] ZZZ는……, 현실의 ZZZ는 꿈을 꾼 기억이 없다.

어렸을 때 당한 사고로 인해 뇌의 기능에 장애가 생겼기 때문이다. 아무리 눈을 감고 있다 하더라도, 육체의 피로가 극에 달하더라도, 자연스러운 형태로는 수면을 취할 수가 없다.

약을 먹어서 꿈도 꾸지 않을 정도로 강력하게, 강제로 뇌를 재워야 겨우 그에게 수면이 찾아왔다. 지금 같은 시대가 아니었다면 그런 대증요법조차 쓰지 못하고 쇠약해져서 죽었을지도 모른다.

그런 그에게 있어서 자고 싶다, 꿈을 꾸고 싶다는 것은 필연적인 욕망이었다.

생물이 생물로서 가지는 3대 욕구 중 하나가 결핍되어 있으니까.

그렇기 때문에 그가 자기 위해 다이브형 VRMMO에 손을 댄 것은 자연스러운 일이었다.

하지만 많은 게임들은 그를 세계에 받아들이는 것조차 거부했다.

꿈을 꾸는 듯이 몰입시키는 것뿐만이 아니라 오감에 신호를 전달하는 타입도 그의 뇌가 떠안고 있는 기능 장애로 인해 온전히 기동되지 않았다.

그런 해결 방법을 포기했던 그도 마지막으로 〈Infinite Dendrogram〉을 선택했다. 많은 플레이어들이 그랬던 것처럼, 이끌렸다고도 할 수 있다.

결론부터 말하자면, 그는 아무런 문제 없이 〈Infinite Dendrogram〉에 로그인할 수 있었다.

그는 건강한 아바타를 얻음으로써 〈Infinite Dendrogram〉 내부에서는 자연스럽게 잠들 수 있게 된 것이다. 그의 가장 큰 욕구는 그곳에서 이룰 수 있었다.

그렇기 때문에 단추를 하나 잘못 채우게 되었다.

〈엠브리오〉는 부화하기 전에 〈마스터〉의 인격이나 소원을 파악하고, 정도의 차이가 있긴 하지만 거기에서 유래된 형태를 취하게 된다. ZZZ 같은 경우에는 인격이든 소원이든 '잠'에 관련되어 있을 거라는 사실은 틀림이 없었다.

하지만 그는 〈Infinite Dendrogram〉에 발을 내디딘 시점에서 원하던 잠을 손에 넣었다.

그렇기 때문에 〈엠브리오〉는 **그것이 아닌 형태**로 그에게 맞는 힘을 얻었다.

그가 편안하게 자고 싶다는 욕구를 강하게 품고 있었다면 딱히 바뀌지 않았을 것이다.

분명 쾌적하게 잘 수 있는 〈엠브리오〉가 생겨났을 것이다.

하지만 그가 원했던 것은 **잠 그 자체**.

편하거나 불편한 건 상관이 없다.

생물로서 결여된 '수면'을 메꾼다는 욕구야말로 그가 가장 원하던 것이었다.

능력에 이르는 필연과 동기의 결손이 〈엠브리오〉의 능력에 변화를 가져다 주었다.

그런 현상은 매우 드물게 일어나곤 한다.

예전에 '언어의 장벽', '마음이 올바르게 전달되지 않는다', '사람의 마음에 노래가 닿지 않고, 울리지 못한다'는 고민을 지니고 있던 가수가 〈Infinite Dendrogram〉을 시작한 적이 있다.

하지만 〈Infinite Dendrogram〉에는 완벽한 언어 통번역 기능이 있다.

그녀의 소원은 곧바로 이루어졌고, 결과적으로 그녀의 〈엠브리오〉……, **에덴**은 '언어의 장벽을 없애주는 〈엠브리오〉'로 생겨나지 않았다.

'장벽을 없애고 전달한다'……, 내성 제거의 〈엠브리오〉로 생겨난 것이다.

드림랜드 또한 마찬가지다.

재우기만 하는 〈엠브리오〉가 아니다.

잠든 뒤에 잠든 주인을 지키는 힘. 잠들게 한 뒤에 계속 자게 만드는 힘. 잠듦으로써 현실로부터 간섭받지 않게 만드는 힘. 잠들게 함으로써 현실에서 벗어난 꿈으로 끌어들이는 힘.

다시 말해, 꿈의 왕국(드림랜드)로서 그 힘을 성립시켰다.

그것은 에덴과 마찬가지로 주인의 의도와는 약간 어긋났지만……, 상관없다.

자신이 자고 있다. 자면서 꿈을 꾸고 있다.

그렇다면 그것이 현실의 연장선상이라 하더라도 그는 상관이 없다.

진짜 꿈 같은 건 기억하지 못한다.

꿈을 꾸고 있다는 사실만 있다면, 그의 마음은 편안해진다.

그의 인격은 **쉬고 싶거나 게으름을 피우고 싶은 것**이 아니다.

────**자고 싶은 것**이다.

그것이 꼭 휴식이 아니라 해도 상관없다.

그리고 그 잠에 누군가를 끌어들이고 누군가가 악몽을 꾸게 되더라도 상관없다.

《악몽의 왕국(드림랜드)》이라는 이름처럼.

 ◇ ◆ ◇

□■[유미몽실 드림랜드] 내부

레이와 카디널 A의 전투가 시작되고 나서 시간이 얼마나 지났을까.

《악몽의 왕국》의 지속 시간인 30분보다 짧은 건 확실하지만, 결코 짧기만 한 시간은 아니었을 것이다.

레이는 그렇게 긴 시간 동안 용케도 버텨냈다.

스테이터스로 따지면 상대방이 확실하게 강하다. 예전에 맞서 싸웠던 전설급 악마인 [기가 나이트]를 뛰어넘는 강적을 상대로, 특전 무구 하나와 갑옷도 없는 상태로 벌인 전투.

게다가 직업을 [주술사]로 바꿔두고 있었기에 회복 마법을 제외한 [성기사]의 스킬을 사용할 수 없다는 제약이 걸린 상태로 레이는 맞서 싸웠다.

그가 쌓아온 자신보다 강한 상대와의 실전 경험이 그것을 실현해내고 있었다.

하지만, 그것도 이제 한계였다.

"허억……, 허억……."

꿈속인데도 불구하고 레이는 숨을 거칠게 몰아쉬고 있었다.

그만큼 체력 소모가 심한 데다 《카운터 앱솝션》의 사용 횟수도 이미 바닥난 상태였다. 회복 아이템도 가지고 올 수 없었기에 회복 마법을 사용하고 있지만, 결코 많은 편이 아닌 그의 MP는 고갈 직전이었다.

지금은 가장 작아서 다루기 편한 제4형태의 쌍검으로 전환해서 회피에 집중하고 있다.

그럼에도 불구하고 이미 온몸이 상처투성이에 피투성이.

『Gi…….』

그런 반면, 신화급 금속으로 구성된 스랄인 카디널 A는 지치지 않는다.

《샤이닝 디스페어》로 왼팔의 일부가 도려져 나간 것을 제외하면 전투력이 전혀 떨어지지 않았다.

레이가 피하며 날린 반격은 금속 표면에 약간 긁힌 자국을 만드는 게 한계였다.

피아의 차이는 확실했다. 더 강한 상대와 싸우며 버티는 전투도 여기까지인 것이다.

평소 때 레이와 네메시스라면 궁지에 몰린 상태에서 역전하는 것도 기대할 수 있었을 것이다.

하지만, 그것은 불가능하다.

이 드림랜드의 특성상, 《복수는 나의 것》을 비롯한 네메시스의 반격 스킬은 카디널 A에게 효과를 발휘할 수 없다.

카디널 A를 쓰러뜨릴 수 있는 역전의 수 그 자체가 빠진 상태다.

승산은 없고, 단 한 번의 실수가 패배를 부른다.

너무나도 마음을 심하게 소모시키는 싸움이었다.

『………….』

그리고 네메시스가 눈치챘지만 말하지 못하고 있는 걱정거리도 있었다.

그것은 그녀를 쥐고 있는 레이의 움직임이다.

그는 자신보다 더 강한 카디널 A를 상대로 잘 버티고 있다.

절망적인 전력 차이에도 불구하고 마음이 꺾이지 않았고, 심장이 아파질 정도로 아슬아슬하게 위기를 넘기며 맞서 싸우고 있다.

지금 레이 자신의 100퍼센트 힘으로 버티고 있다.

하지만, 그것은……, 100퍼센트일 뿐, **그 이상**은 아니다.

레이는 지금까지 강적과 싸웠을 때, 100퍼센트의 한계를 넘은 힘을 발휘했다.

이번에도 그랬다면 공격을 좀 더 덜 맞았을 것이고, 입힌 상처도 더 늘어났을지 모른다.

하지만 지금은 그렇지 않다.

꿈속이기에 오감이 약간 다르다는 것도 이유 중 하나겠지만, 결정타는 아니다.

네메시스는 그 이유를 눈치채고 있었다.

오늘은 이미 두 번의 전투……, 〈토너먼트〉에서 비슷한 싸움을 벌였기 때문이다.

예선에서 패배한 〈토너먼트〉와 지금 벌이고 있는 전투, 그 공통점은…….

(……이건 **돌이킬 수 없는 싸움이 아니다.**)

그 〈토너먼트〉의 패배가 단순한 패배에 불과했던 것처럼.

이 전투는……, **지더라도 문제가 없다.**

레이를 비롯한 〈마스터〉들이 데스 페널티를 받을 뿐이다.

지금까지 레이가 벌여 왔던 전투……, 그 [데미 드래그 웜]부터 시작된 수많은 사투처럼 티안의 목숨이라는 돌이킬 수 없는 것이 걸린 '비극'이 아닌 것이다.

그렇기 때문에 레이는 진정한 힘을 발휘할 수 없다. 한계를 넘어설 수가 없다.

(⋯⋯⋯⋯그런가.)

네메시스는 지금까지 있었던 일을 돌이켜 보았다.

그가 거듭해온 패배 중 대부분은 지금처럼 '비극'이 아닌 상황이었다.

마리와 싸웠을 때도, 수많은 모의전도, 츠쿠요와 처음 마주쳤을 때도, ⋯⋯〈토너먼트〉까지.

'져도 되는 싸움'에서 져온 것이다.

생각해보니 그 〈애니버서리〉 이벤트 때도 비슷한 일이 있었다.

카가 쥬베와 처음 싸웠을 때, 레이는 힘을 완전히 발휘하지 못했다.

그때 레이와의 사투를 원하던 쥬베는 이렇게 말했다.

———레이 님의 장점을 완전히 끌어내지 못했어요. 어째서죠?
———제게 뭐가 부족한 건가요?

그리고 두 번째 전투 때 그녀가 들이댄 것은 레이가 졌을 때, 레이의 친구인 알토를 계속 죽이겠다(PK)는 협박이었다.

친구의 앞날을 걸고 전투를 벌인 결과, 레이는 실력을 발휘해서⋯⋯, 쥬베를 쓰러뜨렸다.

아마 쥬베는 알고 있었을 것이다.

레이는 돌이킬 수 없는 '비극'을 앞두고서야 비로소 진정한 실력을 발휘할 수 있다는 것을.

(……어쩔 수 없을지도 모르지.)

그의 본질은 '지키기 위해 스스로 상처를 입는 것'이다.

누군가를 지키기 위해 스스로 상처입고, 한계를 넘어왔다.

하지만 그것은 그의 마음을 아프게 하고, 몸에 상처를 내는 행위다.

레이를 마음에 품고 있는 네메시스가 보기에는 결코……, 바람직한 일이 아니다.

그럼에도 불구하고 그렇게 무리하는 것이 레이의 의지. 그리고 돌이킬 수 없는 '비극'이 일어나버린다면 그가 더욱 상처를 입을 거라는 사실도 알고 있다.

그렇기에 '비극' 앞에서는 네메시스도 레이를 지탱하며 함께 싸우는 것만을 선택한다.

하지만 또한 그렇기에……, 지금 네메시스는 이렇게 생각했다.

('져도 되는 싸움'에서까지……, 계속 싸울 필요가 있는 걸까.)

제대로 맞으면 끝장이라는 상황에서, 상처도 제대로 내지 못하는 상황에서, 언제까지 계속 이어질지도 모르는 상황에서, ……몸과 마음을 소모해가면서까지 계속 싸울 이유가 있는 걸까.

네메시스는 혹시나 '지는 게 더 좋은 결과가 되지 않을까'……라는 '있을 수 없는' 예감조차 들기 시작했다.

그리고…….

"있지……."

그것은 결코, 지금 네메시스의 마음의 소리를 눈치챈 것은 아니었겠지만.

"———당신, 지는 게 낫지 않아?"

그런 목소리가 레이의 뒤에서 들렸다.

◇◆

시간을 약간 거슬러 올라간다.

가베라는 레이와 카디널 A의 전투를 보고 있었다.

왼팔을 도려낸 첫 번째 공격을 제외하면 너무나도 일방적인 싸움.

승산 같은 건 전혀 없다. 지게 될 때까지 계속 밀리기만 하는 싸움이라는 건 그녀가 보기에도 분명했다.

(……어쩌지. 지면 그다음에는 내 차례잖아…….)

가베라는 레이보다 더 승산이 없다. 이 공간에서 쓸 수 있는 무기도 없고, 알하자드도 없다.

도망치는 것밖에 방법이 없지만, 계속 도망칠 수도 없다는 사실은 그녀도 눈치채고 있다.

(저 위에서 내려왔던 거, 아마 이동 스킬이겠지……. 이 공간 자체가 〈엠브리오〉라면, 그 안에 있는 것을 움직이는 스킬 정도는 가지고 있을 것 같고. 꿈속이니까 아예 '어디로든 갈 수 있다'

227

수준 아닐까?)

가베라의 우려는 정확하게 들어맞았다. 드림랜드에는 꿈속의 배치를 조작하는 스킬도 갖춰져 있다.

그렇기 때문에 그녀는 지금 시점에서 도망치지 않았다.

도망쳐서 레이로부터 거리가 멀리 떨어지면 '더욱 잡기 쉬운 사냥감'으로 가베라를 노리고 눈앞에 카디널 A가 배치, 이동할 우려가 있기 때문이다.

(저 녀석은 꽤 오래 버텨주고 있긴 하지만, 이제 언제 지더라도 이상할 게 없고……. 저 녀석은 져도 문제가 없겠지만, 나는 지면 '감옥'으로 다시 돌아가게 되니까……. 이제 어떻게 해야 하지…….)

가베라가 머리를 감싸 쥐고 있자니.

『가베라 씨.』

"흐엑?!"

갑자기 귓가에 목소리가 들렸고, 가베라는 이상한 목소리를 내며 뛰어올랐다.

목소리가 들린 쪽을 힘차게 돌아보자……, 날개가 달린 슬라임이 파닥파닥 떠 있었다.

"…………오너?"

가베라는 자신에게 말을 건 목소리와 이렇게 기괴한 슬라임이 그밖에 없을 거라는 사실을 금방 눈치채고는 레이 일행에게 들키지 않게끔 작은 목소리로 물었다.

『네. 겨우 찾아냈군요.』

확인을 통해 젝스(의 분체)와 합류했다는 사실을 알게 된 가베라는 안심한 듯이 한숨을 쉬었다.

"이, 이제 살았네⋯⋯."

『힘드셨던 모양입니다.』

"진짜 그렇다니까⋯⋯. 알하자드도 없고, 가슴을 만져대고, 장비도 없고, 언제 데스 페널티를 받게 될지도 모르고, 가슴을 만져대고, ⋯⋯진짜로 힘들었다고."

가베라는 이 꿈속에 와서 있었던 일을 마구 떠들어댔다.

거의 불평이었지만⋯⋯.

『알하자드가 없다고요? 아, 그건 분명히⋯⋯.』

젝스는 그 불평 중 하나에 대해 대답했다.

〈엠브리오〉처럼 의지가 있는 것을 끌어들이는 이 드림랜드에 어째서 알하자드가 없는지.

젝스는 그 이유를 금방 눈치챈 것이다.

그리고 젝스에게 설명을 들은 가베라는⋯⋯, 납득했다.

"그렇구나, 그렇게 된 거야⋯⋯, 그래도 지금은 어떻게 해볼 수가 없잖아."

『그렇죠. 하지만 문제는 없을 겁니다. 위치를 알아냈으니 제 본체도 그쪽으로 가고 있습니다. 금방 도착할 겁니다.』

그 말을 들은 가베라는 그제야 정말로 안심했다.

온몸이 〈초급 엠브리오〉이며 다양한 〈엠브리오〉로 변신할 수 있는 젝스라면 신화급 금속이 상대라도 이길 수단이 얼마든지 있을 것이다.

이 꿈속에 젝스를 끌어들여 버린 것이 [나태 마왕]의 패배 원인이 될 정도로.

"얼른 와……. 저 녀석이 언제까지 버틸지 모르니까……."

가베라는 카디널 A와 싸우는 레이를 보며 그렇게 말했다.

『―――아뇨, 오히려 버텨주시면 곤란합니다.』

하지만 젝스는 그 말을 부정하는 듯이 그렇게 말했다.

"……어?"

『신화급 금속 [스랄]이 상대라면 그에게 들키지 않게끔 쓰러뜨리는 건 불가능합니다. 그가 슈우에게 제 정보를 얼마나 들었을지는 모르겠지만, 전투 스타일을 통해 들킬 우려가 있습니다.』

이미 외부에서 전투를 벌였을 때 《램블링 트리 워크》를 날리는 검 〈엠브리오〉를 사용했다.

그것은 카디널 A와의 전투 때는 써먹지 못하는 〈엠브리오〉이고, 그것이 아닌 〈엠브리오〉를 쓴 시점에서 여러 〈엠브리오〉를 사용할 수 있는 특이 전력……, [범죄왕(킹 오브 크라임)] 젝스 뷔펠이라는 사실을 들켜버릴 우려가 있다.

그렇기 때문에 레이가 데스 페널티를 받기 전에 보여줄 수는 없다.

"그럼 저 녀석이 질 때까지 기다렸다가 다가오겠다는 거야?"

『기다리는 것도 문제입니다. 저쪽 육체를 아프릴이 언제까지 지킬 수 있을지 모르니까요. 만약에 가베라 씨가 살해당한다면 손실이 크고, 캔디 씨가 살해당한다면 [계약서]의 판정에 따라서는 저도 죽게 됩니다.』

다시 말해, 젝스가 오기 전에 레이가 데스 페널티를 받고, 도착하자마자 카디널 A를 격파하는 것이 가장 바람직한 상황이라는 뜻이다.

"그런데 저 녀석은 꽤 잘 버티고 있어서……."

압도적으로 불리한 상황인데도 불구하고, 레이는 버티고 있다.

몇 분 정도는 더 버텨낼지도 모른다.

가베라가 그렇게 생각하고 있자니…….

『그러니 가베라 씨가 뒤에서 찔러주셔야겠습니다.』

젝스는 아무렇지도 않은 듯이 그렇게 말했다.

"……아니, 아니, 못하거든? 보우건은커녕, 나이프도 없는데."

『무기가 아니라 말로 찌르는 겁니다.』

젝스는 그렇게 말한 다음, 가베라에게 어떤 말을 속삭였다.

그 말을 듣고 가베라도 '그렇긴 하겠네'라며 납득하고는……, 레이에게 말을 걸었다.

"있지……. 당신, 지는 게 낫지 않아?"

"………….."

가베라의 말을 듣고, 레이는 돌아보지 않았다.

돌아볼 여유는 없다.

지금도 카디널 A가 날리는 치명적인 참격을 피하느라 온 힘을 쏟아붓고 있다.

『무, 무슨 말을 하는 게냐……!』

그렇기 때문에 네메시스가 대신 대답했다. 동요한 감정이 목소리에 섞여 있는 것은 말 자체 때문만이 아닐 것이다. 자기가 생각하던 것과 일치했기 때문.

"아니, 오래 끌면 끌수록 당신들에게는 안 좋은 상황이잖아. 그 왜, 바깥에는 당신 장비도 있고, 그 말도 있지……? 그렇다면……, 버티면 버틸수록 바깥에 있는 장비나 말이 부서질 확률이 높아지잖아."

『그건…….』

젝스가 해준 말이긴 하지만, 가베라도 맞는 말이라고 생각했다.

바깥의 상황은 꿈속에 있는 그 누구도 모른다. 신화급 금속 이상으로 튼튼한 아프릴이라면 모를까, 다른 것들이 어떻게 되었는지는 알 수가 없다.

여기서 버텨봤자 결국에는 패배할 테고, 오랫동안 버틴 탓에 저쪽에서는 장비나 애마가 부서진다. 그런 어찌 해볼 수 없는 결과도 충분히 있을 수 있는 것이다.

이곳에서 벌이는 전투는 레이에게 있어서 백해무익하다고, 가베라는 말했다.

네메시스도 반쯤 납득하고 있었다.

져도 잃을 것은 없다. 그래봐야 랜덤 드롭 정도.

장비나 실버를 잃게 되는 위험 부담은 계속 싸우는 것보다 훨씬 낮다.

하지만 버티면 버틸수록 돌이킬 수 없는 손해를 입게 될 위험 부담이 커진다.

"그러니까, 일찌감치 데스 페널티를 받는 게 피해가 적을 거야……."

가베라가 한 말에는 걱정하는 기색이 약간이나마 담겨 있었다.

그녀에게 있어서는 원수의 가족. 꿈속에 오고 나서는 정신적으로 괴롭힌 상대이기도 하다.

하지만, 지금까지 그녀가 살아있는 것은 레이가 몸을 깎아내며 분투했기 때문이다.

그렇기 때문에 데스 페널티를 받았으면 하는 마음과는 별개로, 그녀는 친절을 베푼다는 의미로도 충고했다.

『레이…….』

"…………."

네메시스도 뭐라 말해야 할지 알 수가 없어서 그저 그의 이름만을 불렀다.

가베라의 말에 그녀도 납득해버렸기 때문이다.

그녀의 말대로 레이의 파트너인 실버를 잃게 될지도 모르는 상황.

그리고 승리할 가능성은 한없이 적고, 이제는 네메시스도 레이의 힘이 되어주지 못한다.

그렇기 때문에 지금은 '포기하는 것'이 정답이지 않을까……,

네메시스조차 그렇게 생각했다.

그리고, 레이는…….

"네메시스."

참격을 피하며 조용히 파트너의 이름을 부르고는…….

"━━우리는 무엇을 위해서 여기에 왔지?"

그녀에게 어떤 질문을 던졌다.

『그건…….』

"저번에 죽었던 건 [수왕]과 싸웠을 때야. 모두와 힘을 합쳤는데도 최후의 순간에 마무리를 짓지 못했어. 후소 선배가 없었다면 그때 모든 것이 끝나버렸을지도 몰라."

말문이 막힌 네메시스에게 레이가 계속 말했다.

"그 이후로 더욱 강해지려 했고, 강해졌고……, 하지만 오늘, 레이레이 씨에게는 완패해버렸어. 아무것도 해볼 수 없었을 정도로. 그래서……, 여기에 왔지. 조금이나마 강해지기 위해서."

『……맞는 말이다.』

이곳에……, 이 지역에 온 것은 강해지기 위해서다.

패배로 인해 자신들의 힘이 부족하다는 사실을 느꼈기에 국경에 왔다.

젝스 일행과 ZZZ의 소동에 휘말린 것은 우연이지만, 마주쳐서 휘말리기에 이른 동기는 그들에게 있었다.

"[마왕]과의 전투는 우발적으로 시작된 건지도 모르지. 그저 무언가에 휘말리기만 한 것뿐일지도 몰라. 지금 지더라도, 잃을 건 없을지도 몰라. 혹시나 계속 싸우다가 실버가 상처 입어서, 실버를 잃게 될지도 몰라."

가베라가 한 말을 레이도 긍정했다.

그는 이미 알고 있었던 것이다.

이번만큼은 지는 게 이익이라는 걸 잘 알고 있었다.

"그럼에도……, 패배를 선택하진 않겠어."

그럼에도……, 계속 싸웠다.

『레이…….』

"승산이 별로 없다. 승리가 보이지 않는다. 소수점 저편에조차 없을지도 모른다."

그럼에도 불구하고 싸운다. 그는 그렇게 이어서 말했다.

"이 싸움이 절대로 이겨야만 하는 싸움이 아니라 하더라도……, 그런 싸움은 반드시 하게 될 거야. 조만간 하게 되겠지. 반드시 이겨야만 하는 싸움이, 올 거라고."

그것은 황국과의 〈전쟁〉. 그가 이 〈Infinite Dendrogram〉에 발을 내디딘 그날부터 계속 휘말렸던 황국과의 마지막 싸움.

피할 수는 없고, 결코 멀지 않은 시일 내에 결전을 벌이게 될 거라는 사실을 그도 이미 깨닫고 있었다.

"그러니까, 패배를 선택하진 않겠어."

그는 피투성이가 된 얼굴로 두 눈에 강한 의지를 담고, 계속 말했다.

"'이건 져도 되는 싸움이니까'라면서 똑똑하게 손익을 따져가며 패배를 선택하다간, 언젠가 올 싸움에서도……, 나는 '져도 되는 이유'를 찾아내 버릴지도 몰라."

마음이란 한 번 꺾이면 그 꺾인 부분을 따라 두 번, 세 번, 꺾여버리는 성질이 있다는 걸 알고 있다.

그렇기 때문에……, 그는 '스스로 꺾이는 것'만큼은 선택하지 않는다.

그는 지금까지 몇 번이나 '져도 되는 싸움'에서 져왔다.

하지만 단 한 번도———— **패배를 선택한 적**은 없다.

온 힘을 다했고, 패배한 결과가 있을 뿐이다.

"나는 패배하는 순간까지……, 승리의 가능성을 붙잡는 걸 절대로 포기하지 않을 거야."

그리고 지금도, 그의 자유에 따라……, 마지막까지 자신의 온 힘을 다해 맞서 싸우겠다는 선택을 내렸다.

『레이……, ……!』

그리고, 네메시스도 깨달았다.

레이가 말하는 동안에도 카디널 A는 참격을 계속 날리고 있다.

무기물인 모양인지, 레이가 하는 말을 듣고도 아랑곳하지 않고 맹위를 떨치고 있다.

그럼에도 불구하고 레이의 말은 끊기지 않았다.

그리고, 카디널 A의 공격은 맞지 않았다.

사선을 넘나들 듯, 레이의 직감이 그 참격을 종이 한 장 차이로 아슬아슬하게 피하고 있다.

(이건······.)

네메시스는 그 상태를 누구보다 잘 알고 있다.

레이가 벌여온 수많은 사투와 마찬가지. 치명적인 사선을 넘나드는······, 한계를 뛰어넘은 힘.

그것이 지금 이 싸움에서───── '져도 된다'고 하는 싸움에서 드러나려 하고 있다.

"그리고 우리는 그냥 싸우는 게 아니야······, 이길 거라고."

레이의 두 눈에, 팔다리에, 더욱 강한 힘이 깃들었다.

"지금까지의 나를······, 우리를 뛰어넘어서, 이긴다!"

카디널 A의 오른쪽 앞다리 칼날을 피한 다음 쌍검의 칼날로 베었다.

그 공격은 한줄기 흠집을 낼뿐이었지만, 레이는 계속 행동했다.

피하고, 베고, 피하고, 베었다.

아무런 소용도 없을 것 같은 흠집, 그 결과에 절망하지 않는다.

승리를 향해 한 걸음씩 내딛는다.

그 종착점이 수백만, 수천만 걸음 저편에 있다 하더라도, 그는 포기하지 않았으니까.

"상대가 [마왕]이든, 신화급 금속이든 상관없어······!"

참격을 연달아 날리며, 레이가 소리 질렀다.

"우리는······, 강해질 거야!!"

그것은 그의 마음에서 우러나온 포효······, 의지 그 자체였다.

"······!"

그의 의지를 들은 가베라는 자신의 가슴을 눌렀다.

한때 최강이 되고 싶었던 가베라도 드는 생각이 있었기 때문에.

최강이 되고 싶었지만 현실을 알게 되자 마음이 꺾였고, 타협해서 최약이라며 비하하고, 더 이상 상처를 입지 않게끔 애써온 그녀이기에.

계속 기분이 가라앉아 있었던 이유는, 예전처럼 들뜨면 굴러떨어졌을 때 더 아프기 때문이다.

하지만 그런 가베라도······, 레이가 한 말을 듣고 아무렇지도 않게 흘려넘길 수는 없었다.

"············."

그의 의지를 들은 젝스는 웃고 있었다.

분체를 통해 보고 들은 것으로 인해 머리만 남은 본체가 미소와는 다른 웃음을 드리우고 있었다.

친한 친구인 슈우와 마찬가지로 동생인 레이 또한 자신을 관철하는 사람이었기 때문에.

젝스가 시킨 행동에 꺾였다면, 별것 아니라 여겼을 것이다.

하지만 꺾이지 않았기 때문에······, 젝스는 레이에게도 흥미가 생겼다.

그의 의지를 들은 네메시스는 울면서 웃고 있었다.

아, 내가 정말 큰 착각을 하고 있었구나, 라고 무기인 모습으로는 보이지 않는 마음으로 울면서 웃었다.

군이 그런 말을 들을 필요도 없이 우선 자기 자신이 이해했어야 했다고 반성했다.

반성하고, 마음을 다잡고, 마음속에서 일어섰다.

이제 망설임은 없고, 뒤를 돌아볼 여유도 없다.

레이의 소원도, 의지도, 다시 확인했다.

그렇다면 할 것은 단 한 가지다.

―――우리는 강해진다.

그렇다. '우리'인 것이다. 레이가 스스로 자각하지 못했던 한계를 뛰어넘어 이기겠다고 한다면, 네메시스 또한 강해져야만 한다.

그렇기에 네메시스는 원한다. 힘을, 진화를, 새로운 자신을.

그녀의 안쪽 깊은 곳에 축적되어 있던 경험치와 리소스, 〈마스터〉와 그녀의 의지가 메이든과 아포스톨에게만 남겨진 특수 진화 시스템――― ■■L을 기동시키려 한 순간―――.

『―――그대, 힘을 원하는가?』

―――그의 의지를 들은 **도끼 한 자루**가 먼저 물었다.

□■먼 옛날

아득히 먼 옛날, 한 '세계'가 생겨나기도 전.

선대 관리자, 신, 또는 〈무한 직업(인피니트 잡)〉이라고도 불리는 존재 중 하나는 자신이 만들어낸 물건 앞에서 고민하고 있었다.

그 존재……, 〈대장장이〉는 그의 동류와 함께 하나의 '세계'를 만들어내려 하고 있었다.

그들은 각자 나뉘어 '세계'라는 모형 정원을, 정보의 집합체를 짜 맞췄다.

'세계'의 토대를 쌓아올린 자, 지금은 고룡이라 불리는 존재를 비롯한 몬스터를 마련한 자, 수많은 자원을 마련한 자, 직업이라는 시스템을 끼워넣은 자. 직업을 받을 병아리 같은 존재인 인간 범주 생물을 만든 자, 관리 대행자(아키타입 시스템)를 마련한 자, 〈종언(게임 오버)〉이라 불리는 시련을 설정한 자 등, 각자 나뉘어 '세계'라는 프로그램을 만들고 있었다.

그런 와중에 〈대장장이〉가 만들려고 하던 것은 단 하나의 무기다.

특수 초급 직업이라 불리는 특이한 존재를 위한 무기.

특수 초급 직업에 도달하기 위한, 그리고 특수 초급 직업이 사용할 무기.

시련인 〈종언〉을 타도하고, 세계의 끝을 피하기 위한 가능성.

말하자면, 세계 최강의 무기.

〈대장장이〉는 동류로부터 무기 제작을 위임받은 뒤, 온 힘을 쏟아부어 걸작을 만들어냈다.

하지만, 그는 망설임의 끝자락에 있었다.

단 하나의 걸작을 만들어낼 예정이었는데, 그의 눈앞에는 두 개의 무기가 있다.

온 힘을 쏟아부은 결과, 하나에 그치지 않고 두 개를 만들어버린 것이다.

하나의 시작을 새기는 것.

형태를 변모시키고, 에너지조차 베어버리는 양단의 칼날.

'절대 절단'의 이치를 지닌 최강의 검.

모든 것의 끝을 끊는 것.

모든 것과 상반되며, 확실한 소멸을 가져다주는 필멸의 칼날.

'절대 소멸'의 이치를 지닌 최강의 도끼.

하나의 검과 모든 도끼. 두 최강의……, 하지만 완성 직전인 무기를 앞두고 〈대장장이〉는 생각에 잠겼다.

〈대장장이〉의 권능으로도 완성할 수 있는 것은 둘 중 하나뿐.

그리고 미완으로 끝날 무기는 상정한 힘 중 '10분의 1'도 발휘하지 못하게 될 것이다.

〈대장장이〉 입장에서는 걸작에서 졸작으로 몰락해 버린다.

그렇기에 고민했다. 어느 쪽을 남길지, 고민에 고민을 거듭했다.

그리고……, 검을 선택했다.

[알터]라는 이름이 붙은 검은 완성된 '세계'에 [성검왕(킹 오브 세이크리드)]이나 [성검희(세이크리드 프린세스)]라는 이름과 함께 몇 번 등장했다.

선선대 문명이라는 거대 문명이 멸망한 이후조차 사용자를 찾아내 역사에 되돌아왔다.

세계에 자랑할 수 있는 최강이자 전설의 검이며, 동시에 왕국의 상징.

전설뿐만이 아니라 동화에도 나올 정도로 폭넓게 사랑받는 존재가 되었다.

반대로 미완인 채 이름조차 주어지지 않은 도끼는 역사 속에 묻혔다.

사용자가 정해지지 않은 채 떠돌았다.

때로는 그 시대에서도 손꼽히는 무인이 휘두르기도 했지만, ……그들은 도끼의 희생자가 되었다.

도끼는 **자신을 휘두른 자조차도 상처 입힌다.**

휘두른 자의 몸을 훼손하고, 목숨조차 빼앗는 경우도 있다.

그 참상으로 인해 도끼는 저주받은 무기로서 기피의 대상이 되었다.

역사 속에는 '저주받은 무기라면'이라고 생각하며 사용하려 한

[타천기사(나이트 오브 폴다운)]도 있었지만, 저주가 아니라 정상적인 기능으로 인한 효과였기에 목숨을 잃었다.

그렇다, 그것은 정상적인 기능이며, 원래는 검이든 도끼든 **마찬가지다.**

양쪽 다 사용하면 '같은 힘'을 사용자에게 흘려넣어 버린다.

그야말로 RPG의 저주받은 무기처럼……, 부작용이 있는 최강 무기인 것이다.

선택받은 [알터]는 〈대장장이〉가 단 한 번만 가능한 최종 공정……, [성검왕]용 기능을 부여함으로서 부작용을 없앴을 뿐이다. 선택받지 않았다면 휘두를 때마다 사용자에게 사라지지 않는 상처를 새기는 최악의 검이 되었을 것이다.

그리고 선택받지 못했기 때문에 도끼는 졸작이다.

원래 출력을 발휘할 일은 영원히 없다.

왜냐하면 10퍼센트라도 출력을 발휘한 시점에서……, 사용자가 날아가 버리기 때문이다.

휘두른 자 모두를 상처입히고, 진정한 힘을 발휘할 일은 두 번 다시 없다.

선택받지 못한 시점에서 영원히 빛을 받지 못할 무기로서 존재가 확정되었다.

그 사실에 대해 도끼는 아무런 생각도 없다.

선택받은 [알터]를 부러워하지도, 원망하지도 않지만, 무기로서의 본능은 존재한다.

힘을 추구하는 자에게 쓰이고 싶다는 소원만큼은 남아있다.

졸작도 나름대로, 미완성인 채로도 무기로서 존재하려 했던 것이다.

그렇기 때문에 손에 든 자에게 힘을 준다.

그리고 대가로서 몸을 계속 부수고——— 그렇기 때문에 도끼의 생애는 저주를 계속 만들어냈다.

휘두른 자의 후회와 고통, 절망의 원념을 계속 받아냈다.

도끼에게 공격당해 숨이 끊어진 자의 원념 또한 혈육과 동시에 계속 뒤집어썼다.

다뤄낸 것처럼 보인 자도, 더 많은 힘을 끌어내다 죽어갔다.

긴 역사 속에서 셀 수 없을 정도로 많이 되풀이된 과정.

닿은 자들의 원념이 계속 쌓이자, 천지의 요도와 똑같은 이치가 도끼를 뒤덮었다.

언제부터인가……, 도끼의 표면은 흰색이 아니라 붉은색으로 물들어 있었다.

'화신'이 관리자가 된 이후로도 도끼는 변함이 없었다. 이름이 없기 때문인지, 아니면 다른 이유 때문인지, 〈UBM〉이 되지도 않고 누구도 제대로 다룰 수 없는 무기이기만 했다.

하지만 어떤 시기는 예외였다.

그 [패왕(킹 오브 킹스)]이 전란 속에서 도끼를 손에 넣어 휘둘렀던 적이 있다.

무시무시하게도, [패왕]은 그 도끼를 다룰 수 있었다.

부작용조차 받아내고, 견뎌내고, 도끼의 힘을 휘둘렀다.

그 한때, 도끼는 도끼로서……, 자신의 존재 이유에 따라 사용되었다.

하지만 어떤 싸움으로 인해 도끼의 일부가 부서진 것을 보고 '앞으로 내가 이 도끼를 쓸 일은 없을 것이다'라는 말과 함께……, 도끼는 보물고에 들어가게 되었다.

[패왕]이 사라진 뒤, 보물고가 있는 업도의 주인이 전란 속에서 차례차례 바뀐 이후로도 그 도끼만큼은 손대는 사람이 없었다. 정확히 말하자면, 함부로 손을 댄 사람들이 죽어갔다.

하지만 [사신(邪神, 디 이블)]이 업도를 근거지로 삼은 이후로는 [사신]의 권속 중 한 마리가 도끼를 무기로 삼았다.

사용자가 된 그 권속은 [패왕]처럼 도끼를 제대로 다루지는 못했지만, 도끼에 의한 대미지와 엇비슷한 재생 능력을 지니고 있었기 때문에 도끼를 휘두를 수가 있었다.

그리고 자신이 다루기 편하게끔, 힘의 방향성을 지정하는 저주받은 천을 도끼에 감았다.

권속은 마음껏 도끼의 힘을 발휘했고, 사람들에게 계속 공포를 선사했고, 원념은 더욱 축적되었다.

하지만 그 사용자도 사라졌다. [성검왕]과 [사신]이 결전을 벌였을 때, 도끼는 [원시성검]이라는 이름으로 바뀐 [알터]와 싸워서 사용자와 함께 패배했기 때문이다.

그것이 도끼의 마지막 전투였다.

수많은 전투 끝에 한계를 넘어서 축적된 원념으로, 칼날은 검붉은 녹에 여러 겹 뒤덮이게 되었다.

전투가 끝난 뒤, 도끼는 [성검왕]의 부인인 당시 [초투사(오버글래디에이터)] 프레이멜 기데온의 친가로 옮겨졌다. 그녀의 친가인 기데온 가문에는 저주받은 무구의 보관고가 있었기에 그곳에 소장한 것이다.

그 이후로 [교황(하이어로팬트)]나 [성녀]를 포함한 여러 성직자가 저주 해제를 시도했지만, 그 누구도 저주를 풀지 못한 채 현재까지 사장되어 왔다.

수백 년의 역사 속에서 [사신]에 대한 정보가 의도적으로 소거되어 내력조차 사라지고, 도끼는 단순히 저주받은 물건이 되어 버렸다.

세계의 시작부터 존재했던 그 도끼는 이대로 아무도 다룰 수 없는 저주받은 존재로서 세계의 끝까지 보관고의 아이템 박스 속에서 잠들게 될 줄 알았다.

……레이 스탈링에 의해 해방될 때까지는.

□[주술사] 레이 스탈링

『———그대, 힘을 원하는가?』

그 목소리는 소리가 아니라……, 내 머릿속에 직접 울렸다.

그와 동시에 머릿속에 막대한 정보가 흘러들어왔다.

오늘 아침에 꿈꾼 도끼의 기억과, 거기에서 이어지는 몇 가지 상황.

도끼가 오랜 시간 속에서 수많은 사용자를 계속 상처입혀버렸던 것.

사용자의 출현과 그 사용자에게 버림받은 것.

괴물 취급을 받고, 내가 본 까만 천이 감긴 채 사용된 것.

그리고, [알터]를 지닌 누군가……, 아즈라이트의 조상님에게 패배한 것.

마지막에는……, **내 얼굴**이 보였다.

그와 동시에——— 내 눈앞에 있는 적 [스랄]의 모습도.

"이건, ……윽! 아차…….."

받아들인 정보 때문에 혼란스러워서 한순간이지만 움직임이 완전히 멈췄다.

지금까지 아슬아슬하게 피하고 있던 [스랄]의 참격을 맞아버렸다.

"……?"

……그런 줄 알았는데, 그 참격은 내게 닿지 않았다.

정확히 말하자면, [스랄]의 움직임이 멈춰 있었다. 왼쪽 칼날을 들어 올린 채 정지한 것이다.

[스랄]뿐만이 아니었다. 네메시스도, 가베라도, 내 몸조차도……, 내 사고 이외의 모든 것이 멈춰버렸다.

세계조차도 색이 소실된 것처럼 흑백이었다.

하지만 나는 그렇지 않았다. 마치 유체이탈을 한 것처럼 반투명한 내가 내 몸을 내려다보고 있었다.

"이게……, 뭐지?"

설마 이것도 [나태 마왕]의 스킬인가?

하지만 그렇다면 내 사고만을 자유롭게 만들 이유가 없다.

그럼, 이건…….

『그러하다. 나와 그대 사이에서만 고속으로 정보교환이 이루어지고 있다.』

좀 전에 들은 목소리……, 아니, 그 도끼의 목소리는 내 마음의 소리에 대답하며 그렇게 설명했다.

마치 네메시스와 텔레파시를 나누는 것처럼.

하지만 모습이 보이지는 않았다.

"정보교환……, 좀 전에 보였던 것도 그거야?"

『그러하다. 내가 가지고 있는 나의 정보를 그대가 허용할 수 있는 형태로 전달했다.』

빨리 감기 같은 방식으로 보여준 다이제스트. 목소리 같은 건 들리지 않았고, 영상의 이미지가 전해졌을 뿐이다. 등장인물 중 대부분은 누구인지조차 알 수가 없다. 본 적이 있는 [알터]와 초상화가 남아있는 아즈라이트의 조상님, ……그리고 나 자신만을 알아볼 수 있었다.

하지만, 이 녀석이 어떤 세월을 거쳐왔는지……, 이해할 수 있었다.

……미완성이었기 때문에 그렇게만 지낼 수밖에 없었다는 사실을.

『이해한 뒤, 질문을 거듭하겠다. 그대, 힘을 원하는가?』

도끼는 다시 내게 똑같은 질문을 던졌다.

『나의 힘을 얻는다면 그대는 상처를 입게 된다. 나의 힘은 양날, 휘두르면 같은 힘으로 상처를 입을 것이다.』

"너……."

도끼는 자신의 능력을 내게 전했다.

그 능력 때문에 계속 원망받았는데도 불구하고, 꺾이지 않고 삐뚤어지지 않고, 자신의 존재 방식을 바꾸지 않았다.

……우직한 녀석이다. 진심으로 그런 생각이 들었다.

"내가 먼저 질문해도 될까?"

『허용한다.』

"……어째서 지금 이 순간에 물어본 거야?"

내가 너를 처음 손에 들었을 때도, 처음 휘둘렀을 때도, 레이레이 씨와 싸웠을 때도, 아무런 말도 하지 않았으면서.

『이유는 두 가지. 한 가지는 이 공간의 특이성 때문이다.』

"드림랜드?"

『그대의 기억에 따르면 이곳은 의지가 있는 자만이 도달할 수 있는 공간. 나의 몸을 얽매고 있는 주포도, 나의 몸이 두르고 있는 혼탁한 원념도, 이곳에는 존재하지 않는다. 그렇기에 나의 의지로 움직일 수가 있다.』

현실에서 이 녀석이 아무런 말도 하지 않았던 건 그 막대한 원념과 천 때문이었다는 뜻인가?

꿈속에서는 이 녀석의 의지로 움직일 수 있다면, 이 녀석이 말을 걸었던 것도 지금이 처음은 아니다. 그 꿈이 바로 나를 처음 부른 순간이었을 것이다.

『두 번째 이유는, 그대이기 때문이다.』

"나이기 때문이라고?"

마치 내 말에 고개를 끄덕인 듯이 뜸을 들인 다음, 도끼는 계속 말했다.

『나를 한 번 휘두르고, 몸이 부서졌다. 꿈을 꾸고, 나의 태생을 알게 되었다. 나로 인해 전투에서 패배했다. 그럼에도 불구하고, 그대는 나를 버리지 않는다. 내게 상처 입었는데도 불구하고, 그대는 나의 힘을 원하고 있다. 그러한 자는 결코 많지 않다. 나의 내력에 있어서도 세 명뿐.』

그 세 명은 분명히 그 왕 같은 남자와 괴물 같은 자, 그리고 나일 것이다.

『그러니 나는 그대에게 다시 묻는다. 나의 힘이 그대의 몸을 부순다 하더라도, 나의 힘을 원하는가?』

그 물음에 대해 나는…….

"내가 몸을 부수면서 끌어낼 수 있는 네 힘은 어느 정도인데?"

한 가지 결정을 전제로 한 물음으로 대답했다.

내가 묻자 도끼는 잠시 침묵한 다음…….

『정보교환을 통해 얻은 그대의 기억에 나의 대답에 가까운 말이 있었다.』

그리고 도끼는 대답했다.

『──저 [스랄]에게 이길 가능성이 있다.』

그것은……, 예전에 네메시스가 했던 말과 비슷했다.

"──좋아."

그렇기 때문에……, 내 대답도 하나뿐이었다.

힘을 원했고, 그 힘도 납득했다. 그러니……, 대답은 이 말뿐이다.

나는 위험 부담과 함께 이 녀석을 짊어지기로 결심했다.

애초에 [스랄]과 싸우며 이 녀석을 쓸 생각도 하고 있었다.

하지만 쓰면 팔다리가 사라질 테고, 신화급 금속을 부술 수 있을지 여부도 알 수가 없었다.

하지만 이길 가능성이 있다면……, 거기에 건다.

"아직 약속했던 이름은 생각나지 않았는데, 그래도 괜찮겠어?"

오늘 아침에 약속했던 이름도 아직 생각나지 않았다.

『그것은 언젠가, 현실의 내가 해방되고, 그대가 진정한 사용자가 되었을 때…….』

"그렇구나. 그럼 멋진 이름을 생각해 둘게."

『기대하마.』

이윽고, 흑백이었던 세계에 빛이 돌아왔고———.

———세계가 움직이기 시작한 순간, 내 눈앞에서 [스랄]이 칼날을 내리치고 있었다.

◇ ◆ ◇

□■[유미몽실 드림랜드] 내부

붉은색 칼날이 떨어진 순간을 보고 있던 모두가 레이의 죽음을 깨달았다.

멈춰선 레이, 실패한 회피, 기어코 무너진 외줄타기. 가베라도, 젝스도, 카디널 A도, ……네메시스조차 레이가 직격당할 것이라 짐작했다.

왜냐하면, 카디널 A의 앞다리는 이미 내려친 상태이기 때문이다. 신화급 금속으로 이루어졌으며 붉게 달아오른 칼날은 마치 케이크를 자르는 칼처럼 드림랜드의 길에 깊숙이 박혀 있다.

그 칼날의 궤도에 있던 레이의 몸은 두 동강 나 버렸다.

이제 곧 그의 몸은 두 쪽으로 갈라져서 길바닥에 무참히 굴러다닐 것이다.

모두가, 그렇게 생각했다.

"저 녀석, ……꺄악?!"

귀여운 비명과 함께 가베라가 뒤로 물러난 것은 그 직후였다.

무언가가 날아왔고, 그것을 재빨리 피하며 낸 목소리였다.

"대, 대체 뭐야……?"

가베라는 당황하며 자기 쪽으로 날아온 것을 보았다.

"…………어?"

그것은─── 부러진 채 붉게 달아오른 칼날이었다.

신화급 금속이……, 시장에서 파는 커터 나이프처럼 부러져 있었다.

『…………Gi?』

카디널 A도, 뒤늦게 자신에게 발생한 이상을 눈치챘다.

자신의 일부인 왼쪽 칼날이 반쯤 사라져 있었다.

아래쪽 절반은 땅에 파고든 상태지만, 사냥감을 공격한 줄 알았던 위쪽 절반은 그런 꼴이었다.

『───**오른쪽**은, 다음에 끝낸다.』

"───알겠어."

───그리고 두 동강 나지 않은 적은, 다시 **공격**하기 위해 움직이고 있었다.

『?!』

카디널 A는 재빨리 왼쪽 앞다리로 머리를 감쌌다.

원래는 온몸의 방어력이 동일하기에 급소를 감쌀 이유가 없다.

애초에 그 몸을 쉽사리 부술 리도 없다.

하지만 유사적이나마 생물이기에 지니고 있던 본능이 왼쪽 앞다리를 적의 공격을 향해 내밀고 있었다.

그 직후, 파괴음과 함께 카디널 A의 왼쪽 앞다리가 부서졌다.

신화급 금속인 몸이 얼음 동상처럼 분쇄되었다.

『⋯⋯⋯⋯?!』

카디널 A는 혼란의 소용돌이 속에 있었다.

하지만 적의⋯⋯, 레이의 왼손에 있는 네메시스 또한 혼란 속에 있었다.

『레, 레이⋯⋯! 그, 오른팔⋯⋯!』

네메시스가 본 레이의 오른팔은 안쪽부터 부서진 상태였다.

뼈는 분쇄되고, 혈관은 터져나가고, 근육은 찢어지고, 신경은 이상을 보이고 있었다.

이미 레이의 오른팔은 겨우 팔의 형태를 유지하고 있는 핏주머니에 불과하다.

그럼에도, 그의 오른손은 《순간 장비》를 통해 한 자루의 무기를 계속 쥐고 있었다.

──**새하얀 도끼**다.

"⋯⋯저쪽보다는 반동이 가볍네. 두 번 휘둘렀는데도 내 오른팔이 **남아 있어**."

『그러하다. 현재의 나는 제어가 가능하고, 신화급 금속을 파괴하기에 충분한 **정도**의 출력만 발휘하고 있다. 그에 비해 현실의 나는 원념과 주포로 인해 선대 사용자에게 최적화되어 있다.

《선인(選刃, 셀렉트)》은 물리와 암속성에 한정되며, 출력도 지금보다 훨씬 높다. 반동의 차이도 그러하다.』

새하얀 도끼――― 꿈속 세계이기 때문에 현실의 원념과 주포를 두고 온 도끼는 그렇게 말했다.

한 번 휘두른 시점에서 오른팔이 부서졌던 현실의 도끼보다는 반동이 가볍다고 하더라도, 오른팔은 이미 오른팔이 아니다. 사제 계통 초급 직업이 아니라면 회복이 불가능한 대미지다.

티안 전사라면 재가 불능인 중상. 혐오당하는 것이 당연한 부작용.

하지만, 그럼에도 불구하고……, 레이는 웃으며 도끼를 계속 쥐고 있었다.

자신의 몸이 부서지는데도, 앞을 보고 있었다.

언젠가 '최강'과 전투를 벌였을 때처럼.

『레, 레이……, 이건, 그 도끼를?』

"그래. 네메시스, 좌우로 바꿔줄 거야. 떨어지지 않게끔 네가 붙들고 있어줘."

『……알겠다!』

레이가 한 말에 네메시스가 대답하며 오른손으로 이동했고, 도끼가 왼손으로 옮겨갔다.

그와 동시에 네메시스가 약간 형태를 바꾸어 레이의 오른손에 자신을 고정시켰다.

"자, 저 [스랄]을 쓰러뜨릴 가능성이 생기긴 했는데, 왼손으로 휘두를 수 있는 것도 이제 두 번뿐인가?"

도끼의 힘에 들뜨지도 않고, 오른손의 부상도 아랑곳하지 않고, 레이는 이기기 위해 생각에 잠겼다.

반동 대미지를 고려하면 두 번이지만, [출혈] 같은 상처 계열 상태이상으로 인해 HP가 지속적으로 떨어지고 있다. 최악의 경우, 두 번 휘두르기 전에 목숨이 끊어지게 된다.

그런 반면, 적은 왼쪽 앞다리를 잃었지만 아직 오른쪽 앞다리와 꼬리가 있다.

좀 전과 마찬가지로 막기만 해도 레이는 두 번의 공격 기회를 모조리 쓰게 된다.

그리고 지금까지는 피할 필요가 없었기 때문에 몸으로 맞아왔던 카디널 A도 도끼의 공격력을 보았으니 피할 만하다.

공격이 빗나가더라도 반동 대미지는 입게 된다.

머리나 몸통 같은 급소를 휘두르기만으로 파괴할 수 있을지는 도박이었다.

『……Gi.』

카디널 A도 레이에 대해 생각했다. 갑작스럽게 자신에게 통하는 공격력을 얻었지만, 그것이 양날의 검, 아니, 양날의 도끼라는 사실은 한눈에 알아볼 수 있었다.

이대로 도망쳐다니기만 해도 지속 대미지로 인해 죽을 것이다.

하지만, 반대로 한 번이라도 공격을 맞힌다면 그 시점에서 승부가 난다.

카디널 A가 생각한 것은 처음에 적이 사용했던 《샤이닝 디스페어》.

그 열선과 이 도끼, 이미 두 번이나 비장의 수를 사용한 상대.

도망치다가 시간이 지나가면 다른 비장의 수를 쓸지도 모른다.

최악의 경우, 카디널 A가 아니라 창조주인 [나태 마왕]에게 적의 마수가 닿게 된다.

그것만큼은 피해야 한다는 생각에 카디널 A는 수세가 아닌 공세를 선택했다.

사정거리가 긴 꼬리를 이용하여 공방일체의 공격으로 해치우려 한 것이다.

"······그렇지, 도끼."

『뭔가.』

"아까 최적화라느니 물리와 암속성 한정이라느니 하던데, 너, 혹시······."

양쪽 모두 서로 살상할 수 있는 수단을 손에 넣자 사투로 발전된 상황에서, 레이는 도끼에게 세 번째 질문을 던졌다.

"······인 거 아니야?"

『그러하다. 그렇기에 나의 이치는 '절대 소멸'일지니.』

"그렇구나. 그렇다면······."

도끼의 대답을 듣고 레이가 한 가지 활로를 찾아낸 순간, 카디널 A가 움직였다.

뻗은 꼬리 칼날로 레이의 목을 날리려 했다.

그 공격으로 해치울 수 있다면 최선, 양날의 도끼를 사용하게 만든다면 차선. 피하면서 자세를 무너뜨리더라도 좋다.

어떻게 되더라도 카디널 A에게는 상황이 호전되는 일격의 결과는.

"———다시 말해서, 이런 것도 할 수 있다는 말이지."
———레이가 휘두른 도끼가 카디널 A의 꼬리 칼날을 잘라내
는, 차선의 결과가 되었다.

『Gi……!』
좋은 기회라고 생각한 카디널 A가 거리를 좁혔다.
오른쪽 앞다리의 칼날을 앞으로 내민 채 돌격. 요격하기 위해
도끼를 휘두르면 레이는 공격할 수단이 없어지고, 무방비한 상
태일 때 머리 부분의 칼날로 꿰뚫을 수 있다.

———하지만, 카디널 A는 재빨리 멈춰서 뒤쪽으로 뛰어 물러
났다.

그런 행동을 하게 만든 것은 좀 전과 마찬가지로 본능.
무언가를 치명적으로 잘못했다는 예감이 카디널 A에게 그런
행동을 하게 만들었다.
뛰어서 물러난 카디널 A의 오른쪽 앞다리가 있던 곳을, 하얀
도끼의 칼날이 허공을 가르며 지나쳤다.
꼬리로 한 번, 빗나간 공격으로 한 번. 왼팔로 도끼를 휘두를
수 있는 횟수는 모두 사용———한 줄 알았다.
"역시 되네……, 이거."

하지만 레이의 왼팔은, 아직 멀쩡하게 그곳에 있었다.

출혈도 없고 부서지지도 않았다.

그 대신……, 왼팔 전체가 **검은 천**으로 싸여 있었다.

『……Gi?』

카디널 A는 이해할 수 없었다.

저것은 반동이 있는 부작용 무기의 일종 아니었나 하는 생각에.

하지만 곧바로 어떤 것을 눈치챘다.

좀 전에 베인 자신의 꼬리 단면이……, **붉게 달아올라 있었다.**

마치 첫 번째 공격을 당했을 때, **레이저로** 꿰뚫렸던 것처럼.

왼팔을 부순 것과는 분명히 다른 상처, 열량을 통해 녹이고 벤 자국.

『《선인——— 광(샤인)》.』

그렇게 만든 것은 새하얀 도끼였다.

하지만 도끼의 색은 흰색이면서도 좀 전에 보이던 새하얀 색이 아니었다.

마치 [검성]의 《레이저 블레이드》처럼, 하얗게 반짝이는 빛을 칼날에 두르고 있었다.

"해냈, 나……."

《선인》.

그것이 바로 [알터]와 나란히 걸작이 될 수 있는 가능성을 지녔던 도끼의 힘.

온갖 존재, 에너지를 베는 '절대 절단'의 [알터].

그에 비해 도끼의 이치는 '절대 소멸'.

정반대의 에너지를 맞부딪힘으로써 온갖 사상을 **쌍소멸**시킨다.

도끼는 티안이나 〈마스터〉에겐 미지의 존재까지 포함하여 모든 속성의 힘을 사용할 수 있는, 온갖 사상에 대한 카운터 웨폰이다.

상대의 반대 속성이 아니라 하더라도 순수한 에너지량으로 대상을 파괴하는 것도 가능하다.

빛과 열로 대상을 태우고 증발시키는 광속성의 힘 또한 마찬가지.

하지만 그것을 사용하면 사용자 또한 살이 증발할 정도의 빛과 열을 쬐게 된다.

부작용을 부여하는 양날의 힘은 피할 수 없다.

그 누구도 자신이 휘두르는 무기의 능력으로부터 벗어날 수 없다.

하지만, **받아낼 수**는 있다.

"……잘 들어맞네."

레이는 자신의 왼팔을 보며 그렇게 중얼거렸다.

왼팔을 감싸고 있던 검은 천은 바로……, [흑전투].

───**빛을 완전히 흡수하는** 특전 무구다.

방금 두 번 사용했을 때도 반동 에너지는 도끼에서 팔로 전달되었다.

하지만 [흑전투]가 광속성 반동을 받아내고, 흡수했다.

그리고 왼손의 [장염수갑]은 《연옥화염》의 방사기구 때문에 내열성이 뛰어나다.

빛의 열기와 공간의 여열, 양쪽 모두 두 가지 특전 무구로 거의 다 받아내고 있었다.

다시 말해, 레이는 광속성 힘이라면 거의 부작용 없이 사용할 수 있다는 뜻이다.

"이제 반동을 신경 쓰지 않고 싸울 수 있겠네."

그 결과, 레이와 카디널 A의 싸움은 호각의 조건이 되었다고도 할 수 있다.

양쪽 모두 치명적인 공격력을 지니고 있기에 먼저 상대의 숨통을 끊는 쪽의 승리다.

『아무래도……, 상황이 너무 갑작스럽게 바뀌어서 나도 이해할 수가 없구나.』

네메시스는 도끼가 나타난 이후로 급격하게 변한 상황을 보고는 그렇게 중얼거렸다.

자신이 파괴할 수 없었던 신화급 금속을, 도끼가 쉽사리 파괴하고 있다.

레이의 무기로서 왠지 그를 빼앗겨버린 듯한 마음도 들었다.

『……언젠가 공격력으로 밀릴 무기가 올 것 같긴 했다만, 좀 괴롭구나.』

『최강으로 태어난 나의 힘에 애송이 같은 무기가 뒤처지는 것은 필연.』

『누가 애송이냐! 시비 거는 겐가? 하얀 신입!』

『애송이라는 것은 사실이다. 애초에 시비라는 개념은 수준이 비슷한 자들끼리만 발생하며, 우리에게는 해당되지 않는다. 이해를 요구한다, 검은색 애송이.』

『가만히 듣고 있자니~!』

"……내 양쪽에서 말다툼하지 말아줄래?"

말다툼하는 두 사람(?) 사이에 낀 레이는 쓴웃음을 지으며 나무랐다. 기시감이 드는 대화가 떠오르자 '**하얀 것** 상대로는 네메시스가 이렇게 되는 건가?'라는 생각도 들었다.

『허나, 허나, 레이여! 좀 전부터 이 녀석만 쓰고 있고! 게다가 이 녀석이 와버린 탓에 진화가 멈춰버린 것 같기도 하다만!』

"초조해하지 마."

그녀 안에서 싹트려 하던 힘이 다시 잠들었다는 사실은 〈마스터〉인 레이도 느끼고 있었다.

하지만, 그래도 상관없다.

이미 가능성은 붙잡았다.

"이번 전투에서 승리할 가능성도, 나와 네메시스의 새로운 가능성도, 이미 보이잖아?"

그렇기에 지금은 이 손패로, 승리를 향해 나아갈 뿐이다.

『그래도 말이다……, 저기, 아까부터 도끼가 너무 최강이라……, 내 입장이…….』

"하하하."

『웃을 일이 아니다!』

『웃기지도 않는군.』

『그러라는 뜻도 아니다!』

자기가 한 말을 듣고 레이와 도끼가 웃자, 네메시스는 정신적으로 울상을 지었지만…….

"그러면 더더욱 초조해할 필요가 없지."

『어?』

"왜냐하면 말이야, 이 녀석이 내 최강의 무기라 해도, 내가 쓰는 무기 중엔……."

레이는 씨익 웃으며 그렇게 말한 다음.

"―――네메시스가 최고잖아?"

―――언젠가 했던 말을, 이번에는 진심으로 했다.

『……으음!』

그 말을 들은 네메시스는 기뻐하며 대답했다.

도끼는 아무런 말도 하지 않고, 세월을 쌓아온 주인과 무기의 대화를 약간 부러운 듯이 듣고 있었다.

언젠가는 나도 저렇게 되고 싶다고 생각하면서…….

"자, 그럼……."

레이는 이야기를 마친 다음, 카디널 A와 맞섰다.

꼬리를 잃고, 빛과 열기가 담긴 칼날을 지켜보고 있던 카디널 A도 이미 상황의 분석을 마친 상태였다. 아마도 승산을 완전히 굳힌 다음에 레이에게 덤벼들 것이다.

하지만 레이 또한 준비가 완전했다.

"그럼……, 이기러 가보자고!"

『알겠다!』

『좋다.』

빛을 먹어치우는 흑의에 감싸인 왼손에는 빛과 열기를 통해 필멸을 가져다주는 새하얀 도끼.

피로 물들고 상처투성이가 된 오른손에는 가장 신뢰하는 칠흑의 대검.

악귀의 토시를 낀 양쪽 손에, 자신이 가질 수 있는 최강과 최고를 쥐고 있다.

그리고 레이는……, 카디널 A와의 마지막 공방에 나섰다.

□■[유미몽실 드림랜드] 내부

ZZZ가 지닌 〈초급 엠브리오〉, [유미몽실 드림랜드].

그 필살 스킬인 《악몽의 왕국(드림랜드)》은 그와 그가 선택한 종속자의 **꿈과 현실을 뒤바꾼다.**

진짜 꿈이 무엇인지 모르고, 꿈이 현실의 연장선상에 있는 ZZZ의 인격에서 생겨난 이 스킬은 본체, 즉 **HP를 꿈속에 둔다.**

본래 꿈속에서 누군가를 해치더라도 현실에 있는 대상은 상처를 입지 않는다.

그것과 마찬가지로, 그리고 정반대로⋯⋯, 이 스킬의 대상은 현실에서 상처를 입지 않는다.

스킬을 부여한 종속자의 숫자에 따른 SP 제한이나 스킬을 장시간 유지하는 추가 비용 같은 게 있긴 하지만, 이 스킬을 사용하는 동안은 현실에서 무적이다.

잠들어서 꿈속에 그 몸이 있는 한, 현실에서 무슨 일이 생기더라도 상처 입지 않는다.

그의 팔다리가 되어 싸우는 종속자인 카디널 A 또한 마찬가지다.

현실에서 아프릴이 아무리 강도를 낮춰도 흠집도 낼 수 없는 이유다.

그리고 꿈의 문지기, 꿈속에 본체가 있는 [스랄]……, 카디널 A가 있는 한, 드림랜드가 부여된 [스랄]은 전멸하지 않고 잠든 자들은 깨어날 수 없다.

반대로 꿈속에서 카디널 A와 맞서 싸운다 해도, 꿈속에 있는 한 현실의 [스랄]에 대처할 수가 없어서 육체가 부서진다.

현실에서 카디널 A를 제외한 모든 [스랄]을 전멸시키고, 꿈속에서 카디널 A를 쓰러뜨린다.

꿈과 현실, 양쪽에서 활동하는 자가 있지 않은 한 절대로 패배하지 않는 전술.

[나태 마왕] ZZZ가 지금까지 살아남을 수 있었던 가장 큰 요인이다.

하지만, 현실의 [스랄]이 아프릴에게 파괴당한 지금.

꿈속에서 카디널 A를 쓰러뜨린다면, 그 전제는 무너진다.

그것을 해낼 수 있는 자가──── 여기 있다.

레이와 카디널 A의 사투는 양쪽 모두 몸이 깎여나가는 전투가 되었다.

레이의 오른팔에서는 지금도 피가 계속 흐르고 있고, 칼날이 휘둘러질 때마다 몸 어딘가에서 피가 흘렀다.

그리고 카디날 A 또한 빛과 열기의 도끼가 휘둘러질 때마다 신화급 금속에 새겨졌고, 피 대신 녹아내린 금속 조각이 주위에 흩어지고 있었다.

『.............』

젝스는 그 두 존재의 사투를 보고 있었다.

이곳에 있는 그 누구보다 젝스가 이 싸움의 배경을 잘 파악하고 있다.

하얀 도끼의 조형을 보아하니 [알터]와 관계가 있는 물건이라는 짐작이 되었다.

그리고 [스랄]을 만든 [나태 마왕]은 스킬로 추측하자면 [사신]과 관계가 있는 직업이다.

왜냐하면, [스랄]의 특성이 예전에 젝스가 목격했던 [사신]의 힘……, 자연의 나무나 돌을 몬스터로 바꾸는 스킬과 너무나도 비슷하기 때문이다.

젝스가 예전에 싸웠던 [폭식 마왕]의 죽은 자의 리소스 흡수 능력과 합쳐서 생각하면, 일곱 종류의 [마왕] 시리즈는 [사신]의 특성을 7분할하여 각각 특화된 성능을 지니고 있을 거라 추측할 수 있다.

[사신]이라는 직업을 만들기 전에 시험적으로 만들었을까, 아니면 그 반대일까.

그렇다면 이 전투는 [성검왕]의 아종과 [사신]의 아종의 전투라고도 할 수 있다. 수백 년 전에 벌어졌던 싸움과 비슷한 모양새다.

당사자인 레이와 ZZZ는 알지 못하겠지만, 구경꾼인 젝스만
은 알고 있다.

그에게 있어서는 [성검왕]도, [사신]도 그리 중요하지 않지만,
향후를 대비해서 정보를 수집하는 것에는 의미가 있다.

또한 그게 아니더라도……, 레이에게는 흥미가 생기기 시작하
고 있었다.

그렇기 때문에 젝스는 이 전투를 방관하고 있다.

하지만 젝스가 보고 있던 것은 이 전투뿐만이 아니었다. 캔디
가 운반하고 있는 그의 머리가 보고 있는 경치도, 다른 분체들
이 보고 있는 경치도, 젝스는 파악하고 있다.

일반적인 사람이라면 다룰 수 없는 여러 시각 정보를 전부 분
석하고 있다.

젝스는 슬라임이기에 뇌 같은 기관도 존재하지 않는다. 온몸
이 뇌라고도 할 수 있다.

그런 몸으로 몇 년 동안 지냈기 때문인지, 아니면 원래부터 소
질이 있었기 때문인지, 그의 사고 능력은 인간의 사고 능력을
벗어나려 하고 있었다.

『……찾았습니다.』

그리고 지금, 그가 파악하고 있는 시야 중 한 곳에서 어떤 것
을 찾아냈다.

그것은……, [나태 마왕] ZZZ. 이 드림랜드 안에 있는 〈마스
터〉 자신이다.

『역시, 있었군요.』

스킬을 설명하기 위해서, 그리고 이 꿈속에서 스킬을 사용하기 위해서도 본인이 이 꿈속에 있을 것이라 예측했다.

그것을 분열한 젝스의 색적을 통해 드디어 발견한 것이다.

지금, 분체의 시야 안에 있는 ZZZ는 레이나 젝스 일행에게 설명했을 때처럼 구름 스크린을 이용해서 레이와 카디날 A의 싸움을 계속 보고⋯⋯, 그쪽에 집중하고 있다.

지금이라면 죽일 수 있을 것이다.

온몸을 맥 인형옷으로 감싸고 있긴 하지만, 그것이 방어 기능을 발휘할 수 있을지는 모른다.

의지가 없는 것은 이 드림랜드에 존재할 수 없기 때문이다.

만약에 의지가 있고, 장비 효과가 있다 해도 젝스라면 그 방어를 돌파할 만한 공격을 가할 수도 있다. **잠든 적을 해치우는 것**은 손쉬운 일이다.

(⋯⋯잠깐 기다려 볼까요.)

하지만 지금 이 시점에서 젝스는 암살을 실행하지 않았다.

레이에게 흥미가 생겼고, 그의 싸움을 좀 더 보고 싶다는 생각이 들었기 때문이다.

ZZZ를 해치우는 건 결판이 날 때까지 미뤄두기로 했다.

그것은 합리적인 선택이 아니지만, 애초에 합리적으로 움직일 사람이었다면 그는 [범죄왕]이 되지도 않았을 것이고, '감옥'에 떨어지지도 않았을 것이다.

자신의 마음이 가는 대로, 혹은 그런 행동방식을 추구하며 움직이는 것이 젝스 뷔펠이라는 인간이다. 그는 지금도 그에 맞는 선택을 했을 뿐이다.

(그런데, 이건…….)

기다리기로 결심한 젝스는 레이의 전투를 보다가 움직임의 변화를 눈치챘다.

레이의 움직임은 바뀌지 않았다. 상대방의 공격을 선천적인 직감으로 피하며 빛의 도끼를 휘둘러서 격파를 노리고 있다.

바뀐 것은 카디널 A의 움직임이다.

척 보기에도 물러서는 움직임이 늘어났다.

일시적인 목숨, 골렘에 가까운 존재이면서도……, 마치 죽음을 두려워하는 듯이 공격하려는 의지가 사라졌다. 너무나도 강력한 도끼에게 겁을 먹은 것처럼 보이기도 하는데…….

(……그렇군요. 그게 가장 이길 확률이 높은 전법이긴 합니다.)

젝스는 카디널 A의, 레이가 결코 대처할 수 없는 전술을 간파했다.

이대로 가다가는 레이가 확실하게 질 것이다.

"……저기, 오너."

그때, 가베라가 옆에 있던 분체 젝스에게 작은 목소리로 말을 걸었다.

『왜 그러시죠? 가베라 씨.』

"혹시나 싶어서, 말인데…….”

가베라는 자신이 착각했다는 것을 들키는 게 두려운 건지 자신 없는 말투로, 그러면서도 자신이 품은 의문을 말했다.

"저 녀석, ……**시간을 벌고 있는 것** 아니야?"

『…………..』

가베라가 품은 의문을 들은 젝스는 마음속으로 감탄했다.

그것을 스스로 깨달을 정도로 성장한 모양이라고.

『무슨 이유 때문일까요?』

"레이(저 녀석)는 꿈속에서 쓰러지면 데스 페널티를 받으니까 싸우고 있지만……."

가베라는 온 힘을 다해 싸우는 레이의 모습을 보며 자신이 품은 의문의 답을……, 카디널 A의 전술에 레이가 결코 대처할 수 없는 이유를 말했다.

"데스 페널티의 조건은 그것 말고도 또 있잖아?"

□■알터 왕국 남쪽 끝 국경 숲

『……?』

아프릴은 맞서 싸우고 있던 카디널 A의 움직임이 바뀌었다는 사실을 곧바로 눈치챘다.

형태의 변화는 좀 전에도 몇 번이나 이루어졌다.

왼쪽 앞다리의 칼날이 부러지고, 왼쪽 앞다리가 부서지고, 꼬리의 칼날이 부서졌다.

아프릴의 공격이 통하지 않는데도 저절로 부서진 것이다.

그것은 꿈속의 파괴 결과이긴 하지만, 그 직후부터는 움직임까지 변화했다.

그저 부서진 부위를 고려한 움직임만이 아니었다.

아프릴과 맞서 싸우면서도 의식은 다른 곳에 쏠린 듯한 기척이 있었다.

[스랄]은 애초에 원래는 눈알 같은 것이 필요없는 존재다.

대충 뭉쳐 만든 찰흙 장식 같았던 미스릴 [스랄]이 눈이나 코가 없는 상태로도 적을 감지했듯이, 카디널 A도 얼굴 방향과 시각이 일치할 거라는 보장이 없다.

역전의 전투형 황옥인인 아프릴은 그 기척을 느끼고 상대의 움직임을 예측했다.

젝스, 가베라, 캔디, 또는 아프릴 자신. 누구를 노린다 하더라도 카디널 A의 공격에 대처할 수 있게끔 태세를 갖췄다.

『Gi…….』

그리고 카디널 A가 움직이기 시작했고.

남아있던 머리 쪽 칼날을 초음속으로 사출해서——— 공중에 있던 실버의 다리를 절단했다.

『……!』

일종의 숨겨진 무기……, 음속으로 공중에 날아간 붉은색 칼날은 황옥인과 황옥마의 허를 찔렀다.

물론 아프릴과 실버도 경계하고 있긴 했지만, 주위에는 첫 번째 공격처럼 폭발시킬 미스릴 덩어리도 없었고, 실버가 분명히 거리를 두고 있었기에 그 숨겨진 무기에 대처할 수 없었다.

그리고 카디널 A와 마찬가지로 꿈속에서의 전투로 인해 많은 상처를 입은 레이를 감싸며 거칠게 움직일 수 없었다는 점도 곧바로 피할 수 없었던 요인 중 하나일 것이다.

피할 수 없었던 신화급 금속 칼날에 실버의 왼쪽 두 다리가 절단되었다. 단순한 비행능력이 아니라 공중에 발판을 만들어서 하늘을 달리는 실버는 다리를 잃으면 날 수가 없다. 균형을 잃고 지상으로 낙하하기 시작했다.

『............!』

그럼에도 불구하고 실버는《바람발굽》기능을 사용하여 공기 쿠션을 만들어 레이의 낙하 대미지를 줄이기 위해 노력했다.

그 덕분에 레이는 데스 페널티를 받지 않았고, 아직 살아있다.

하지만 다리를 잃었기 때문에 실버는 더 이상 움직일 수가 없다. 레이 또한 마찬가지다.

『GiGiGi…….』

움직이지 못하는 실버를 향해 카디널 A가 움직이기 시작했다.

그렇다, 표적은 이미 바뀌었다. 좀 전까지는 강적인 젝스의 몸이나 그것을 지키고 있는 아프릴을 노리고 있었지만, 지금은 집요하게 실버를 노리고 있다.

다시 말해……, **잠들어 있는 레이의 몸**이다.

그것이 꿈속에서 젝스와 가베라가 도달한 해답.

요점은 좀 전까지 젝스에게 대처하던 방법과 똑같다.

강적이라면 저항할 수 없이 잠든 육체를 죽인다는 상투적인 전술.

카디널 A는 압도적인 공격력을 획득한 레이를 보고 꿈속에서 승리하는 것을 포기했다.

레이가 위협적이라고 판단했기에, 자신이 무적인 현실에서 그의 육체를 죽이기로 한 것이다.

꿈속의 싸움은 카디널 A에게 있어서 그저 시간 벌이로 전락했다.

그리고 그 목적이 달성될 때까지는 얼마 남지 않았다.

허를 찌른 일격으로 기동력을 없앴으니 이제 도망칠 수도 없다.

『.............!』

아프릴도 생각했다. 선선대 문명 때는 요인 호위 역할을 맡았던 아프릴에게 그러한 취사 선택은 일상다반사였고, 그녀의 연산 능력은 상황을 명확하게 분석하고 있었다.

분석한 결과는 '형제인 실버와 그 주인을 구한다'와 '자신의 주인 일행을 구한다'라는 양자택일로 귀결되었다.

지금 카디널 A는 레이를 노리고 있지만, 사실 표적은 레이뿐만이 아니다.

젝스 일행과 지금 레이의 위치는 떨어져 있기에 아프릴이 실버와 레이를 지키기 위해 움직이면 그 순간, 바로 카디널 A가 젝스 일행 세 명 중 누군가를 노릴 것이다.

카디널 A는 그래도 상관없다.

꿈속에서 맞서 싸우고 있는 레이를 현실에서 죽여도 되고.

레이를 지키고 있던 틈을 타서 다른 적을 죽여도 된다.

아프릴이 레이를 지키든 지키지 않든, 이 형태로 몰아넣은 시점에서 카디널 A는 주인의 적을 말살할 수 있다.

아프릴은 보이는 모든 사상을 계산하고, 누군가의 사망은 피할 수 없다고 예측했다.

그리고 아프릴은 '자신의 주인 일행을 구한다'를 우선시할 수밖에 없다.

레이 일행에게 승산은 없고, 이미 막다른 곳에 몰린 상태였다.

◇ ◆ ◇

□■[유미몽실 드림랜드] 내부

레이는 갑자기 자신의 오른쪽 어깨에 위화감이 들었다.

눈앞에 있는 카디널 A의 공격을 맞지도 않았는데, 마치 타박상을 입은 듯한 충격이 오른쪽 어깨에 느껴졌다.

"……그렇구나."

그것이 현실에 있는 자신이 입은 대미지라는 사실을 레이는 곧바로 이해했다.

좀 전부터 변한 카디널 A의 움직임이 의문스럽긴 했다. 그 이유가 현실에 있는 나를 죽일 때까지 시간을 벌기 위해서라는 것을 짐작하는 데 시간이 그리 오래 걸리지는 않았다.

그렇다 하더라도 레이는 달라질 게 없었다.

눈앞에 있는 카디널 A를 쓰러뜨려야 꿈에서 깨어날 수 있는 이상, 꿈속의 레이가 해야 할 일은 이 싸움에 온 힘을 다하는 것.

보이지 않는 세계에서 살해당한다는 공포를 물리치고, 보이는 세계에서 싸운다.

"오오오옷!!"

『윽!』

빛나는 도끼를 휘두르며 카디널 A와의 거리를 좁힌다.

왼팔만으로 휘두른 도끼에 몸이 끌려가자 오른팔에 있던 네메시스가 보조해주며 자세를 다잡았다.

자세를 유지한 채 계속 전진하면서, 거리를 벌리려 하는 카디널 A의 후퇴를 용납하지 않았다.

『······Gi.』

물러서지 않고, 꺾이지 않는 레이의 전진을 본 카디널 A도 초조해졌다.

하지만 승부는 이미 끝났다.

이미 현실에서는 실버가 기동력을 잃은 상태다.

이제 몇십 초만 있으면 레이를 죽일 수 있다.

그렇다면 온갖 수단을 동원해서 몇십 초를 벌면 된다.

『Gi······!』

그러기 위한 수단으로 동원한 것은 현실에서 실버의 다리를 잘라낸 머리 부분의 칼날 사출(숨겨진 무기).

거리를 좁히려 다가오는 레이를 향해 머리 부분의 칼날을 들이댄 다음, 사출했다.

레이는 치명적인 기습을 직감으로 겨우 피했다.

하지만 자세가 크게 무너졌다.

"······!"

레이는 카디널 A가 추가타를 가할 거라 생각하고는 그것에 대처하기 위해 왼팔에 든 도끼에 힘을 주었다.

하지만, 예상했던 추격타는 날아들지 않았다.

그러기는커녕, 카디널 A와의 거리가 벌어진 상태였다.

카디널 A는——— 등을 돌린 채 거리를 벌리고 있었다.

지니고 있는 모든 AGI를 동원해서 꿈의 길 저편으로 재빠르게 뛰어가고 있다.

맞으면 좋고, 맞지 않더라도 피하려다 자세가 무너진 순간에 거리를 단숨에 벌린다.

처음부터 그럴 생각으로 날린 일격이었던 것이다.

자세가 무너진다 해도 레이의 손에 도끼가 있는 한 반격당할 위험은 사라지지 않는다.

하지만 거리를 벌려버리면······, 피아의 속도 차를 고려했을 때 레이는 따라잡지 못한다.

처음에 사용했던 레이저를 날린다 해도 거리가 멀리 떨어지면 포신의 방향을 보고 피할 수 있다.

꿈속의 카디널 A는 승산과 확실성을 고려해서 시간을 벌기 위해 도망에 전념하기로 한 것이다.

생물이면서도 무생물인 [스랄]로서 계산한 결과일지도 모르겠다.

하지만 그것은——— 가장 큰 악수였다.

"네메시스, **절반**만 사용해."

『Form Shift——— [Shooting Wheel].』

레이가 부르자 네메시스가 곧바로 대답했다.

오른손에 고정되어 있던 네메시스의 형태가 제3형태 β……, 유성풍차(슈팅 휠)로 바뀌었다.

그와 동시에 풍차가 빠르게 회전하기 시작했다.

그것은 무의미한 행동으로 보였다.

유성풍차는 원거리 추미식 카운터……, 《응보는 별의 저편으로(페이백 오버 스타)》에 특화된 형태다.

하지만 [스랄] 또는 드림랜드의 특성으로 인해 대미지 카운터의 대상이 아닌 카디널 A는 추적 대상이 되지 않는다.

그렇기 때문에 거리를 벌린 카디널 A를 쓰러뜨릴 수단이 되지 못할 터였다.

하지만……, 지금의 유성풍차는 평소와는 다르다.

본디 검은 원형 방패에서 유성풍차로 변형할 때, 방패는 꽃처럼, 별처럼 펼쳐져서 풍차가 된다.

하지만 지금은 자루가 뻗긴 했지만——— 검은 원형 방패가 펼쳐지지 않았다.

마치 변형을 하다 만 것 같은 모습이다.

그리고 레이는 멀어진 적을 바라보며 변형 도중인 유성풍차를 꿈의 길에 가져다 댔다.

다음 순간, ———레이의 몸이 그곳에서 사라졌다.

"……어?"

『후훗……』

전투를 보고 있던 가베라는 레이를 놓쳤고, 젝스는……, 눈치 채고는 웃었다.

『Gi?』

카디널 A는 자신의 뒤에서 고속으로 접근하는 어떤 소리를 깨닫고는.

———자기 바로 뒤까지 쫓아온 레이와 눈이 마주쳤다.

『Gi……?!』

카디널 A는 경악했다.

이 적의 속도가 이렇게까지 빠르지는 않았을 텐데.

하지만 그 경악은 레이의 손 근처와 발치를 보았을 때 더욱 커졌다.

레이는……, 유성풍차를 **타고 있었다.**

유성풍차의 끄트머리인 방패 부분, 원래는 펼쳐지는 부분이 펼쳐지지 않은 채……, 계속 회전하고 있다.

그런 상태로는 당연히 유성을 날아오르게 만들 수는 없다.

하지만 펼쳐지지 않은 상태로도 《응보는 별의 저편으로》의 예비동작인 회전은 이루어지고 있다.

60초의 회전을 그대로 바퀴의 속도로 바꾸어 전동 일륜차 같은 모습으로 거리를 좁힌 것이다.

도망친 카디널 A와의 거리를 좁히기 위한 탈것.

『용케도 생각해 냈구나, 이런 **곡예**를.』

"발상의 전환이지. ……떠올리게 된 계기도 있었고."

레이가 곧바로 이 방법을 떠올린 것은 오늘 〈토너먼트〉에서 벌인 전투 덕분이다.

바이크형 〈엠브리오〉로 바이크 스턴트 같은 곡예 질주를 선보인 랑그.

그 전투로 레이의 머릿속에 '바퀴를 이용한 곡예 같은 고속 이동'이라는 발상이 생겨났고, 이런 위기 상황에서 '스킬 발동 준비 단계의 유성풍차로 빠르게 이동한다'는 기책을 떠올리게 했다.

『그대는 정말 터무니없는 짓을 하는구나.』

『뭐, 그것도 레이다운 구석이지.』

물론, 위험 부담이 전혀 없는 것은 아니다. 부상을 입은 상태인 오른팔이 이동의 반동으로 인해 뜯겨 나가더라도, 질질 끌려가다 그 대미지로 죽더라도 이상할 게 없었다.

하지만, 레이는 그 최초이자 최후의 실험을 통해 유성풍차를 타는 데 성공한 것이다.

레이가 레이인 이유의 단서가 그 행동에 있었다.

그러한 행동을 곧바로 떠올리는 센스 또한 그의 힘이니까.

"이번에 끝낸다……! 최대한 출력을 높여!"

『알겠다.』

시간이 지남에 따라 조금씩 회전 횟수가 늘어나고 있는 유성 풍차 위에서 레이가 도끼에게 말했고, 도끼 또한 그 말에 대답했다.

『출력 상승(라이즈 투 파워). 광열지일(텐 프로센트).』도끼가 뿜어내던 빛이 더욱 강해졌다.

그것은 광속성 한정이긴 하지만, 이론상 발휘할 수 있는 한계 수치인 1할의 출력.

접촉 부분의 빛이 [흑전투]에 흡수되고 있긴 하지만, 더욱 강해진 빛과 열기 때문에 직접 닿지도 않았는데도 레이의 얼굴과 몸이 그을리기 시작했다.

그럼에도 불구하고 레이는 도끼를 놓지 않고, 그저 적과 자신 사이에서 줄어들고 있는 거리만을 바라보고 있었다.

『…………!』

좁혀드는 거리와 자신을 일격에 파괴할 수 있는 열량을 본 카디널 A는 더욱 초조해졌지만, ……그와 동시에 승리를 확신했다.

꿈속에서 따라잡히기 전에 현실의 카디널 A가 잠든 레이에게 도달했다.

실버가 마지막으로 펼친 종잇장 같은 《바람발굽》의 배리어도 뚫린 상태다.

선수는 카디널 A가 친다.

5초 뒤에는 따라잡은 레이의 도끼가 꿈속의 카디널 A를 해치울 것이다.

하지만 현실의 레이를 죽이는 데는 3초도 걸리지 않는다.

카디널 A는 아슬아슬하게 이길 수 있다.

◇◆

『GiGiGi!』

『…………』

현실의 카디널 A는 오른쪽 앞다리의 칼날을 레이에게 내리쳤다. 실버는 레이를 감싸려 했지만, 카디널 A의 참격은 그런 행동으로 감쌀 수 있는 공격이 아니었다.

그리고, 이제 결말은 확정되었다. 카디널 A도, 아프릴과 실버도, 보이는 모든 상황으로부터 결말을 연산했다.

그 연산은 정확하다. 그 결말을 뒤엎을 요인은 상황 속 어디에도 보이지 않았다.

그렇기에 결말은──── **보이지 않는 것**에 의해 뒤엎어졌다.

결판이 난 순간, 칼날을 휘두른 곳에 있던 레이의 몸 위치가 **어긋났다.**

『………………Gi?』

현실의 카디널 A의 칼날은 허공을 갈랐다.

마치 보이지 않는 것에 의해 움직인 것처럼, 레이와 실버가 칼날의 공격 범위 바깥으로 이동해 있었다.

그렇기 때문에 카디널 A가 내려친 칼날의 궤도에는 아무것도 없었다.

아무것도 없어야 했지만⋯⋯, **빛의 먼지**가 주위에 흩어지고 있었다.

마치 레이 대신 **보이지 않는 것**을 베어서 해치운 것처럼.

보이지 않는 것이 레이 대신 베인 것처럼.

◇ ◆

『Gi⋯⋯?』

이해할 수 없는 광경에 꿈과 현실의 카디널 A는 한순간 멍해졌다.

그리고 2초 정도 시간이 지나자, 싸우고 있던 두 존재 사이의 거리가 꿈속에서도 0이 되었다.

그 순간, 레이는 유성풍차를 탄 채 스쳐 지나가며 왼팔을 휘둘렀고━━━.

━━━빛나는 도끼에 카디널 A의 몸통과 머리가 두 동강 났다.

신화급 금속으로 만들어진 붉은색 [스랄]은 자신이 최후의 공방에서 무슨 실수를 했는지, 무엇을 놓치고 있었는지를⋯⋯, 이

해도 감지도 하지 못한 채 부서졌다.

◇◆

레이와 카디널 A의 싸움은 하나의 결판을 맞이했다.

카디널 A는 막대한 열량으로 인해 몸이 완전히 두 동강 났고, 그 직후에 꿈속 세계에서 사라져갔다. 의식의 소실……, 죽음으로 인해 꿈속 세계에 존재할 자격을 잃었기 때문일 것이다.

승리한 레이는 유성풍차에서 내린 다음, 피로와 부상 때문인지 무릎을 꿇고는 숨을 몰아쉬고 있었다.

"…………."

가베라는 왠지 우울한 표정으로 그를 보고 있었다.

그런 다음 갑자기 왼쪽 손등을 내려다보았다. 그녀에게만은 보이는 무언가를.

은폐에 특화된 〈엠브리오〉이기 때문에 그녀의 문장은 다른 사람에게 보이지 않는다.

『……그렇군요.』

두 사람을 보고 있던 젝스는 방금 무슨 일이 일어난 것인지 정확하게 이해하고 있었다.

현실의 레이를 습격하고 있던 카디널 A의 공격은 닿기 직전이었을 것이다.

하지만 레이는 죽지 않았고, 어떠한……, 예상하지 못한 사상으로 인해 경직된 카디널 A가 레이에게 쓰러지는 결과가 되었다.

그때 레이를 지킨 것이 무엇인지를 레이 자신은 알지 못하고, 방해받은 카디널 A 또한 이해하지 못했다.

알고 있는 것은 가베라와 젝스뿐이다.

아프릴은 아니다. 아프릴은 레이가 위험에 처한다 하더라도 젝스 일행을 지키는 것을 우선시한다.

그렇기에 레이를 감싸준 것은……, 가베라의 알하자드다.

꿈속에 끌려오지도 않고, **계속 현실 쪽에 있었던** 알하자드다.

────그, 그래도 나는 아직 알하자드의 HP가……, 우선 다시 출격시키고……

레이가 젝스 일행을 발견하고, [스랄]이 그들을 습격했을 때였다. 젝스와 캔디가 다가오는 [스랄]의 기척을 느끼고 임전태세를 갖추고 있을 때, 가베라 또한 움직이고 있었다.

반죽음 상태이긴 했지만, 알하자드를 문장에서 다시 출격시켰던 것이다.

대미지 때문에 [스랄]과 싸우게 하지도 않고, 그냥 내버려 두고 있었다.

문제가 생긴 것은 그 이후에 카디널 A가 미스릴 [스랄]을 폭발시켜서 드림랜드 오라를 흩뿌렸을 때다.

그로 인해 발생한 무차별 광범위 산포에 알하자드도 당연히 휘말렸다.

희박하게나마 의지가 있는 〈엠브리오〉이기에 원래는 꿈속에 끌려왔을 것이다.

하지만 알하자드는 은폐 능력에 특화되었고, 극에 달한 〈초급 엠브리오〉다.

보이지 않고, 들리지 않고, 느끼지도 못한다.

그렇기 때문에 드림랜드도 알하자드에 접촉한 것을 알아차리지 못했고, 스킬을 사용해서 꿈속으로 끌어들이지도 못했다. ……존재 자체를 눈치채지 못한 것이다.

그 이후로는 〈마스터〉인 가베라가 잠들었기 때문에 옆에서 계속 대기하고 있었다.

꿈속으로 끌려오지 않고 계속 현실에 남아있던 알하자드였기에, 꿈속에서 가베라가 다루지도 못했다.

하지만 가베라가 젝스에게 현재 알하자드의 상태에 대한 추측……, '현실 세계에서 대기 상태'라는 답을 들음으로써 상황이 바뀌었다.

현실에 있다는 것을 이해하자, 가베라는 알하자드에 대해 '나를 지켜줬으면 좋겠다'라고 생각하게 되었다. 꿈속에서 알하자드를 부르는 듯한 형태다.

원래는 시각을 공유할 수 있지만, 꿈과 현실로 나뉜 상태에서는 그것도 불가능했다.

현실에서 정보를 받아들일 수 없기 때문에 꿈속에서 일방통행으로 애매한 명령을 내릴 수밖에 없었지만, 그럼에도 불구하고 알하자드는 명령을 받아서 실행하고 있었다.

가베라의 곁에 있다가 무슨 일이 생기면 그녀를 지킬 수 있게끔.

그러나 그 명령은 중간부터 바뀌었다.

카디널 A의 움직임에 변화가 생기고, 현실의 레이를 죽이려 하고 있다는 사실을 눈치챈 순간.

가베라의 명령은 '그를 지켜줘'로 바뀌어 있었다.

그녀 자신도 그 사실을 자각하고 있었는지는 모른다.

하지만 그녀의 마음은 그것을 원했고, 명령을 받아들인 알하자드는 레이를 지키기 위해 움직였다.

알하자드는 탈옥 직후의 반죽음 상태였기 때문에 카디널 A와 싸울 힘은 남아있지 않았지만……, 몸을 던져 레이와 실버를 감싸준 것이다.

자신의 주인이 원하는 대로.

『……흐음.』

꿈속에 있는 젝스는 당연히 그러한 상황을 직접 본 것이 아니다.

하지만 무슨 일이 있었는지는 자신의 문장을 보고 있는 가베라의 모습을 통해 짐작하고 있었다.

자신의 〈엠브리오〉를 희생해서 누군가를 지킨다.

그것은 과거의 가베라에게도, 젝스 밑에서 수행을 쌓은 가베라에게도 없던 모습이다.

그렇다면 이 꿈속의 짧은 시간 동안 감화된 계기가 있었을 것이다.

이런 형태로 그가 패배하는 것을 원하지 않을 정도로는……, 영향을 받은 것이다.

(다른 자에게 끼치는 영향이라는 면으로 보면, 그는 슈우보다 더 뛰어날지도 모르겠군요.)

그것이 자신들에게도 얼마나 영향을 끼칠지, 젝스는 흥미가 생겼다.

하지만 지금은 그것보다 먼저 해야 할 일이 있다.

(……자.)

결판이 난 지금도 그들의 의식은 드림랜드에 있다.

그들을 꿈속에 얽매고 있는 요인이라 추측되던 [스랄]이 전멸했는데도, 꿈에서 깨어나려면 자연스럽게 깨어날 때까지 기다릴 수밖에 없는 것 같다.

깨어나려고 꿈속에서 발버둥 친다고 깨어날 수 있는 게 아니다. 악몽이란 원래 그런 법이다.

현실의 아프릴이 깨워준다면 편하겠지만, 지금 시점에서는 그럴 낌새가 보이지 않았다.

하지만 너무 오랫동안 머물러 있을 수는 없다.

깨어나기 전에 [스랄]의 제2파가 파견될 우려도 있다.

아니면 이미 보냈거나.

([나태 마왕]을 죽이고 이 드림랜드에서 탈출하도록 하죠.)

젝스는 ZZZ 근처에 숨겨두었던 분체를 움직이기 시작했다.

들키기 전에 급소에 치명적인 일격을 때려 넣는다.

그러면 결판이 난다. 예상하지 못한 문제가 겹쳐지긴 했지만, 상황을 상정하던 범위 이내로 되돌린다.

[나태 마왕]을 죽이고, 꿈에서 깨어나고, 레이에게 정체를 들키기 전에 이동한다.

그다음에는 [나태 마왕]이 사라진 레전더리아의 영역을 통과해서 다른 사람들의 눈을 피하며 대륙 동쪽으로 향한다. 카르디나에서 라스칼 일행과 합류할 수 있다면 더할 나위 없을 것이다.

『……?』

그러한 상황을 예상하고 있자니, 갑자기 젝스의 분체가 **기묘한 감각**을 느꼈다.

그것 자체는 흔해 빠진 감각이다.

지금까지 몇 번이나, '감옥' 안에서조차 느꼈던 적이 있다.

하지만 이 꿈속에서는 한 번도 느낀 적이 없었던 감각.

그것은…….

『바람……?』

바람이 몸 표면을 스쳐 가는 감각이었다.

바람이 불지 않는 무풍상태 같은 꿈속 세계에 지금은 바람이 소리를 내며 불기 시작하고 있었다.

그 바람의 출처는.

레이가 들고 있던——— 유성풍차(네메시스).

카디널 A를 따라잡고, 격파하고, 역할을 마친 유성풍차는……, 지금도 아직 회전하고 있다.

이동할 때는 접어두었던 풍차를 마치 꽃처럼 펼친 채.

『……설마!』

젝스는 레이가 뭘 하려는 건지 눈치챘다.

레이에게 있어서, 싸움은 아직 끝나지 않았다.

눈앞에 있던 카디널 A를 쓰러뜨렸음에도 끝난 거라 생각하지 않았다.

아직 대미지 카운터가 축적된 적……, [나태 마왕] ZZZ가 남아 있다.

상대는 [스랄]을 잔뜩 보내온 [나태 마왕].

아무리 특제 카디널 A를 쓰러뜨렸다고는 해도 후속 전력이 오지 않는다고 생각하는 건 어설픈 생각이다.

그렇기 때문에 지금———, [마왕]을 쓰러뜨리려 하고 있다.

레이가 도달한 것은 젝스와 똑같은 생각이다.

그리고, 만신창이가 된 레이에게는 더 이상 연달아 전투를 벌일 여력이 없다.

이번에 모든 결판을 내기 위해, 레이는 최후의 수단을 사용했다.

『《응보는(페이백)———.』

회전하는 칼날의 가속은 극에 달했고, 이윽고 최고 속도에 도달했다.

그리고 유성은 예전에 [마장군]과 싸운 이후로 처음 진가를 발

291

휘했다.

그것이 바로 그와 네메시스가 닿지 않는 것에 닿게끔 만들어 낸 힘.

[복수소녀 네메시스]가 지금 시점에서 지닌 최강의 일격.

유성풍차의 본질은 땅을 달리는 바퀴가 아니다.

그 본질은.

"―――별의 저편으로(오버 스타)》."

―――하늘을 내달리는 별인 것이다.

네메시스는 아음속의 별이 되어 구름 위에 떠 있는 듯한 꿈속 세계에 날아올랐다.

카디널 A와의 전투로 인해 레이가 입은 대미지의 총 합계는 5만이 훨씬 넘는다.

지금 레이의 최대 HP보다 훨씬 많고, 중간에 회복 마법을 쓰지 않았다면 죽었을 정도로 축적된 대미지량.

그것이 가져다준 압도적인 속도로 네메시스는 꿈속 세계를 날아올랐다.

자신의 대미지 카운터가 가리키는 대로, 일직선으로 돌진했다.

보이지 않는다 하더라도 자신의 감각으로 나아가야 할 방향을 이해하고 있었다.

목표로 삼은 대상은 굳이 말할 필요도 없이……, [나태 마왕] ZZZ.

자신의 팔다리인 [스랄]을 보낸 자······, 레이가 입은 대미지의 원인이다.

이 꿈속에서 스킬을 행사한다면 ZZZ도 꿈속에 있을 것이다······, 레이도 그렇게 추측하고 있었다.

그렇기 때문에 《응보》가 닿을 거라 생각한 것이다.

『거기, 너!』

맥 인형옷을 입은 모습을, 드디어 발견했다.

하지만 자신에게 날아온 적수를 눈치챈 ZZZ 또한 곧바로 스킬을 행사했다.

『······《슬립 워킹(몽유병)》.』

카디널 A를 보냈을 때도 사용했던 '꿈속의 아군 배치를 조작하는' 스킬을 사용하여 다가온 네메시스로부터 아득히 먼 곳으로 자신을 이동시켰다.

쿨 타임이 길고 범위도 꿈속 한정이긴 하지만, 자유롭게 위치를 변경할 수 있는 순간이동.

ZZZ는 이 스킬을 통해 네메시스도, 젝스의 분체도 멀리 따돌린 다음, 가장 멀리 떨어진 위치로 배치를 변경했다. 꿈속 세계인 드림랜드의 면적은 유한하지만, 그래도 수십 킬로메틸은 이동했다.

『이제.』

ZZZ는 레이와 네메시스에 대해 아무것도 몰랐고, 네메시스가 지닌 힘 중 대부분은 카디널 A와의 전투 때 보이지 않았다.

당연히 《응보》의 능력도 알지 못하지만, 《응보》는 대미지 카운터의 10분의 1까지 거리만 추적할 수 있다. 이번 사정 거리는 5000메텔 정도에 불과하기에 거리가 벌어진 시점에서 《응보》는 닿지 않는다.

ZZZ는 최선의 수를 쓴 것이다.

『━━━━이래도 쫓아올 수 있을까아.』
━━━━여기가 **꿈속**만 아니었다면.

5천 메텔, 1만 메텔.
원래 사정거리의 한계를 넘어섰는데도 불구하고, 네메시스는 계속 날아갔다.
비상이 끊기지 않는 이유는 이곳이 **꿈속**이기 때문이다.
젝스의 분체가 거리의 한계 없이 확산할 수 있었던 것처럼, 이 꿈속에서는 거리의 개념이 발생하지 않는다. 현실에서는 분리되지 않고 이어져 있기 때문일까, 아니면 그저 꿈이기 때문일까.
적어도 그 꿈의 특성은 아이러니하게도 꿈의 주인인 ZZZ에게 불리하게 작용하고 있었다.
『이번에는, 놓치지 않을 게다!』
네메시스는 그저 일직선으로 ZZZ의 기척을 계속 추격했다.
거리의 한계 없이 날아가고, 대미지 카운터를 길잡이 삼아 추적하고, 회전은 약해지지 않고.
이윽고 ZZZ를 다시 발견할 수 있었다.
『들켰나~…….』

다시 도망칠 수는……, 없다.

《슬립 워킹》을 같은 대상에게 다시 사용하려면 30분의 쿨타임이 필요하다. 그러지 않았다면 카디널 A가 시간을 벌기 위해 도주하기 시작했을 때 사용해서 보조해주었을 것이다.

ZZZ 자신이라 하더라도 쿨타임이 끝날 때까지는 대상으로 선택할 수 없다.

또한, [마왕] 시리즈 중에서는 스테이터스가 결코 높은 편이 아닌 [나태 마왕]. 일부를 제외하면 카디널 A보다 스테이터스가 뒤처지는 ZZZ는 피할 수도 없다.

『……에휴.』

ZZZ는 한숨을 쉬며 날아오는 네메시스를 바라보았다.

그리고 오른팔과 왼팔로 머리와 심장을 각각 감싸려는 듯이 들어 올렸다.

『드림랜드———.』

ZZZ는 이 꿈속 공간 그 자체인 자신의 〈엠브리오〉에게 말을 걸었다.

그리고 어떤 명령을 내리려 한 순간.

———머리를 감싸고 있던 오른팔에 유성풍차가 꽂혔다.

곧바로 《응보》의 3배 카운터가 작렬했다.

ZZZ의 오른팔이 밀려드는 순수한 대미지로 인해 부서지기 시작했고.

『———자괴(自壞).』

───ZZZ는 명령을 끝까지 내렸다.

그 순간, 드림랜드는 색과 소리를 잃었고─── 꿈이 풀렸다.

□■레전더리아 북쪽 끝 〈슬로스 빌리지〉

『………….』

ZZZ는 자기 방 침대 위에서 몸을 일으켰다. 침실에서 대기하고 있던 양모 종족 시녀들은 '아직 저녁 식사 시간도 아닌데, 신기하다'라는 의문을 품었다.

하지만 그녀들은 금방 눈치챘다.

ZZZ가 입고 있던 맥 인형옷 오른팔에서 피가 새어 나와 바닥에 웅덩이를 만든 것을.

"Z(지)님?!"

시녀들은 당황하며 치료용 아이템을 꺼내 그를 치료하기 시작했다.

"상처를 봐드리겠습니다! 옷을…….”

『……응.』

ZZZ는 시녀의 말을 듣고 맥 인형옷을 벗었다.

"에휴…….”

단정한 생김새이지만 눈 아래에 다크서클이 있는 소년형 아바타……, 원래 모습의 ZZZ는 우울한 듯이 한숨을 쉬었다.

옷을 갈아입는 것이나 치료 때문이 아니라 꿈속에서 맞서 싸웠던 자들을 생각했기 때문이다.

급소에 맞았다면 그 일격에 살해당할 뻔했다. 꿈속에 [브로치]
를 가지고 갈 수 없는 건 ZZZ도 마찬가지이기에 치명적인 일격
을 막아낼 수단은 없다.

그리고……, 드림랜드 **최후의 스킬**이 발동된 것은 《응보는 별
의 저편으로》의 3배 대미지 카운터가 날아든 뒤였다.

ZZZ가 살아있는 이유는 급소를 팔로 감쌌기 때문이다.

그리고 무엇보다, ZZZ 자신의 HP가 막대하기 때문이다.

[마왕]임에도 불구하고, [나태 마왕]의 스테이터스는 낮다.

초급 직업으로서 레벨이 1000에 가까운데도 STR이나 AGI 같
은 스테이터스는 만렙 상급 직업과 별다른 차이가 없을 정도다.

단, HP와 SP만은……, 초급 직업 중에서도 훨씬 높은 편이다.

HP는 600만이 훨씬 넘고, 네메시스가 때려 넣은 15만의 대미
지를 입은 상태에서도 오른팔이 원래 형태를 유지하고 있다.

단, 머리나 가슴 쪽에 맞았다면 치명적인 상처 계열 상태이상
으로 인해 죽었을 것이다.

ZZZ라 해도 위험한 일격이었다. 꿈속에서 살해당할 뻔한 것
은 오랜만이다.

(어쩌면…….)

ZZZ는 어쩌면, 날아온 유성풍차 말고도 자신을 노리는 공격
이 있었을지 모른다고 생각했다. 실제로 젝스가 암살을 실행하
기 직전이기도 했다.

(이제 물러가 주면 좋겠는데…….)

《꿈의 끝》은 자괴와 맞바꾸어 사용이 가능한 드림랜드의 최종

스킬.

효과는 두 가지.

드림랜드 안에 사로잡힌 자, 그리고 현실의 ZZZ 주위에 있는 자를 대상으로 [수면]과 [강제 수면]을 해제하는 제1효과.

그리고 대상인 생물의 MP와 SP를 'ZZZ가 지닌 SP의 수치'만큼 감소시키는 제2효과다.

[나태 마왕]인 ZZZ의 SP는 HP와 비슷할 정도로 막대하다.

그리고 스킬이 기본적으로는 MP와 SP 소비를 전제로 하고 있는 이상, 대상자는 거의 모든 스킬을 사용할 수 없게 될 것이다.

회복 아이템도 MP나 SP의 시간당 회복량에는 품질에 따른 한도가 있다.

일정 시간 동안 전력이 저하되는 것은 확실하다.

사람이 꿈에서 깨어날 때처럼, 꿈의 근원을 없애는 스킬.

잠드는 것만을 원하고, 잠 말고는 다른 것을 원하지 않았던 당시 ZZZ의 심상을 반영한 스킬일지도 모르겠다.

"……그건 그렇고, 오랜만에 사용했네."

《꿈의 끝》은 비장의 수 중 하나지만, ZZZ가 지명수배를 당한 원인이기도 했다.

예전에 도시 안에서 이 스킬을 사용해 버렸는데, 그때 오산이 있었다.

드림랜드의 일시적인 파괴를 동반하는 자괴 스킬이었다는 점.

그리고 효과 범위가 ZZZ의 예상보다 훨씬 넓어서 당시에 머무르고 있던 도시 절반을 삼켜버렸다는 점이다.

마력으로 인해 인프라가 구축된 레전더리아의 도시에서 MP의 소실은 대도시의 정전……, 또는 그 이상의 재해나 마찬가지다.

고의가 아니라 하더라도 실행한 시점에서 테러이며, 죽은 사람이 생기지는 않았지만 ZZZ는 지명수배당하게 되었다.

그 이후로 반성하는 의미와 사용할 필요가 없었다는 이유로 인해 사용하지 않았던 스킬이다.

그리고 사용해버리면 드림랜드가 재생될 때까지 며칠은 걸린다.

당시에는 [나태 마왕]도 아니었던 ZZZ는 본인에게 있어서는 지극히 유감스럽게도 재생될 때까지 잠들지 못하는 현실에서 로그아웃한 채 지냈을 정도다.

일시적이나마 드림랜드가 없어진다는 건 그에게 있어서 매우 큰 손실인 것이다.

(지금이라면……, 전력도 남아있긴 하지만…….)

이 마을을 지키기 위해 배치해둔 미스릴 [스랄]은 이번 전투에서 잃은 것보다 몇 배는 더 많이 확보해두고 있다.

그리고 [스랄] 이전에 사용하던 커스텀 골렘이 한 파티 분량 있다.

게다가 카디널 A 이외의 특화형 [스랄]……, 〈UBM〉의 특전 소대를 기반으로 만들어낸 [스랄]세 마리까지.

방어 전력이기 때문에 움직이지는 못하지만, 원래는 요격 담당으로 충분한 전력이다.

하지만 만약에 그것들을 뛰어넘어서 이 마을을 공격한다

면……, 문제가 된다.

그리고 그럴 만한 전력을 지닌 상대라는 사실은 이미 알고 있다.

드림랜드를 쓰지 못할 경우, 예전의 ZZZ였다면 도망치기만 했을 것이다.

하지만, 지금은 그럴 수 없는 이유가 있다.

"…………."

ZZZ는 열심히 자신을 치료해주고 있는 양모 종족 여자들을 보았다.

ZZZ가 있기 때문에 이곳에서 살아갈 수 있는 자들……, 그가 요격에 나선 진짜 이유.

만약에 적이 그녀들을 해친다면…….

"저기, 왜 그러시죠?"

시녀들 중 한 명이 걱정스러운 듯이 ZZZ를 올려다보았다.

ZZZ는 애써 평소 표정과 부드러운 말투를 유지하며 대답했다.

"괜찮아, 괜찮아~. 문제없어, 없어, 노 프라블럼~."

ZZZ는 이 마을에서 오랫동안 살아왔다.

[나태 마왕]이 된 직후에 자리 잡아서, 내부 시간으로 2년 이상은 지냈을까.

현실에서 잠을 잃은 ZZZ는 자는 것만 생각하면서, 잠과 함께 살아가는 것을 원하면서 〈Infinite Dendrogram〉에 발을 내디뎠다.

그런 그가 잠 이외에 마음을 쓴 것은 두 가지밖에 없다.

〈Infinite Dendrogram〉에서 얻은 몇 안 되는 친구들과 이 마을에 사는 그녀들이다.

ZZZ는……, 양모 종족을 소중히 여기는 [마왕]은 이미 결심하고 있었다.

만약에 그런 상황이 된다면――― **[마왕]으로서 지니고 있는 최후의 힘**을 쓰자고.

◇ ◆ ◇

□■알터 왕국 남쪽 끝 국경 숲

드림랜드가 붕괴한 직후, 젝스 일행 세 명은 깨어났다.

곧바로 자신들의 상태를 확인하자 MP와 SP가 0이 되었다는 것을 눈치챘다.

아마 드림랜드가 풀릴 때 ZZZ가 무슨 짓을 했기 때문이라는 것을 다들 금방 깨달았다. 가지고 있던 아이템을 사용해서 회복했지만, 완전히 회복되기에는 한참 부족했다.

"……에휴, 정말 험한 꼴을 당했네."

쓴맛이 나는 포션 때문에 질색하던 가베라가 그렇게 중얼거렸다.

포션의 쓴맛뿐만이 아니라 알하자드가 소멸했다는 것을 현실에서도 확인했기 때문이다.

갑자기 그녀의 시선이 아래로 내려갔다.

"……이 녀석은 왜 깨어나지 않는 거야?"

가베라는 피투성이가 된 채 쓰러져 있는……, 여전히 의식이 돌아오지 않은 레이에 대한 의문을 소리 내어 말했다.

"이건 꿈이랑은 상관없이 [기절]한 거야. 대미지를 너무 많이 입어서겠지."

"……아, 그렇구나."

캔디의 말을 듣고 가베라도 납득했다.

꿈속에서 벌인 카디널 A와의 전투 때 레이가 입은 대미지는 막대하다.

이미 꿈속 세계였던 드림랜드 안이었기에 [기절]하지는 않았지만, 드림랜드의 [강제 수면]이 풀린 뒤에는 곧바로 [기절] 상태로 넘어간 모양이었다.

네메시스도 인간 형태는커녕, 무기 상태로도 나타나지 않았다.

아마 소모가 심한 탓에 문장 속에서 휴면 상태에 들어갔을 것이다.

"그래도 마침 잘됐네. 아직 들키지 않은 것 같으니까."

레이가 가베라 일행에 대해 알고 있는 것은 가베라의 이름과 [성녀]로 변신해 있던 젝스가 가베라네 클랜 오너라는 것 정도다.

젝스와 캔디의 이름도, 직업도, 클랜 이름도 모른다.

그것만으로는 〈IF〉의 탈옥을 유추해낼 수는 없기 때문에 탈옥한 것을 아직 들키지 않았으면 하는 〈IF〉로서는 좋은 결과라 할 수 있다.

"…………."

피를 흘리며 지금도 조금씩 HP가 줄어들고 있는 레이를 가베라가 내려다보았다.

이대로 내버려 두면 죽을 것이다.

레이는 [나태 마왕]과 동귀어진했고, 우리 정체를 눈치채지 못했다.

그게 형편이 좋다.

하지만…….

"……에휴."

가베라는 다시 한숨을 쉬며 가지고 있던 포션을 레이에게 뿌렸다.

품질이 낮은 포션이라 골절 같은 게 낫지는 않았지만……, 출혈은 멈췄다.

가베라는 그 모습을 확인하고는, 빈 병을 내던졌다.

"가짱?"

"여기서 떠나는 게 좋을 것 같네……. ……가자."

캔디는 '안 어울리는 짓을 하네'라고 생각했다. 가베라 자신도 그렇게 생각하고 있었다. 가베라는 성큼성큼 숲속을 나아갔다.

"어? 혹시 반한 거야?"

"……바보 같은 소리를 계속 지껄이면 잘 때 죽여버린다?"

가베라는 진심으로 질색하는 표정을 지으며 대답했다.

실제로 연애 같은 마음은 아니다. 결코 아니다.

굳이 말하자면……, '눈부셨다'다.

압도적으로 강한 상대 앞에서도 결코 꺾이지 않고, 패배를 선

택하지 않았던 모습이.

타협하고 있는 지금 자신과 비교하면 레이는 눈부셔서, ……약간이나마 동경한 것이다.

"…………."

그런 가베라의 내면이 변화했다는 사실을 짐작한 젝스 또한 두 사람을 따라 숲속을 나아갔다.

뒤에서는 아프릴이 실버와 무언가 이야기를 나누고 있는 것 같았다.

황옥인과 황옥마, 나눌 이야기가 있을지도 모른다.

하지만 젝스 일행이 걸어가기 시작하자, 아프릴도 실버에게 고개를 숙여 인사한 다음 그곳을 떠났다.

"음, 예정을 변경해야만 하겠군요."

쓰러진 레이와 실버로부터 어느 정도 거리가 멀어지자 젝스가 그렇게 이야기를 꺼냈다.

"[나태 마왕]의 꿈에서 탈출했으니까 예정대로 레전더리아, 카르디나 루트로 가면 되는 거 아니야?"

"[나태 마왕]이 살아있기 때문에 예정 루트는 통과할 수 없게 되었습니다. 애초에 영역에 대한 정보가 없었기 때문이기도 합니다만……, 숨겨진 마을에라도 살고 있었던 걸까요?"

예정대로라면 이대로 남하해서 정보를 파악하고 있는 〈디자이어〉의 영역이나 다른 사람들의 눈이 많은 지역을 피하며 나아갈 예정이었다.

그러한 정보는 〈IF〉의 멤버인 라 크리마가 그에게 가입을 권유할 때 조사한 상태였다.

하지만 예상에서 벗어난 위치에 양모 종족의 숨겨진 마을⋯⋯, [나태 마왕]의 영역이 있었다. 숨겨진 마을에서 움직이지 않는 ZZZ는 라 크리마조차 만나지 못했고, 당연히 마을의 위치도 파악하지 못했다.

그것은 오산이었지만, 더욱 큰 오산은 그를 꿈속에서 죽이지 못했던 것이다.

"이겼는데?"

"죽이지 못했으니까요."

승리하긴 했지만, [나태 마왕] ZZZ가 죽은 것은 아니다.

그것이 젝스 일행에게는 가장 큰 문제다.

"그 〈엠브리오〉가 능력을 전부 드러냈는지 여부도 알 수가 없습니다. 그리고⋯⋯, 아프릴."

젝스가 부르자 아프릴은 자신이 소유하고 있던 정보를 다시 가르쳐 주었다. 선선대 문명 시점에서 판명되었던, 선선대 문명에 이르기까지의 역사에 기록되어 있던 [마왕]의 데이터를.

"[마왕] 시리즈는 모두 최종 오의(파이널 블로우)를 지니고 있습니다."

"최종, 오의?"

"[나태 마왕]의 최종 오의는 《나태의 종극(디 엔드 오브 슬로스)》. [나태 마왕]의 제한 사항인 전투 금지가 해제되고, 자신을 '지금까지 자신이 작성한 [스랄]의 합계 스테이터스를 지닌 괴물'로 변모시킬 수 있습니다."

다시 말해, 카디널 A를 포함한 수많은 [스랄]을 모두 합쳐서 무시무시한 생물이 탄생한다는 뜻이다.

신화급은커녕, 순수한 스테이터스로는 '물리 최강'의 최대 전투 형태에 필적할지도 모른다.

"RPG의 마왕 제2형태 같네……, 아니, 진짜로 [마왕] 제2형태였어……."

가베라가 질색하며 그렇게 중얼거렸다. 자신이 한 말이 완전히 맞아들었다는 사실에 표정이 더욱 씁쓸해져 있었다.

"궁지에 몰리게 되면 사용하겠죠. 그리고, 저번 전투로 인해 경계 태세에 들어가 있을 겁니다."

필승 전술이 깨지고, 부상을 입고, 실질적으로 패배까지 몰렸다.

다시 싸우게 된다면 저번과는 비교도 되지 않을 정도로 강한 힘을 투입할 것이다.

"캔디 씨가 역병으로 원거리에서 죽이려 하더라도 괴물이 되어버리면 인간을 대상으로 한 바이러스는 통하지 않게 되겠죠?"

"참 곤란하단 말이지."

캔디의 역병은 최악의 광역 섬멸, 제압 능력이지만……, 데이터가 없는 상대에게는 영향을 끼칠 수가 없다는 단점이 있다. 인간 상태일 때라면 모를까, 최종 오의로 변신한 괴물 같은 [나태 마왕]의 데이터가 있을 리 없다.

게다가 드림랜드의 오라를 두르고 있다면 애초에 통할지조차 의심스럽다.

지금은 사용할 수가 없지만, 그들은 그 사실을 모른다.

"그러니 [나태 마왕]의 영역……, 레전더리아 북부를 피하면서 이동하시죠. 예정보다 꽤 멀리 돌아가게 될 테고, 합류나 목적지에 도착하는 시기도 개월 단위로 늦어지게 될 겁니다. 하지만 어쩔 수 없죠."

젝스는 최대 HP가 줄어들었고, 캔디는 상성이 좋지 않고, 가베라는 알하자드가 없다.

전력은 부족하고, 위험 부담만 크다. 이 세 명 중 누구 한 명이라도 데스 페널티를 받게 된다면 큰 손해다.

그렇다면 시간이 더 걸린다 하더라도 다가가선 안 된다.

"그건 그렇고, 갑작스럽게 계획을 망쳐버렸군요. ……그도 노리고 그런 건 아니겠지만요."

휘말려버린 레이의 존재로 인해 거의 수고를 들이지 않고 ZZZ에게 승리할 수 있었다.

하지만 아마 레이가 없었더라도 이길 수는 있었을 것이다. 현실에는 아프릴이 있었기 때문에 무방비한 육체를 지킬 수 있고, 꿈속에는 젝스가 있었으니까.

젝스라면 육체가 살해당하기 전에 카디널 A를 쓰러뜨리는 것도 가능했을 테고, ZZZ가 비장의 수를 쓰기 전에 암살했을 가능성도 결코 낮지 않았다.

하지만 레이가 분투했기 때문에 전투는 ZZZ가 살아있는 채로 끝났다.

결과적으로 레이가 있었기 때문에 젝스 일행의……, 〈IF〉의 계획이 크게 지연되었다고도 할 수 있다.

(방관하지 않고 죽었다면……, 아니, 보고 싶어졌으니 어쩔 수 없죠.)

젝스는 자신의 욕구에 따른 결과라면 어쩔 수 없다며 납득했다.

(우연을 불러들이는 운은 역시 형제이기에 같은 것일까요. ……슈우.)

친구이자 최대의 호적수의 얼굴을 떠올리고 쓴웃음을 지으며, 젝스는 루트 변경에 대해 두 사람과 의논하기 시작했다.

◇ ◇ ◇

□[주술사] 레이 스탈링

"여기는…….."

정신을 차리고 보니 나는 구름 위의 길……, 드림랜드와는 다른 곳에 서 있었다.

새까만 공간이긴 하지만 발치는 단단했고, 내 몸도 또렷하게 보였다.

가끔 [기절]이나 [수면] 상태일 때 왔던 곳이다.

적어도 드림랜드는 아니다.

승부는……, 어떻게 되었을까.

『이긴 것……, 같은데?』

목소리를 듣고 돌아보니 꼬마 가르가 아닌 갈드랜더가 뒤에서 있었다.

『좀 전까지 있던 공간의 붕괴를 확인했다. 이곳은 그대의 안이 며, 우리 말고는 이어져 있지 않다.』

약간 떨어진 곳에 하얀 도끼도 떠 있었다.

······내 꿈에 마구 개입했던 콤비가 그렇게 말하니 사실일 것 이다.

"······이보게, 이곳은 어딘가?"

단, 이번에는 네메시스도 있었다.

신기하네. 지금까지 꿈속에 들어온 적은 없었는데.

드림랜드의 영향일까, 아니면 다른 이유가 있는 걸까.

『지금까지는······, 쫓아냈었으니까······.』

『나도 마찬가지다.』

······아, 평소에는 네메시스를 따돌렸던 모양이네.

아니, 내 꿈에서 정말 제멋대로 구는 것 같기도 한데······.

『빠안······.』

"······?"

정신을 차리고 보니 갈드랜더가 약간 원망스러운 듯한 눈초리 로 나를 올려다보고 있었다.

"왜 그래?"

『이번에는 나설 차례가 없었는······, 데?』

이야기를 듣고 보니 이번에는 [장염수갑]이 활약할 기회가 거 의 없었다.

뭐, 신화급 금속 [스랄]에게는 《연옥화염》도 화력이 부족했으니까.

비장의 수인 《장염희》도…….

"……나 자신에게 너를 불러낼 MP는 없으니까."

[자원주갑]이 없으면 도저히 《장염희》의 대가를 지불할 수가 없다.

다시 말해, 이번 싸움에서는 써먹을 방법이 없었던 것이다.

아니, 이건 내가 나보다 강한 상대하고만 너무 많이 싸우는 영향인 것 같다는 생각도 든다.

[장염수갑]과 [흑전투]는 양쪽 다 나보다 강한 상대에게 대처할 수 있게끔 특이하게 조정되었고, 그 결과 제대로 써먹지 못할 형태가 되어버렸다.

……도끼와 [흑전투] 조합도 그렇고, 내 비장의 수는 장비 간 시너지로 겨우 써먹을 수 있는 게 대부분이네.

『모처럼 [대소환의 고리(빅 오어 스몰)]가 있는데도 써먹지 못했고……. 다음 기회를, 기대?』

"그건 그렇고 《극대(맥시마이즈)》……, 성능 강화 상태로 불러낼 경우에는 비용뿐만 아니라 부작용도 커지는 거야?"

『…………핵. 몰라.』

"이봐?!"

내 눈을 보면서 대답하라고?!

엄청나게 불안해지잖아!

"……이보게, 레이. 콩트를 찍고 있을 여유가 있는 겐가? 상처는 괜찮은 게야?"

네메시스가 걱정스러운 듯이 그렇게 말했다.

그러고 보니 [스랄]과 싸우며 꽤 많이 다쳤었다. 지금은 데스 페널티를 받진 않았지만, [출혈]로 인해 [기절]한 채로 죽을지도 모른다.

그런 걱정을 하고 있자니.

『상처는 깊지만, 죽음에 이르지는 않는다. 출혈도 멎었다. 시간이 어느 정도 지나면 깨어날 것이다.』

"그래?"

『확실하다.』

도끼가 내 걱정을 떨쳐내 주려는 듯이 그렇게 말했다.

나와 네메시스는 현실의 내 상태를 파악하지 못했지만, 도끼는 그렇지 않다는 건가?

태생에 대해 알게 됐지만 역시 수수께끼가 많네, 이 녀석.

『수수께끼라고 할 정도로 중대한 정보는 아니다. 그저 사용자의 생체 정보를 파악하는 기능이 있을 뿐이다. 잔존 생명력을 참조하여 죽기 직전까지 죽음에 이르지 않는 출력을 발휘하는……, 사용법을 위해서.』

그렇구나. 반동이라는 부작용이 있으니 오히려 없으면 곤란한 기능인가?

『꿈에서 깨어나기 전에 그대에게 전해두어야 할 것이 있다.』

"뭔데?"

『이번에는 꿈이기에 힘을 휘두를 수 있었다만, 현실에서는 나를 한동안 쓰지 못할 것이다.』

"뭐, 그렇겠지······."

이번에는 드림랜드 안······, 의지가 없는 것이 들어오지 못하는 공간이었기에 도끼를 얽매고 있는 원념이 없었다.

하지만 현실에는 확실하게 남아있다.

[자원주갑]으로도 아직 저주를 완전히 풀지 못했을 정도로 강력한 것이.

『원념과 주포가 있는 한, 나는 힘을 선택하지 못하며 출력을 제어할 수도 없다. 그대의 몸은 예전의 [패왕]이나 권속과는 달리 아직 나의 반동을 견뎌낼 수 있는 영역에 도달하지 못했다. 나를 휘두르면 자멸만이 있을 뿐.』

이번 전투 때 내가 도끼를 휘두를 수 있었던 것은 도끼 자신이 힘을 제어하면서 [흑전투]로 반동을 극한까지 억누른 덕분이다. 현실에서 사용하면 아침 같은 꼴이 되어버릴 것이다.

"알겠어. 그럼 네 힘을 빌리는 건 언젠가 나중이 되겠구나."

『그러하다.』

"그때까지 원념을 흡수하고 해제 방법도 찾아둘게. 물론, 이름도 말이지."

『기대하마.』

도끼를 들고 [스랄]과 싸우러 나서기 전에 했던 말을 도끼가 다시 반복했다.

"그건 그렇고, 결국 [주술사]가 된 것은 헛수고였던 모양이로구나."

"······아~."

도끼를 다룰 수 있게 되면 좋겠다고 생각하며 얻은 직업이었는데, 실제로는 도끼의 반동을 경감시키는 데 도움이 되진 않을 것 같다.

도끼에서 느껴진 이미지로 보아 [타천기사]도 역부족이었던 모양이니 하급 직업이 가득 차게 되면 제일 먼저 리셋할 후보가 될 것이다.

『그러하다. 주술사 계통은 나의 힘을 다루는 데는 기여하지 못한다. 허나 [주술사]를 지워서는 아니 된다. 아니, 정확히 말하자면……, 그 너머의 가능성을 닫아선 아니 된다.』

"어?"

다른 사람도 아닌 도끼 자신이 그런 말을 하기 시작했다.

하지만 도끼 자체를 다루는 것에는 상관이 없다고 해놓고, 어째서 그런 말을 하는 거지?

『[성기사]와 [사병]을 선택했고, 불꽃을 다루고, 임사 체험도 했다. 그대의 기억에는 없었다만, 우연치고는 너무나도 잘 들어맞는다는 생각이 든다…….』

"잠깐만, 그게 무슨 소리야?"

『…………..』

내가 묻자 도끼는 잠깐 뜸을 들이다가 대답했다.

『────복합 계통 초급 직업..』

"……!"

315

복합 초급 직업. 그것은 [파괴왕]처럼 한 가지 계통의 극에 달한 경지 너머에 있는 것이나 [발도신(디 언시스)]처럼 탁월한 기술의 경지 너머에 있는 것이 아니다.

여러 개, 전혀 다른 계통의 직업을 얻은 경지 너머에 나타나는 초급 직업.

어쩌면 신우의 [시해선]처럼…….

"있는, 거야……? 그런 초급 직업이?"

『그러하다. 지금 시점에서 재위한 자는 없으며, 그대의 기억을 보아하니 조건도 실전된 모양이다. 복합 계통 초급 직업 중에서도 조건이 특이하기에 이해는 된다.』

"너는 알고 있어?"

『알고 있다. 그러나, 명확하게 전달할 수는 없다. 제한이 걸려있다.』

제한……?

『우리를 만들어낸 〈대장장이〉와 마찬가지로, 직업은 〈알선자(파인더)〉가 만든 것. 조건을 달성한 자에게 더욱 강한 힘을 부여하는 대원칙. 조건이 까다로울수록, 특이할수록, 그 힘은 현저히 강해진다.』

"………….."

『그렇기 때문에 조건을 가르쳐줄 수는 없다. 보다 정확히 말하자면, '비어 있는 초급 직업'의 조건을 밝히는 것에 대해 허가를 받지 못했다.』

직업을 마련한 인물의 입장에서 생각해보니 답을 가르쳐줄 수 없다는 것도 이해가 된다.

『그렇기 때문에 그대가 나아가는 길 너머에 있을 수 있는 초급 직업의 이름도, 조건도, 나는 가르쳐줄 수 없다. 가르쳐줄 수 있는 것은 그대가 이미 달성했다는 사실뿐. 조언은 좀 전에 해준 것이 한계다.』

좀 전에 해줬던 [성기사]와 [사병], 그리고 [주술사] 이야기 말이구나…….

"이보게, 한 가지만 묻겠다만. '비어 있지 않은 초급 직업'의 조건은 물어볼 수 있는 겐가?"

『그러하다. '재위 중인 초급 직업'은 제한이 걸려 있지 않다.』

……걸려 있지 않구나.

"아니, 비어 있거나 비어 있지 않은 걸 판단할 수가 있어?"

『그러하다. 나의 기능 중 하나다.』

이 녀석, 기능이 많네.

『단적으로 말하자면, [알터]와 [성검왕]처럼 직업과 한데 묶인 기능의 파생이다. 같은 시대에 [성검왕]을 두 명 만들 수는 없었기에 초급 직업이 비어 있는지 여부를 확인하는 기능이 있다. 하지만 나는 미완성이고, 한데 묶인 직업도 만들어지지 않았기에 정식 사용은 불가능하다.』

그런 이유 때문이구나.

"그럼 재위 중인 초급 직업 중에서 가장 조건이 까다로운 것은 무엇인가?"

『…………..』

흥미가 생겼는지 네메시스가 그렇게 묻자 도끼는 한동안 생각에 잠긴 것 같았다.

비어 있는지 여부를 조사하고 있는 걸까, 아니면 조건을 비교하고 있는 걸까.

그리고 잠시 후, 도끼는 어떤 답을 말해주었다.

『가장 까다로운 것은 '상급 직업, 초급 직업을 얻지 않은 채 합계 레벨과 〈STR, AGI, END〉의 합계 스테이터스가 자신의 10배 이상인 초급 직업을 단독으로 10명 살해한다'가 조건인 초급 직업이다.』

"…………대체 그게 무슨 조건인데."

하급 직업인 채로 초급 직업을 10명.

합계 스테이터스의 기준이 물리 스테이터스인 'STR, AGI, END'이기 때문에 생산직이나 마법직을 기습해서 죽이는 방법으로도 불가능하다.

게다가 10배 이상이라고 하는데, 초급 직업에 도달할 정도로 강한 사람과 하급 직업만 지니고 있는 사람을 비교하면 10배 정도의 미지근한 차이일 가능성은 낮다.

애초에 합계 레벨도 10배 이상이니 얻을 수 있는 하급 직업도 한두 개 정도가 한계일 것이다.

게다가 티안만 있던 시대라면 말 그대로 목숨이 걸린 문제이기 때문에 잠자코 살해당할 초급 직업은 없다. 아무리 생각해봐도 달성하기가 매우 힘들어 보이는데.

『살해의 판정은 초급 직업이 비게 되는 여부에 따라 판정된다.

그렇기 때문에 결계 장치나, 그대 같은 〈마스터〉처럼 죽어도 되살아나거나, 초급 직업을 계속 보유하는 성질을 지닌 자는 계측의 대상에서 제외된다.』

……불가능하다고 해도 무방할 것 같다.

그 〈알선자〉라는 녀석은 절대로 달성할 수 없을 거라는 전제로 이 조건을 만들었을 거라는 생각밖에 들지 않는다.

"…………?"

아니, 잠깐만.

분명히 도끼가 조건에 대해 말할 수 있는 건……, '**재위 중인 초급 직업**'뿐 아니었나?

이런 이상한 조건을 달성한 녀석이……, 있다고?

"그래서, 대체 어떤 초급 직업이 그렇게 머리가 이상한 듯한 조건을 지니고 있는 겐가?"

네메시스가 묻자, 도끼는…….

『――과거에 나를 소유했던 자, [패왕]의 조건이다.』

――600년 전의, 전설의 이름을 말했다.

"[패왕]……."

그것은 도끼의 기억을 통해 보았던, 도끼를 다루어낸 소유자다.

기억을 보기 전에도 삼강시대라 불리던 600년 전에 패권을 내세우며 세계를 양분했을 정도로 무시무시한 힘을 지닌 자라고 들었다.

그리고 삼강시대가 끝날 때 실종되었다고도…….

『추측이다만, 아직 살아있을 것이다. 소유자가 없는 동안에도 가끔 확인했다만, [패왕]의 자리가 빈 적은 한 번도 없다.』

"…………."

수명이 긴 종족도 있다는 이야기를 들은 적이 있다.

하지만 600년 전에 실종된 채 어딘가에 살아있는 걸까…….

"……이보게, 또 뭔가 무시무시한 사건의 징조는 아니겠지?"

"재수 없는 소리 하지 마."

세계를 양분한 위험 인물이 엮인 사건이라니, 안 그래도 문제 투성이인 지금은 절대로 일어나지 않았으면 하는데…….

◇

"…………응?"

세 사람과 이야기를 나누던 도중에 정신을 차리고 보니 나는 누운 채 하늘을 올려다보고 있었다.

아무래도 깨어난 모양이었다.

올려다본 하늘은 밤의 색이 진해진 상태였다.

『………….』

옆에선 드러누운 실버가 나를 빤히 바라보고 있었다.

네 개 있던 다리는 왼쪽 두 개가 잘려나갔다.

"너도……, 힘들었겠구나."

『………….』

실버는 말없이 내 얼굴에 코를 가져다 댄 다음, 스스로 아이템 박스 안으로 돌아갔다.

"······고생했어."

실버의 다리가 자기 수복을 통해 낫는 범위 안에 있을지도 알
수가 없다.

만약 수복이 안 된다면 선선대 문명에 대해 자세히 알고 있는
인테그라나 [세컨드 모델]의 공장에 있는 블루스크린 씨와 의논
할 수밖에. 더욱 심각하게 파괴되었던 [골드 썬더(황금지뇌정)]가
수복되었으니 괜찮을 거라 생각하고 싶긴 하지만······.

"응······?"

손가락 끝에 딱딱한 무언가의 감촉이 느껴졌다.

그것은 땅바닥에 굴러다니던 빈 포션 병.

그리고 내 몸도 약간 젖어 있었다.

"······응급처치는 해준 건가?"

그녀들의 모습은 보이지 않는다. 나를 대충 치료해준 다음 떠
난 것 같다.

결국, 그녀들이 어디 사는 누구인지는 알 수 없었다.

"············."

하지만, 언제 어디선가 다시 만나게 될 것 같은······, 예감이
들었다.

"······음, 이 시간이면 〈토너먼트〉가 끝났을 무렵이려나?"

실버가 움직일 수 없는 상태고, 나도 아직 만신창이다. 몇 개
걸린 상태이상에 대미지로 인한 구속 계열까지 있다. 그래서 로
그아웃을 통해 기데온으로 돌아갈 수도 없다.

레이레이 씨가 〈토너먼트〉에서 우승해서 〈UBM〉과 싸우게

될 때까지는 기데온으로 돌아갈 수 없을 것 같다.

　레이레이 씨는 바쁘니까 〈UBM〉에 도전하는 것까지 포함해서 빠르게 끝내야만 할 것이다. 통신 마법 아이템으로 형에게 결석한다고 말해두어야겠다.

　그리고 가능하면 여유가 있는 누군가가 데리러 와주면 좋을 것 같은데.

　"……휴우."

　현실에서 연락을 취해야만 하지만, 그러기 전에 숨을 내쉰 다음 하늘을 올려다보았다.

　하늘은 완전히 밤이 되었으며, 주위는 매우 조용했다.

　밤의 숲에는 새가 날갯짓하는 소리도, 벌레 소리도 들리지 않았다. 네메시스는 여전히 잠들어 있고, 도끼도 현실에서는 말을 걸지 않고, 실버는 격납되었고, 갈드랜더는 부르지 않았다.

　그저 홀로, 조용한 밤에 나는 숲속에 앉아있다.

　"이번에는……, 평소와는 다른 쪽으로 힘들었네."

　좀 전의 싸움을 통해 우리의 성장을 느낄 수 있었다.

　레벨이나 수치가 아닌 형태 없는 성장이려나.

　그 성장이……, 지금 내게는 필요했던 건지도 모르겠다.

　"…………."

　북쪽 방향을 보았다.

　기데온을, 그 너머에 있는 왕도를……, 그리고 아직 보지 못한 황국의 환상을 보았다.

　꿈속에서 내가 했던 말을 떠올렸다.

"……반드시 이겨야만 하는 싸움이라."

그것은 분명……, 그리 멀지 않았을 것이다.

◆ ◆ ◆

■'감옥'

그날, '감옥'은 매우 조용했다.

'감옥'에 수감되어 있던 세 〈초급〉이 탈옥하고, 다른 〈마스터〉
들은 캔디의 바이러스로 인해 전멸했다.

티안도 없는 '감옥'은 죽음이 충만한 무인 도시가 되었다.

하지만, 거리 안에서 약간 장소를 옮겨보면……, 그저 홀로,
살아있는 자가 있었다.

"…………."

그것은 땅바닥에 주저앉은 한 소년이었다.

그의 곁에는 체격이나 얼굴이 가려진 인간형 〈엠브리오〉가
서 있었다.

앉아있기만 한 소년과, 서 있기만 한 〈엠브리오〉. 둘 다 움직
이지 않고 있다.

하지만 보는 사람에 따라서는……, 그들이 아무것도 하지 않
는 게 아니라는 사실을 눈치챌 것이다.

조금씩, 조금씩……, 그들은, 소년의 〈엠브리오〉는 '감옥'을
좀먹고 있었다.

'감옥'을 구축하고 있는 리소스를 깎아내고, 자신 안에 쌓아두며 조금씩 무너뜨리고 있었다.

그것은 스푼으로 바닥을 파내는 듯한……, 고전적이면서도 느릿느릿한 '탈옥'이었다.

하지만 그들은 계속 그렇게 하고 있었다. 〈엠브리오〉가 태어나기도 전에 수감된 뒤, 〈엠브리오〉가 부화하고, 진화하고, 〈초급〉에 이를 때까지……, 그들은 계속 그것을 반복하고 있었다.

가끔 길을 잃고 들어온 다른 〈마스터〉까지 먹잇감으로 삼으면서, 계속 반복해 왔다.

그리고 지금은……, 끝도 보이고 있다.

앞으로 1년이 걸릴까 말까 하는 지점이다.

세 〈초급〉이 힘을 합쳐서 실현해낸 일을 그는 단독으로 실행하려 하고 있다.

그의 이름은 후우타.

'감옥' 최초의 수감자이자——— 〈초급〉에 도달한 최초의 〈마스터〉.

흔들리지 않고, 현혹되지 않고, 단 하나의 사명을 위해 계속 존재하는 자.

이 〈Infinite Dendrogram〉에서……, **가장 즐기지 않는** 〈마스터〉.

"……오늘은 정말 조용하네."

후우타는 던전 밖에서 아무런 소리도 들리지 않는다는 것을 눈치채고는 그렇게 중얼거렸다.

지금은 그 말고 살아있는 인간이 없다. 레드킹이 내부의 바이러스 제거 작업을 진행하고 있긴 하지만, 그 작업이 끝날 때까지는 죄수들도 로그인할 수 없을 것이다.

"…………."

조용해진 '감옥'을 보고 후우타는 약간이나마 어떤 희망을 품었다.

혹시나 모두가 이 〈Infinite Dendrogram〉에 질려서 그만둬 버린 게 아닌가 하고.

그만둬 준 것이 아닐까 하고.

하지만, 그렇지 않다는 것을……, 그가 알고 있는 현실이 가르쳐 주었다.

이 리얼리티를 자랑하는……, 리얼리티를 **속이는** 〈Infinite Dendrogram〉이라는 존재는 그리 간단히 망해주지 않을 것이라고.

게다가 '감옥'에는 없더라도 바깥에는 아직 잔뜩 있을 테니까.

그렇기 때문에 후우타는 아직 멈출 수가 없었다.

『규정 시간 경과.』

갑자기 후우타의 〈엠브리오〉……, 아포칼립스가 목소리를 냈다.

『저번 지시로부터 30일이 경과. 계속 진행할 경우에는 명령의 재지시를 요구함.』

아포칼립스는 민무늬 가면으로 완전히 가려진 입으로 자신의 주인에게 물었다.

아포스톨 〈엠브리오〉임에도 불구하고 그 말은 너무나도 기계적이었다.

"…………깎고, 부수고, 다시 만들어."

후우타는 귀찮다는 듯이 아포칼립스의 질문에 대답했다.

『흡수, 파괴 대상의 지시를 요구함.』

"이런 세계 따위는, 필요 없어."

'감옥'에 홀로 남은 〈마스터〉가 되었지만, 후우타는 변하지 않았다.

여전히 던전 안에서 던전을 깎아내고, 리소스를 저장하며 그 날을 기다렸다.

언젠가 이 '감옥'에서 나가 〈Infinite Dendrogram〉 그 자체를 파괴할 날을 상상했다.

그는 부정하고 싶은 것이다.

이 〈Infinite Dendrogram〉 그 자체를 부정하고, 없애버리고 싶다.

순수하게 그것만을 생각하고, 모순을 떠안으며 〈Infinite Dendrogram〉에 계속 들어오고 있다.

『재구성 목표의 지시를 요구함.』

그런 후우타가 목표로 삼은 것은…….

"―――다음 세계(NEXT WORLD)만 있으면 돼."

―――예전에 잃은, 다음 세계.

『라져.』

아포칼립스는 그렇게 말한 다음 다시 말없이 계속 서 있었다.

허수아비처럼 서 있는 아포칼립스 옆에서 후우타는 무릎을 감싸 안은 채, 주먹을 쥐었다. 다음 세계를 원하는 소년은 웅크린 채 계속 기다렸다.

'지금을 원하는 모든 자에게 이겨야만 하는 싸움'이 언젠가 다가올 것을 확신하면서.

To be continued

고양이 "후기 시간입니다~. 이번에는 고양이, 체셔와."

곰 『곰, 슈우 스탈링이 진행할거다곰~.』

고양이 "기본으로 돌아온 콤비구나~. 오랜만인 것 같아."

곰 『난 저번에 쉬었고, 저저번 곰은 내가 아닌 카루루였으니까.』

고양이 "카루루라고 하니 생각났는데, 이번에도 인형옷 캐릭터가 늘었습니다."

곰 『ZZZ 말이지. 뭐, 그 녀석 같은 경우에는 인형옷이라고 해야 하나, 침구야곰.』

고양이 "그런데, 카루루도 그렇고 이번 인형옷도 거의 무적인 캐릭터였네."

고양이 "인형옷을 입고 다니는 사람들은 이상한 콤보를 쓴단 말이지~. 천지의 후타에 바치고도 그렇고."

곰 『그런가? 나도 인형옷을 입고 다니는데, 평범한 것 같다곰.』

고양이 "……거대 로봇으로 공간을 때려 부수는 사람은 평범하지 않다고~."

곰 『애초에 덴드로의 강자 중에서 콤보를 안 쓰는 녀석이 있나?』

고양이 "그건 그렇지. 직업과 엠브리오와 특전 무구. 삼중 시스템이 들어맞으니까."

고양이 "'섞으면 위험함' 같은 느낌으로 결과에 버그가 생기는 건 인정할게~."

곰『삼종?』

고양이 "토대에 이런저런 사정이 있는 직업 시스템과 우리가 가지고 온 〈엠브리오〉."

고양이 "그리고 비인간 범주 생물을 마개조한 다음 가공한 특전 무구 말이야."

고양이 "사실 제일 손을 많이 본 시스템은 특전 무구란 말이지. 다른 두 가지는 그냥 내버려 두었으니까."

곰『흐음. 은근슬쩍 중요한 정보가 새어 나온 것 같은 느낌이 든다곰.』

고양이 "그래도 뭐, 그렇게 손이 많이 간 특전 무구보다 강한 장비도 있지만 말이지."

고양이 "이번에 나온 도끼는 그 대표적인 사례야. 그건 무기로서의 격만 따지면 [글로리아]보다 더 높으니까."

고양이 "너무 강하고 너무 위험해. 레이 군이 완전히 다룰 수 있게 되려면 한참 멀었지."

고양이 "이번에는 꿈속에서 최강 장비를 미리 잠깐 써본 거나 마찬가지라고~."

곰『……전부터 생각한 건데, 너는 입이 꽤 가벼운 것 같아곰.』

고양이 "동료들에게도 그런 말을 자주 들어~."

고양이 "뭐, 수다를 떨 친구를 원했던 〈마스터〉의 〈엠브리오〉니까."

고양이 "입이 가벼운 것도 어쩔 수 없나~, 싶거든!"

곰『뻔뻔하게 나오는구나곰.』

고양이 "잡담은 여기까지만 하고, 작가의 코멘트 타임입니다~."

독자 여러분, 구입해주셔서 감사합니다. 작가 카이도 사콘입니다.

이번 19권에서는 '져도 되는 싸움'을 이기기 위해, 레이가 한층 더 성장을 이루어냈습니다.

초기부터 레이가 가지고 있었던 약점 중 하나를 극복한 형태입니다.

이 작품의 이야기는 길고, 작중에서 캐릭터가 변화, 성장하는 경우도 많습니다.

이번 권에서 레이와 행동을 함께 한 가베라도 그렇게 변화, 성장한 캐릭터 중 하나일 것입니다.

앞으로 작품이 이어져 나가는 와중에 독자 여러분께서 캐릭터들이 어떻게 바뀌어가는지 지켜봐주시면 좋을 것 같다는 생각이 듭니다.

그리고, 다음 권은 유고의 이야기입니다. 그녀 또한 이 작품에 있어서 성장 과정에 있는 캐릭터 중 한 명입니다. 그런 그녀가 다음에는 어떤 시련에 직면하게 될지, 기대해 주세요.

또한, 그녀와 루크의 배틀을 그려낸 만화판 10권도 발매 중이니 그쪽도 잘 부탁드립니다. 10권도 정말 퀄리티가 대단합니다.

이 작품은 다음 권에서 드디어 20권에 도달합니다.

작가로서도 여기까지 올 수 있었구나라는 마음이 있습니다.

여러분 덕분에 무사히 시리즈를 여기까지 이어올 수 있었습니다.

이야기는 계속 이어집니다만, 앞으로도 읽어주시는 여러분께서 즐기실 수 있게끔 노력하겠습니다.

그리고 기념비적인 권수이기도 하기 때문에 20권은 평소와는 다른 시도를 도입할 예정입니다.

작가에게도 매우 기대되는 시도이기 때문에 기대해주시면 좋을 것 같습니다.

앞으로도 인피니트 덴드로그램을 잘 부탁드립니다.

카이도 사콘

고양이 "그럼 다음 권 예고~."

곰 『요즘은 연달아 발매 예정 시기가 어긋나고 있는데 괜찮은 거야곰?』

고양이 "후후후. 대책을 확실하게 생각해 두었다고."

고양이 "제20권은 2023년 겨울 발매 예정!"

곰 『……예고 시기를 느슨하게 잡았구나곰!』

고양이 "발매 시기가 어긋난다면 확실하게 예고를 하지 않으면 되는 거지!"

곰 『그래도, 3월까지 밀리면 겨울이라고 하기 힘들지 않아곰?』

고양이 『……밀리지 않을, 거야! 밀리더라도 추우면 겨울이지!』

곰 『다음 권은 과연 어떻게 될지. 부디 기대해줘곰~.』

역자 후기

안녕하세요, 천선필입니다.

이번 『인피니트 덴드로그램』 19권, 재미있게 읽으셨는지 모르겠습니다.

저번 18권에서 토너먼트 준비, 슈우와 젝스의 대결을 다루었고, 이번 19권에서는 그 토너먼트가 시작되었습니다. 레이는 광탈했지만요(……). 중요한 건 젝스의 탈옥 실행과 레이가 그를 만났다는 점이 아닐까 싶습니다. 게다가 젝스는 레이에게 흥미를 품기도 했죠. '져도 되는 싸움'에서 제 실력을 발휘하지 못했던 레이가 언젠가는 성장할 필요가 있었겠지만, 그런 과정에서 젝스의 흥미를 끌게 된 것이 불행일지 다행일지, 이야기를 조금 더 지켜볼 필요가 있을 것 같습니다.

그리고 10권 이후로 꾸준히 등장해서 비중을 챙기고 언급되는 경우도 많았던 가베라가 이번 19권에서는 거의 히로인급 포스를 보여주어서 마음에 들기도 했습니다. 개인적으로는 여자 캐릭터들 중에서 시온과 함께 가장 마음에 드는 캐릭터이기 때문에 앞으로도 계속 나와줬으면 하는 바람입니다. 물론 딱 잘라 말하면서 히로인 플래그를 꺾어버린 느낌이 없지 않아 있긴 합니다만, 의외로 이런 캐릭터가 메인 히로인 자리를 차지하는 것도 신선해서 괜찮지 않을까 하는 생각도 듭니다. 너무 편애가 많이 섞인 생각이려나요.

레이의 양손의 꽃(……) 중 하나인 이름 없는 도끼도 주목할 만한 소재 중 하나인 것 같습니다. 주목받지 못한, 축복받지 못한, 기회를 얻지 못한 2인자라는 개념도 의외로 인기가 많은 것들 중 하나죠. 예상치 못한 꿈속 세계에서의 전투로 인해 이름 없는 도끼의 내력과 상태, 능력에 대해 알게 되었으니 앞으로도 조금씩이나마 다룰 수 있게끔 진도를 나가지 않을까 생각도 해봅니다. 게임에서도 흔히 등장하곤 하죠. 공격력은 매우 높지만 공격할 때마다 자신에게도 대미지를 입히는 무기. 정석적인 플레이에서는 보통 사용하지 않고 버려지곤 합니다만, 그래도 높은 공격력이라는 건 항상 매력적일 수밖에 없기 때문에 꾸준히 등장하는 것 같습니다. 그런 무기가 레이의 모험에 어떤 역할을 맡게 될지 기대됩니다.

이런 생각을 하면서 이번 『인피니트 덴드로그램』 19권을 번역하였습니다. 매번 그랬듯이 감사의 말씀 드리고 후기를 마치려 합니다.

항상 신경을 많이 써주시는 담당 편집자분, 그리고 책을 내는 데 도움을 많이 주신 소미미디어 관계자 여러분, 그리고 가족 여러분. 감사합니다.

그 누구보다 감사드리고 싶은 분은 독자 여러분입니다. 제가 이렇게 무사히 번역을 마치고 후기를 쓸 수 있는 것도 독자 여러분 덕분이라 생각합니다. 진심으로 감사드립니다.

다시 찾아뵙게 될 때까지 행복한 하루 보내시길 바랍니다.
감사합니다.

천선필

Infinite Dendrogram 19
© Sakon Kaidou
Originally published in Japan in 2022 by HOBBY JAPAN Co., Ltd.

인피니트 덴드로그램 19 환몽경의 왕

2024년 11월 15일 1판 1쇄 발행

저　　　자 카이도 사콘
일 러 스 트 타이키
옮 긴 이 천선필
발 행 인 유재옥
담 당 편 집 박치우
이　　　사 조병권
출판본부장 박광운
편 집 1 팀 박광운
편 집 2 팀 정영길 조찬희 박치우
편 집 3 팀 오준영 이소의 권진영 정지원
디자인랩팀 김보라
디지털사업팀 박상섭 김지연 윤희진
라이츠사업팀 김정미 이윤서
영업마케팅팀 최원석 이다은
물 류 팀 허석용 백철기
경영지원팀 최정연
인쇄제작처 ㈜코리아피엔피
발 행 처 ㈜소미미디어
등　　　록 제2015-000008호
주　　　소 서울시 마포구 토정로222, 502호 (신수동, 한국출판콘텐츠센터)
판매 및 마케팅 (070) 8822-2301

ISBN 979-11-384-8457-2
ISBN 979-11-5710-725-4 (세트)